窗外芭蕉窗里人

读词心解

谢桃坊 著

北京大学出版社
PEKING UNIVERSITY PRESS

图书在版编目 (CIP) 数据

窗外芭蕉窗里人： 读词心解 / 谢桃坊著 . — 北京 ： 北京大学出版社，
2020.8

ISBN 978–7–301–30178–4

Ⅰ . ①窗… Ⅱ . ①谢… Ⅲ . ①词 (文学) – 诗歌欣赏 – 中国 – 宋代 –
清代 Ⅳ . ① I207.23

中国版本图书馆 CIP 数据核字 (2020) 第 087060 号

书　　　名	窗外芭蕉窗里人： 读词心解	
	CHUANG WAI BAJIAO CHUANG LI REN: DU CI XIN JIE	
著作责任者	谢桃坊　著	
责 任 编 辑	徐　迈	
标 准 书 号	ISBN 978–7–301–30178–4	
出 版 发 行	北京大学出版社	
地　　　址	北京市海淀区成府路 205 号　　100871	
网　　　址	http : //www. pup. cn　　　新浪微博：@ 北京大学出版社	
电 子 信 箱	pkuwsz@ 126. com	
电　　　话	邮购部 010–62752015　发行部 010–62750672	
	编辑部 010–62752022	
印 刷 者	北京宏伟双华印刷有限公司	
经 销 者	新华书店	
	880 毫米 ×1230 毫米　A5　7.5 印张　177 千字	
	2020 年 8 月第 1 版　2020 年 8 月第 1 次印刷	
定　　　价	45.00 元	

目 录

自　序

　　现在我回顾自中国新历史时期兴起的历时十余载的中国古典文学作品赏析热潮，仍难忘当时以一种新的文学观念，笔端带情感，陶醉于古典艺术境界的愉悦心情。古典文学作品赏析是在新历史时期拨乱反正、解放思想的历史文化条件中产生的对文学作品的新的解读方式，是中国文学史上的创新。1978年2月程千帆先生为其夫人——词学家沈祖棻编辑关于宋词研究的遗稿时，因大多数文章是属作品研究的，以为"这些文章以赏奇析疑为主，故此书以《宋词赏析》为名"。赏析之义出自陶渊明诗句"奇文共欣赏，疑义相与析"（《移居二首》）。自此"赏析"的方式在学术界引起广泛而强烈的影响。1983年《唐诗鉴赏辞典》由上海古籍出版社出版，受到广大读者的欢迎，获得巨大的成功，迅即在古典文学研究界掀起赏析的热潮。1985年冬，巴蜀书社计划出版"中国古典文学赏析丛书"，约我主编《柳永词赏析集》。1986年5月《唐诗鉴赏辞典》的责任编辑汤高才先生正在编《唐宋词鉴赏辞典》，他约我写关于柳永词的赏析文章数篇，且要求先寄一篇"试稿"。我以为他不信任便作罢。他不久复信说："我在去年十一月参加唐圭璋先生寿辰会，得知阁下的大名，会上有几位熟人和同行向我介绍您，说您的文笔好，对词学深有研究。我此行是有意要物色几位出色的作者，在人家提供给我的一批名单中，投您的票最多，有三四人提到大名。因此，在我的笔记簿上，您是第一名重点组稿对象。"汤高才先生还表示不必写"试稿"了。他的恳切与信任，使我感动，我遂立即投入写赏析的热潮，一气写了三十余篇。此后陆续为各种赏析辞典写了许多小文。这些小文由编辑先生指定篇名，规定体例。我以为这种赏析体特别注重艺术的鉴赏，改变了以往注重作品的思想分析，亦淡化了知人论世、人品论、寄托论及文以载道等观念；因此作者有很大的自由，而且可以使之成为美文。每当我写作时，总是在解读文本的基础上，去探索古人的心灵，融入我们现代人的意识，以期发现古典作品的艺术光辉与新的意义。这应是"去以心发现心"，实为一种"心解"。它与传统的注释、评点、讲解等比较起来更有自己的优长，很便于读者接受，所以盛行一时。在 20 世纪 90 年代的后期，赏析热潮渐渐消退，当这种热潮退却之后，我们若再读当时的赏析小文，它们仍然是有意义的，因为它们实为艺术的再创造，赋予了古典作品以新的生命，所以有其存在的合理性，会同古典作品一样为广大读者所赏爱的。

我大约共写有赏析小文近百篇，今从几部鉴赏辞典中录出四十余篇，散佚者甚多，幸好又从原稿录出二十余篇，兹汇为一集。时过数十年，我如今才华消尽，文笔笨拙，缺乏灵感，再也写不好赏析小文了，因而甚为珍爱此集。我愿此集有助于引起年轻朋友们阅读中国古典文学作品的兴趣，去领略中国文学精湛的古典艺术之美，去接受我们中华民族的优秀文学遗产。

谢桃坊

2018 年 4 月 20 日于成都百花潭侧近之痷斋

无名氏

望江南

莫攀我，攀我太心偏。我是曲江临池柳，者人折了那人攀。恩爱一时间。

这是唐代西北流行的敦煌曲子词，它抒写歌妓痛苦的情感，不可能是文人拟作的代言体作品，而应是社会贱民歌妓的心声。唐代的社会思想开放，城市经济繁荣，为歌妓制度的发展提供了条件，因而歌舞俳筋的女艺人特多，平康坊等处歌妓聚集之地成为新进士流连之所。虽然在唐人笔记和传奇小说里有许多关于文人与歌妓的佳话，但大多数歌妓的生活的真实情况却是非常悲惨的。她们由于各种原因堕入风尘，"误陷其中，则无以自脱。初教之歌令而责之，其赋甚急，微涉退怠，则鞭扑备至"（《北里志》）。她们的精神生活更是痛苦的。

歌妓的社会地位是很卑贱的，她们是男性玩乐的对象，而且男性认为她们的本性如柳枝那样的轻浮。唐代诗人李商隐《燕台四首》诗里的"冶叶倡条遍相识"即以柳枝的轻浮多姿借指歌妓。唐人段成式说："某少年常结豪族为花柳之游。"（《酉阳杂俎》卷十二）花柳之游即指歌妓院等处。曲子词的作者不忌讳自己的卑贱，也按照通常的观念将自己比喻为柳，整个词意便由这个比喻生发开来。她将自己特别比作"曲江临池柳"。曲江在今陕西西安东南，秦代宜春苑，汉代改为乐游园，有河流曲折而名曲江，唐代开元中特加修葺，建置楼台园囿，花木繁茂，成为都城长安的游览胜地。曲江池畔柳树最多，据尉迟偓说："曲江池畔多柳，亦号为'柳衙'，意谓其成行列，如排衙也。"（《中朝故事》卷上）这里游人甚众，古代有戴柳、折柳之习俗，曲江柳因此便有任人攀折之含义，如白居易《忆江柳》云："遥忆青青江岸上，不知攀折是何人。"这个含义又与妓女的职业联系起来了。"攀花折柳"在我国民俗文化中借指男性对女性的非法占有。妓女则像江柳一样"者人折去那人攀"。作者的比喻是很贴切的。唐人之"者"为口语代词，同"这"；"者人"与"那人"即指任何男性。这是她们无法摆脱的悲剧命运，她们之中很多人并不是甘愿如此的。作者对现实有着清醒的认识，所以痛心地准备谢绝某男子对她的情意。其理由有两点：一是"攀我太心偏"，一是"恩爱一时间"。她深感自己像曲江之柳一样轻浮卑贱，如果某个有家室的男子对她有真情实意，从一般道德观念来看便是心偏了。敦煌曲子词《南歌子》云："争不交人忆，怕郎心自偏。近来闻道不多安。"词中妇人对其"郎"在外甚不放心，怕他心偏而离开她。可见唐代民间认为男子丢下妻室另寻所欢便是心偏。因为歌妓的职业与命运决定她不可能永远属于某男子，所以即使她有爱的自由，但这样的自由是得不到保障的，结果只能是"恩爱一时间"。自来风尘中的女子人生遭际是很复杂的，这首《望江南》的作者，虽然软弱而不能改变自己的命运，但其心地善良，对其所爱的男子是真心实意的，正因此而陷入情感的深刻的矛盾中。她请求他不要太心偏，应当尊重社会的伦理观念，不要迷恋风尘女子。更令她痛心的是：即使接受他的爱，他们的恩爱也是短暂的。因此不如早早分手，以免沉溺于情感中而产生更大的痛苦。显然她的这种决定是对自己情感的压抑，甘于忍受痛苦，不愿毁了一个自己真正喜爱的男子。一般说来，风尘女子是不受社会伦理道德规范约束的，当其失去自尊之后，仅能标榜自身的商品价值而存在。这位女子因其善良的本性未泯，依然深受社会伦理道德观念的束缚，终于发出痛苦的呼声，表现了其精神的痛苦远胜于肉体的折磨，也是对社会不平等和反人道的控诉。这在中国古代文人作品中是罕见的，故应为我们所重视。

无名氏

望江南

天上月，遥望似一团银。夜久更阑风渐紧，为奴吹散月边云。照见负心人。

在我国古代文学中，"痴心女子与负心男子"是一个重要的主题。中唐以后，社会发展进入封建社会后期，城市商品经济活跃，社会伦理观念不断变化，这一古老的文学主题占据了重要的地位。唐人传奇《霍小玉传》即以被侮辱与被损害的女子霍小玉表达出："我为女子，薄命如斯；君是丈夫，负心若此！"这首中唐时期流行于西北的敦煌曲子词也是表现此一古老文学主题的，它真挚泼辣，极具民间的特色。

我们从词意与表达方式来看，此词的作者应是女性，她生活于民间，既非歌妓，亦非某宅院之主妇，而是受到欺骗与损害的平民女子。她在晚上望月时，抒发郁结于内心的怨恨。夜静望月往往令人产生种种遐想，这位女子望月产生的联想是顺着其思绪展开的，颇为奇特地表现了瞬间的意识流程。银，色白而有光泽，古代多以为白色之喻，如银河、银兔。银兔即月，唐末诗人皮日休诗句有"麝烟苒苒生银兔"（《醉中先起李毅戏赠走笔奉酬》）。所以将月想象为"一团银"是不奇怪的，后来苏轼的《行香子》也有"清夜无尘，月色如银"之句。"夜久更阑"表示望月将至清晓，时间已过去很久。"更"为古代夜间计时单位，一夜分为五更。更阑即更鼓将完，五鼓即将天明。这时天气变化，风声紧急，明月为浮云所掩，于是作者产生了云与月关系的联想。她希望狂风为她吹散月边之云。"奴"，古代为自谦之词，敦煌变文中无论男女尊卑都自称为奴，宋代以后多为妇女之自称。此词中"奴"为抒情女子之自称。当然月与云都是自然现象，风也不能听从人的意志。女子希望自然现象符合主观愿望的天真想法，深刻地表达了一种痛苦绝望的特殊心理。词的结尾是全词情绪的高潮，以强烈的怨恨谴责负心的男子。"负"本有亏欠之意，负心即指违背良心，忘记恩情。另一首敦煌曲子词《南歌子》也是谴责负心人的，有云："回觑帘前月，鸳鸯帐里灯。分明照见负心人。"这两首歌词都希望月光照见负心人。封建社会的法典和伦理规范都是维护男性利益的，不少侮辱和损害女子的男性并未受到法律的制裁与舆论的谴责，反而有重重的虚伪外衣掩护。民间的女子不同于文人笔下的贵家小姐那样温柔贤淑，她们有较坚强的个性和报复的心理，如敦煌杂曲："我有一口刀，半鑭（刚）半是柔。不将余处用，拟斩负人心。"然而她们更多还是希望月光去照见，让负心男子在皎洁的月光下显现出丑恶卑劣的灵魂，使他无处躲藏，使他受到道德的审判。女子这样强烈的愿望和怨恨是有其合理性的，显然她付出了巨大的牺牲，献出了整个的身心，而结果是遭到负心的遗弃。这太不公平，她无处申诉，只有将愿望寄托于至高的自然，相信伟大的自然是公正的，能哀怜世上不幸的女子。此词的词意层层转深，于真挚泼辣之中又含蓄曲折，引起读者的想象，更能令负心男子感到灵魂的触动，因为这是不幸女子的声音，是最有力量的。

无名氏

后庭宴

　　千里故乡。十年华屋。乱魂飞过屏山簇。眼重眉褪不胜春。菱花知我销香玉。　　双双燕子归来。应解笑人幽独。断歌零舞。遗恨《清江曲》。万树绿低迷，一庭红扑簌。

　　南宋陈岩肖《庚溪诗话》卷下云："宣政间，修西京洛阳大内，掘地得一碑，隶书小词一阕，名《后庭宴》，其词曰（词略）余见此碑墨本于李丙仲南家。仲南云得之张魏公侄椿处也。"此词未记年月及作者，在南宋时以墨本流传。明扬慎《词品》卷一谓是"唐人作"，《唐词纪》《全唐诗》录作唐无名氏词。在词里作者以自我抒情方式含蓄地表达了其人生的遗恨，颇有美人迟暮之感。

　　词的起笔即流露出人生的失意，而又苦苦地留恋以往的生活。千里故乡，自离开后难以重返；十年华屋，那一段豪华生活已成过去。在故乡的日子，可能是作者最美好的时光，虽已逝去却令她情牵梦绕。"乱魂"，这个意象颇为奇特，表示人精神的迷茫不安。"屏山"指屏障，为室内饰用之具，可以作为挡风和遮蔽之用。唐人元稹《以州宅夸于乐天》诗云："四面常时对屏障，一家终日在楼台。"乱魂在梦中越过室内曲曲层层的屏山，去寻找那已逝的生活，这在现实中无疑是不可能的。人的失落感愈强烈，则在现实中愈感到不如意。这是无法排解的矛盾。"眼重"是失眠后的疲倦之感，"眉褪"是黛眉减色的憔悴之状。作者推诿其原因是不胜春愁所致。当然古代女子的生活空间过于狭窄，故季节的变化易对情绪产生影响。春天的匆匆归去令人愁闷，但绝不至十分严重，所以她的憔悴与消瘦乃是源于自我精神的痛苦。这只有菱花镜才能知道。明徐士俊评"菱花知我销香玉"句云："侠士以龙泉（剑名）为知我，美人以玉镜为知我。"（《古今词统》卷九）这实是对孤寂的一种自我安慰。"菱花"指古代六角形的或背面刻有菱花的铜镜。"香玉"形容芳润莹洁的肌肤，女性对自己的肌肤之美常有怜惜之感。在镜里她发现香玉似的肌肤消瘦了。词的下阕，作者调换笔法，试以间接的方式深化词意。作者不表述个人的幽独，而是以春夏之交双燕参差其羽来反衬自己的形只影单，似乎燕子对其孤独既理解又同情。《清江曲》七言八句，上片平韵，下片仄韵，字声平仄不拘，体近古诗，为唐人词调；今存之词仅宋人苏庠一首，写泛舟清江情形。这只曲子是词人当年所熟悉的。"断""零"表示残缺之意。她的消瘦与幽独都是由深深的遗恨造成的。这遗恨自有难言之隐，不便表露，似乎亦无必要，唯有在断歌零舞里暗暗寄意，在世上根本就不会有知音的人。词的下阕的两个意群间有很大的跳跃，正显示了作者思绪的复杂。结尾又忽然一笔景物描写，使全词生动多姿，词意更为含蓄了。"万树绿低迷"是浓荫匝地的景象，春红扑扑簌簌地坠落宣告了春的归去。这种景象是多愁善感的女性难于忍受的。结句是上阕"不胜春"之意的补足，也是失落的象征。

作者的思绪绵密细致，词语优美含蓄，善于表达瞬间的情感，在艺术技巧方面甚为成熟。清陆昶以为此词"姿容婉秀，闺中名手也"（《历朝名媛诗词》卷十一）。

韦 庄

韦庄（约836—910），字端己，京兆杜陵（今陕西西安东南）人。唐昭宗乾宁元年（894）进士，官左补阙。后仕前蜀，官终吏部侍郎兼平章事。著有《浣花集》。《花间集》存其词四十七首。

菩萨蛮

　　人人尽说江南好。游人只合江南老。春水碧于天。画船听雨眠。　　垆边人似月。皓腕凝双雪。未老莫还乡。还乡须断肠。

　　唐僖宗中和三年（883）以后的数年间，韦庄漫游江南，足迹到过吴、越、湘、楚和江西等地。这正是韦庄四十八至五十余岁的盛年时期，也是他一生中感性生活最丰富的时期，江南的美景和情事给他留下了最深刻的印象。他在江南作了许多诗词，而且离开后总是苦苦地思念。这首《菩萨蛮》是韦庄漫游江南时所作，反复婉转地抒发了留恋江南的情怀。

　　中唐以来，中国经济重心已发生南移的趋势。唐末中原陷入连年的战乱，经济和文化遭到严重的破坏，江南则相对安定，更加速了经济重心南移的过程。"人人尽说江南好"，这在当时是有特殊意义的，而且得到公认的。韦庄到江南以后，以自己亲身的感受证实了这点，强调游人只应老于江南，意即凡到江南的人都应当老始离去，因为江南太值得人留恋了。起首两句，句式相同，词字重复，句意也有相似之处，叹息的语气非常强烈地表达了词人对江南的深情。其所留恋的一是江南之景，一是江南之情。北方人到江南最敏感的是碧水和画船。水碧于天，水天一色，展示了南方景色特具的秀美。这与中原的黄土浊流相比较，所引起的是另一种美感和另一种心情。画船听雨则更表现了南方环境的悠闲和安静，而且最能触发骚人墨客的艺术灵感。它与当时中原的烽烟和苦难相比无异于人间天堂了。久居战乱北方的人到这里感到了特别的轻松和喜悦，消除了战争的灾难、生活的艰苦和心情的苍凉抑郁。

　　词的下阕继上阕写江南之景而转写江南之情，因此一气贯注，过接紧密相连，气韵最为流动。肌肤雪白的女子当垆卖酒，这也是给初到江南的人的最新鲜的印象。古代酒家，酒瓮放于垆中，垆乃累土为之。四周隆起，一边较高，由青年女子当垆卖酒。唐代诗人杜牧《黄州偶见作》的"有个当垆明似月"，即指当垆女子美丽有似明月。词中的"垆边人"即当垆卖酒的女子，她最引人注意的是一双手腕洁白似雪，这是她量酒时最易显露之处。我国的审美观念仍以洁白光泽的肤色为女性美的重要特征。词人对当垆女子局部的描写，能产生关于整体美的联想的艺术效果。作者对江南情景是非常敏感的，因而善于抓住它们的特征，表现得优美而富于诗意。词的结尾两句与起首两句相互照应，补足了"游人只合江南老"之意。既然江南之情景那样值得人留恋，所以游人——特别是北方人应当滞留，尽情地欣赏和享受，直到进入老境。游子客处他乡总是有思乡的情绪，但这与其对江南的留恋相比较，他宁愿选择后者。如果在进入老境之前未得到感性的满足而轻易离开江南，则必定后悔，必定感到悲伤。词以递进的方式深深表达了留恋之情。全词中"人""江南""老""还乡"等词字的重出，造成一种反复，但又不是句意的重复，因而词意特别婉转。"只合江南老"与"未老莫还乡"两句皆以反语方式突出词旨。这时韦庄已是五十左右的人了，深感晚景的催逼，一生蹉跎，事业无成，又值时乱年荒，老于江南，沉湎于江南，实有壮志消磨的难言的苦痛。他不愿老去，愿在盛年最后一次享受现实提供的美好的东西，但是在感性的追求中，却情不自禁地流露出一种悲伤的情绪。前人评此词云："真是泪溢中肠，无人省得。"（陈廷焯《云韶集》卷一）我们反复吟诵是能体会到此点的。

菩萨蛮

如今却忆江南乐。当时年少春衫薄。骑马倚斜桥。满楼红袖招。　　翠屏金屈曲。醉入花丛宿。此度见花枝。白头誓不归。

韦庄四十八岁以前的行迹，因资料缺乏而难于考索，在其四十八岁漫游江南之前是否还漫游过，这是难以断定的。此词是他北归之后，追忆漫游江南时的欢乐而作的。作者明言"当时年少"，"当时"是指漫游江南之时，"年少"乃指青年时代。据目前的研究，韦庄漫游江南时间可确考的是在四十八岁之后，但这个年龄无论如何是不能称为年少的。因而此词为考证韦庄青年时第一次到江南提供了一点线索，值得我们留意。

词的首句"如今却忆江南乐"是词旨所在。"如今却忆"明白地表示所抒写之事乃属于事后的追念，今昔的时间关系交代得很清楚。"却忆"即还忆、重忆，表示曾经多次回忆，可见印象之深，难于抹掉，值得追寻。漫游江南时有许许多多的各种各样的感受，词人在小词里仅仅回忆了江南之乐。这乐是他的青春的欢乐，是他人性枷锁的暂时抛掷，所以在若干年后他仍为之神往。在古代封建社会里，男子要获得青春的欢乐，即获得情欲的满足，一般不是在家庭的婚姻关系之内，因为当时婚姻的缔结不是以双方的情感为基础的。唐代的社会思想是很开放的，士子可以在平康坊巷陌及青楼等处非常容易地获取青春的欢乐，并不受到社会舆论的指摘。词人所追忆的乐实际上是放荡的冶游之乐，他敢于在作品里直率地表现出来，由此可见当时社会思想的开放程度。词中对冶游之乐作了含蓄的描述。春日里男子身着单薄的华丽的春衫，骑着宝马，无聊地闲倚于斜桥。这生动地勾画了一位翩翩少年公子的形象。它表明这位青年颇为富有，涉世不深，是尝试着出来寻花问柳的，有经验的歌妓一眼便认出来。"红袖"指代女性，此词中借指风尘女子。唐代诗人王建《夜看扬州市》的"高楼红袖客纷纷"，亦是此义。"楼"是歌楼或酒楼，常是青楼女子活动的场所。男子受到众多红袖的招引，成为青楼女子俘获的对象，而男子则以金钱买来了欢乐。下阕过变紧接上阕之意而描述室内的情景。"金屈曲"指屏风折叠之处的金属环纽。这屏风豪华无比，以作室内障蔽之用。梁代简文帝《和湘东王名士悦倾城》："美人称绝世，丽色譬花丛。"可见"花丛"乃指艳丽的女人。尽管词人描述时写得含蓄，却也表明是狭斜等处的生活，而且描述中没有情感的流露。本来这种冶游生活是不具情感的，"此度"是词意的转折，与起首的"如今"相照应，表示词人从回忆回到现实。一般说来冶游属于青年人的荒唐行为，随着年岁的增长或社会地位的提高他会为之感到后悔的。作者却并无后悔之意，反而产生更强烈的追求，表示若再见到花枝似的人，即使流连到白头也发誓不回北方家乡了。这比作者同调的另一首词表示的"未老莫还乡"还更进一步。作者这样真率坦诚地表示内心的欲望是与封建社会的伦理道德观念相冲突的。当然统治阶层成员中是有许多冶游荒唐行为的，只因他们善于掩饰罢了。韦庄的可贵之处在于赤裸地展示自己的灵魂，无所顾忌。虽然词的情调并不高尚，却从另一方面表现了社会动荡不安时士人的无聊的病态的消极心理。它令人对唐末五代的士人既感到可悲，又感到可怜，但很难责怪他们灵魂的堕落。韦庄并不感到悔恨呢！

菩萨蛮

　　劝君今夜须沉醉。樽前莫话明朝事。珍重主人心。酒深情亦深。　　须愁春漏短。莫诉金杯满。遇酒且呵呵。人生能几何。

　　这是一篇祝酒之词，当于盛筵之前词人对客挥毫，即兴而成，草授歌者以作侑觞之用。同调的词里，作者曾表示甘愿沉溺于冶游，此词则劝人并劝己沉醉于美酒之中。这种及时享乐的心理在唐末五代士人里是较为普遍的。韦庄《云散》诗有"刘伶避世唯沉醉"之句，有助于我们理解此词潜在的含义。

　　沉醉即沉沉大醉，自我意识完全处于麻木的状态。词一开始便提出当夜须尽醉方休，而且要求在酒筵前绝对忘却世事，只耽于现实的享乐，根本不考虑未来。这是一种狂饮，但"莫话明朝事"可能有两层含义：一是暂时将明朝之事放置，以免干扰享乐情绪；一是有意避开未来不愉快的事，借醉饮来暂时忘却。我们从作者中年的生活遭际来看，他的及时享乐可能是属于后一种情形，所以前人发现"此词意实沉痛"（李冰若《栩庄漫记》），"以风流蕴藉之笔调，写沉郁潦倒之心情"（丁寿田、丁亦飞选注《唐五代四大名家词》乙篇）。作者为了劝座客沉醉，在词里表达了三层理由。第一层是极表面的，希望珍重主人的盛情，自然主人是要求大家尽醉的，所以杯中之美酒愈斟得多，便表示主人情谊之愈深；这对客人而言，自是盛情难却了。第二层是从时光的须臾飞逝着眼，如果要在现实中抓住暂时的春夜良宵，唯有盛满美酒，通夜畅饮。古人以铜壶刻度盛以水作为计时器，称"漏"，夜间漏尽即将天明，"春漏短"即春宵短之意。"莫诉"即莫辞之意。为了珍惜春宵，似乎只有饮酒取乐。第三层是将饮酒提高到人生哲理的高度来看。曹操的《短歌行》有"对酒当歌，人生几何"之句，表达及时行乐的人生态度。韦庄此词的结尾正是从《短歌行》化用的，他很赞同古人的这种人生态度。在酒徒看来，饮酒是人生最乐之事，所以遇酒时欢喜得放声呵呵大笑，因为人生如白驹过隙，如石火电光，转瞬即逝，个人太渺小了，世界又是虚无的，似乎只有酣饮才能抓住人生的真谛。李白不是说过"古来圣贤皆寂寞，唯有饮者留其名"（《将进酒》）吗？如果在当时具体的环境里，听歌者当筵唱了此词，必然觉得词中的意思是通情达理的，也会满斟金杯，随着众人而沉醉了。士人是产生精英的阶层，他们的自我麻醉与堕落，非常可悲。韦庄等文人在当时潦倒无成，写出这样的酒徒之歌，是对社会现实深感失望的痛苦心理的表现。我们应从此种意义上来读此词。

　　全词纯用白话，通俗易懂，非常坦率地直抒胸臆，不用比兴，不假雕饰，用直陈其事的赋体表现手法。这种艺术表现与其他许多花间词人有所不同，而内容也偏重于说理。明代戏曲家汤显祖以为此词"直写旷达之思"（汤显祖评本《花间集》）。其实作者的情绪是痛苦的，并不旷达，也未解脱人生。如果从艺术风格来看，可以认为它颇为旷达，完全没有一般花间词人那种柔靡秾艳的作风。这足以说明它在词史上的意义了。

菩萨蛮

洛阳城里春光好。洛阳才子他乡老。柳暗魏王堤。此时心转迷。　桃花春水渌。水上鸳鸯浴。凝恨对残晖。忆君君不知。

唐僖宗广明元年（880），韦庄在京都长安应举，时值黄巢起义军攻陷长安。中和二年（882）春，韦庄躲避战乱，离开长安，寓居洛阳。唐代的洛阳为陪都东京，都市繁盛。此词便是韦庄在洛阳时作的。其《中渡晚眺》诗云："魏王堤畔草如烟，有客伤时独扣舷。……家寄杜陵归不得，一回回首一潸然。"韦庄本是杜陵（今陕西西安东南）人，由此诗可知他是独自离开长安的，客寄洛阳，因思家室而甚为悲伤。这首《菩萨蛮》正是他在洛阳思念家室之作。

洛阳在当时未遭战火，相对安定，所以来此避难之人仍感到这里春光美好，但也转而产生伤时与思乡的情绪。"洛阳才子"是作者借贾谊以自喻。贾谊为西汉初年洛阳人，十八岁时以诵诗书属文而闻名于郡中，二十余岁被汉文帝召以为博士；时人誉为洛阳才子。韦庄客寓洛阳时已四十七岁，流离异乡，已有迟暮之感。魏王堤为洛阳名胜之一。洛阳城南，洛水溢为池，唐贞观中以赐魏王泰，因名魏王池，池堤柳树最多。白居易《魏王堤》诗云："花寒懒发鸟慵啼，信马闲行到日西。何处未春先有思，柳条无力魏王堤。"柳暗，说明柳树繁茂成荫，远望如烟，正是洛阳春浓的象征。值此烟柳春浓时节，自会引起无限的春思。"迷"字用得很好，表示词人思念之情专注强烈而进入一种沉溺痴迷的状态。上阕的结句是词意的转折之处，承上启下。下阕便表述造成"心转迷"的原因，由此抒写思念家室之情。

"桃花春水渌，水上鸳鸯浴"是魏王池中的实景。《汉书·沟洫志》颜师古注："《月令》'仲春之月，始雨水，桃始华'。盖桃方华时，既有雨水，川谷冰泮，众流猥集，波澜盛长，故谓之桃华水耳。""渌"，水清澈之状，或作"绿"。绿波荡漾的春水中鸳鸯鸟双双嬉戏，这美好幸福的景象最易引起联想。鸳鸯在我国民俗观念中是情侣或夫妻相爱的象征。词中省略由春水鸳鸯引起的词人对于夫妻恩爱的向往与回忆，对家室的思念和对家庭幸福的渴望；这在离乱之时已经不可能成为现实了。"凝恨"是全词所要表达的情绪，恨有遗憾与后悔之意。幸福的渴望在现实中无法满足，便更增强词人对以往幸福的追忆，后悔当初并未珍惜它。"凝"表示这种情感的专注执着。在凝恨中，时间不觉慢慢地过去，已经是落日剩下的一点余晖了，显然词人仍恋恋不忍离去。结句的"忆君"与"凝恨"相照应，"君"即凝恨思念的对象，也是词的抒情对象。"君"在古代并不专以指代男性，也可用于互相称呼；此词中是指代词人的家室。人们在相忆时，都希望得到情感的印证，因此强烈的思念之情盼望对方能有所感知。结句"忆君君不知"是现实的，然而却又是一种非常苦涩的相思之情。全词至此将情绪推向了高潮，无限低回婉转，词尽而意犹未尽。

此词因洛阳春光，而有流落他乡之感，又由春景而产生思念家室之情。词意的发展呈递进的状态，表达较为含蓄而曲折，具有情景交融的艺术效果。清代词学家张惠言解释韦庄词皆以其寄托说出发，总是寻求各词的政治寓意。他以为"此章致思唐之意"（《词选》卷一）。这样解释是无根据的。词体与诗体相异，词体主要是用以表现私人生活场景的，而且用以娱宾遣兴，一般没有必要当作寄托政治寓意的工具。韦庄词也是如此。

晏 殊

晏殊（991—1055），字同叔，抚州临川（今江西抚州）人。宋真宗景德二年（1005）以神童召试，赐同进士出身。仁宗时官至同中书门下平章事兼枢密使。卒谥元献，世称晏元献。有《珠玉词》传世。

浣溪沙

一曲新词酒一杯。去年天气旧亭台。夕阳西下几时回。

无可奈何花落去，似曾相识燕归来。小园香径独徘徊。

这是晏殊的名篇，抒写词人暮春时节怀念旧情的思绪。北宋士大夫都善于安排自己的私人生活，每当政事之余尤喜在园亭或华室，让家妓们歌舞侑觞，遣兴娱宾。虽然晏殊在通常的小唱宴饮之中能得到现实享乐的满足，但在暮春园亭的特定环境里，却使他触景生情，缅怀往事。作者有意将具体的情事隐去，只写出现实情景中的一点感受，这感受却与旧日的印象发生混淆，而使词意反复曲折，十分含蕴。时节与天气依稀如去年，又是在旧日的亭台；这一切景物都如旧，只是缺少了一个人，她永远不能来了。词中省略了怀念的对象，这又使词意更为空灵而近于模糊，但我们仍能从强烈的情绪中感到作者深深的怀念。他盼望她同去年一样能在此处赏春，于是久久地期待她的出现。夕阳已经西下，显然他期待许久了。她能回来吗，究竟几时能回？这太茫然了。下阕的对偶句是宋词中脍炙人口的名句，为作者平生最得意的佳构，曾在其七律《假中示判官张寺丞王校勘》诗中重出。这两句表面看来是写花落燕归的暮春时节，表现由于春归而引起的感伤；但我们联系全词之意来看，它应是深刻地表达了怀旧的情绪。花落本是自然界客观规律的现象，而词人却力图挽回其凋落的命运，然而毕竟无可奈何。这花应是所怀念者的象征；以花象征女性在诗词中是习见的。旧燕归来似曾相识，这暗示燕归人未归。旧日的情景太难抹掉了，暮春、小园、亭台、香径，还有那人。虽然明知往事已无可奈何，但由于念旧之情，使人不忍离去，于是夕阳西下仍独自徘徊于香径，依然等待着，寻觅旧日的梦。词中没有感伤的字面，仅流露出一种淡淡的惆怅，但惆怅情绪里却含有深沉的和执着的情感，并由此体现出某种高尚的品质。因此它能令人激赏，产生更为广阔的意义。清代词学家陈廷焯评论晏殊词说"即以艳体论，亦非高境"，又说"不过极力为艳词耳，尚安足重"（《白雨斋词话》卷一）。从晏殊"作妇人语"之词、自我抒情之词、念旧悼亡之词来看，虽然它们也可算作艳体，但它们已有较为严肃的态度和深厚的情感，其所达到的艺术高境是为传统艳体词所不能及的。

破阵子

春　景

　　燕子来时新社，梨花落后清明。池上碧苔三四点，叶底黄鹂一两声。日长飞絮轻。　　巧笑东邻女伴，采桑径里逢迎。疑怪昨宵春梦好，元是今朝斗草赢。笑从双脸生。

　　此词以轻快的笔调和白描的手法描述了升平环境中幸福的少女们。词的上阕描绘暮春之初的美景。我国民俗以立春后第五个戊日为春社，时值春分，民俗于此日祭祀社神，是为社日。春分过后十五日为清明。这是一年中风和日暖、新燕初来、百花盛开的美好时节。人们都喜于这段时间到郊外踏青春游。作者继而描绘具体的景物，将它表现得如一幅水墨小品画似的，清淡而疏落有致：池上生出浅浅的几点碧苔，树叶里时而透出黄鹂的鸣声。这一些小景已展示出春天带来的旺盛的生机了，真是"动人春色不须多"（唐无名氏诗）。上阕结句再次表现了时序的春浓氛围：这时冬至已过百余日了，白昼已长，柳絮蒙蒙飘飞，容易引起人们无限的春思。在写春景时，作者没有用比兴等手法，而是直描其景，也没有夸张的雕饰，但很见艺术功力。词的下阕写游春的少女们无忧无虑地在这春浓时节玩着斗草的游戏。斗草是我国古代少女爱玩的一种游戏活动，各人采集奇花异草，相互比赛，以花草奇特而样数多者为胜。晏殊笔下的这位少女，斗草赢了。她相信昨夜做了一个好梦，已预兆斗草的胜利。在民俗里斗草的胜利又预兆着婚姻与爱情方面将交好运了，所以她"笑从双脸生"，难以掩饰喜悦的心情。这些少女是很幸福的，她们没有闺怨，没有春愁，没有苦恼，也没有感伤，敏锐地感受到春天带来的新鲜的活力。作者以生动的形象表现了她们的天真可爱和生活的甘美。从艺术表现来看，晏殊此词受花间词的影响很大，还具有江南民歌的一些特点，但整个情调是闲雅恬静的，间接赞美和歌颂了北宋社会的升平气象。

柳 永

柳永（？—约1053），字耆卿，初名三变，字景庄，崇安（今福建武夷山）人。宋仁宗景祐元年（1034）进士，官至屯田员外郎。排行七，世称柳七或柳屯田。为人放荡不羁，终生潦倒。有词集《乐章集》传世。

二郎神

炎光谢。过暮雨、芳尘轻洒。乍露冷风清庭户，爽天如水、玉钩遥挂。应是星娥嗟久阻，叙旧约、飚轮欲驾。极目处、微云暗度，耿耿银河高泻。　　闲雅。须知此景，古今无价。运巧思、穿针楼上女，抬粉面、云鬟相亚。钿合金钗私语处，算谁在、回廊影下。愿天上人间，占得欢娱，年年今夜。

咏节序之作是难写好的，所以在宋词里这类作品不多。柳永咏七夕的《二郎神》虽"类是率俗"（张炎《词源》卷下），但却直到南宋末年都还在民间广泛传唱，这说明它是具有特殊艺术魅力的。本来在我国民间关于七夕便有古老而优美动人的神话传说。每年七月七日的夜晚，天上织女与牛郎一年一度的佳期总令人间的痴儿女特别关注，并唤起他们对爱情幸福的热烈向往，因而七夕在唐宋时颇为人们所重视。柳永此词传达出民众在此佳夕所产生的普遍情绪和美好愿望。

词人在作品里首先以细致轻便的笔调描绘出七夕清爽宜人的环境氛围，诱人进入浪漫的遐想境界。首韵"炎光谢"，说明炎夏暑热已退，一开头即点出秋令。《艺文类聚》卷三《夏》载晋李颙诗："炎光灿南溟，溽暑融三夏。"知"炎光"谓骄阳，代指夏暑；又同卷《秋》载宋孝武帝《初秋》诗："夏尽炎气微，火息凉风生。"并可为此句作注。先说初秋，次叙七夕，此日又从入暮写起。一阵黄昏过雨，轻洒芳尘，预示晚上将是气候宜人和夜空清朗了。"乍露冷风清庭户"，由气候带出场景。"庭户"是七夕乞巧的活动场所。古时人们于七夕佳期，往往在庭前观望天上牛女的相会。唐人陈鸿说："秋七月，牵牛织女相见之夕，秦人风俗，是夜张锦绣，陈饮食，树瓜华，焚香于庭，号为乞巧。"（《长恨歌传》）宋人孟元老也说："（七月）初六日七日晚，贵家多结彩楼于庭，谓之乞巧楼。"（《东京梦华录》卷八）民间观念认为，如果七夕风雨天阴，星月不明，则牛女将会受到阻碍而失去难得的佳期。但这个晚上却很好："爽天如水、玉钩遥挂。"秋高气爽，碧天如水，一弯上弦新月，出现在远远的天空，为牛女的赴约创造了最适宜的条件。我国古籍自汉、晋以来颇有关于织女星座神话传说的记载，而以《荆楚岁时记》所述尤详。据说天河（银河）之东有织女，她本是天帝的女儿，善织云锦天衣。天帝可怜女儿孤独寂寞，允许她嫁给天河西边的牛郎。因其嫁后便废弃织纴，天帝大怒，逼使她与牛郎分离，仍然一在天河之东，一在天河之西，只许他们每年七月七日晚上相聚一次。人们在庭户前乞巧时，仰望星空，关注着牛女一年一度的佳期。"应是星娥嗟久阻，叙旧约、飚轮欲驾"，想象织女嗟叹久与丈夫分离，在将赴佳期时的急切心情，乘驾快速的风轮飞渡银河。织女本为星名，故称"星娥"。"极目处、微云暗度，耿耿银河高泻"，表现了人们盼望天上牛女幸福地相会。他们凝视高远的夜空，缕缕彩云飘过耿耿光亮的银河，牛女终于欢聚，了却一年的相思之债。柳永是一位倾向于写实的词人，所以写牛女之事巧妙地用了肯定性的猜度之辞"应是"，而写银河相会也以"极目处、微云暗度"之情境描写使它显得如若可见。他所要表达的自是现实生活中人们在七夕的心境。

只有体验过相思之苦的人，才珍惜一年一度的短暂欢聚机会。柳永是风流多情的才子，对七夕节序风习感受最深。词的过变两字句"闲雅"，承上启下，是词人对七夕节序特点的概括：并无繁盛宏大的场面，也无热闹浓烈的气氛，各家于庭户乞巧望月，显得闲静幽雅。这种闲雅的情趣之中自有很不寻常的深意。词人强调"须知此景，古今无价"，提醒人们珍惜佳期。"无价"，即其价值高得难以估量，也可见柳永对七夕的特殊重视，反映了宋人的民俗观念。词的下片着重写民间七夕的活动，首先是乞巧。据古代岁时杂书和宋人笔记，是以特制的扁形七孔针和彩线，望月穿针，向织女乞取巧艺。这是妇女们的事。庾信《七夕赋》说："于是秦娥丽妾，赵艳佳人，窈窕名燕，逶迤姓秦，嫌朝妆之半故，怜晚拭之全新。此时并舍房栊，共往庭中，缕条紧而贯矩，针鼻细而穿空。"足见七夕穿针的风俗由来已久，此赋所写细节，也可以补充柳词所未及。穿针也不是很容易的，有时"针欹疑月暗，缕散恨风来"（梁简文帝《七夕穿针》诗），所以要有点技巧。词中"运巧思、穿针楼上女，抬粉面、云鬟相亚"的"运巧思"，落笔便体会到这一点。"楼上女"是说此女本居于楼上，穿针乞巧时才来到庭中的，词接着说"抬粉面"，所写"望月穿针"便形神兼备了，加以"云鬟相亚"，不忘记交代一下她的晚妆的头面。"亚"通"压"，低垂的样子。词写穿针乞巧，仅此一句，内涵却颇为丰富，有文化习俗的历史传统，也有现实生活的人物动态，而妇女们追求巧艺的热切心情与虔诚态度，于"运巧思""抬粉面"中也体现出来了。

　　这个富于浪漫情趣和神秘意味的晚上，在唐宋时似乎又为青年男女选作定情的好时候。"钿合金钗私语处，算谁在、回廊影下"，写七夕的另一项重要活动，既是词人浪漫的想象，也是民间的真实。自唐明皇与杨妃初次相见，"定情之夕，授金钗钿合以固之"（《长恨歌传》），他们"七月七日长生殿，夜半无人私语时"也就传为情史佳话。唐宋时男女选择七夕定情，交换信物，夜半私语，可能也是民俗之一。作者将七夕民俗的望月穿针与定情私语绾合一起，毫无痕迹，充分表现了节序的特定内容。词的上片主要写天上的情景，下片则主要写人间的情景；结尾的"愿天上人间，占得欢娱，年年今夜"是全词的总结。它寄予人们获得幸福的殷切祝愿，展示了词人热诚而广阔的胸怀。

　　这首词所写的七夕的节序风物都是极其平常而浅近为人熟知的，但我们可以设想，当七夕闲雅的氛围里，人们唱起它时一定会感到分外亲切。因为它写尽了天上人间的此情此景，词意浅俗易懂，形象鲜明生动，而且作者热诚的祝愿也会使人们异常感动的。也许它唤起了一种在日常纷扰的现实生活中容易被忽视然而又是十分珍贵的情感。只有这时，词的艺术魅力才可能充分表现出来。自从古诗中写牛女的幽怨（如《古诗十九首》之"河汉清且浅，相去复几许，盈盈一水间，脉脉不得语"）之后，文人咏七夕之作总是带着浓重的感伤情调，以寄托个人的相思离恨。这些情调似乎与民间关于七夕的许多想象终隔一层。在民众看来，七夕佳期是值得庆幸的，柳词的"天上人间，占得欢娱，年年今夜"，可能较符合他们单纯朴素、积极乐观的生活信念。因而这首平凡率俗的柳词一直在南宋传唱不衰，以致词学家张炎都为之感到惊讶。柳永是北宋太平盛世的歌手，这首七夕词所表现的闲雅欢娱的情调正反映了在国家安定、经济繁荣的社会背景下人们世俗生活的一个片断。由"须知此景，古今无价"，便可想见当时人们在升平的社会环境里，怀着对幸福的憧憬而欢度七夕的情景了。

昼夜乐

　　　洞房记得初相遇。便只合、长相聚。何期小会幽欢，变作离情别绪。况值阑珊春色暮。对满目、乱花狂絮。直恐好风光，尽随伊归去。　　一场寂寞凭谁诉。算前言、总轻负。早知恁地难拚，悔不当时留住。其奈风流端正外，更别有、系人心处。一日不思量，也攒眉千度。

　　我国传统诗词写闺情题材的极多。柳永这首俗词却写的是普通市井女子的闺情，着重表现她的悔恨，在这类题材中是别开生面之作。

　　词以抒情女主人公的语气叙述其短暂而难忘的爱情故事。她在词中从头到尾絮絮诉说其无尽的懊悔。作者善于使用民间通俗文学的叙述方法，以追忆的方式从故事的开头说起。歌词有自己独特的表现方式，因而省略了许多枝节，直接写她与情人的初次相会。初遇便"幽欢"，正表现了市民恋爱直接而大胆的特点，不需要像公子与小姐那样有一个漫长曲折的过程。这样的初遇，自然给女子留下特别难忘的印象。她按照市民的观念认定：他们以情理而论都"便只合、长相聚"的。但事实上此种爱情在封建社会中是难以为社会和家庭承认的，因而事与愿违，初欢即又是永久的分离。显然，他们的分离系为情势所迫，还不是由于男子的负心，这就愈使她思念不止了。暮春时节所见到的是"乱花狂絮"，春事阑珊。春归的景象已经令人感伤，而恰恰这时又触动了她对往日幽欢幸福与离别痛苦的回忆，愈加令人感伤了。"况值"两字用得极妙，一方面表示了由追忆回到现实的转换，另一方面又带出了见景伤情的原因。由此很自然地在上片两结句达到情景交融的地步："直恐好风光，尽随伊归去。""伊"为第三人称代词，既可指男性，也可指女性。柳永的俗词是供女艺人演唱的，其中的"伊"一般都用以指男性，如《定风波》"针线闲拈伴伊坐"和《望远行》"待伊游冶归来"中的"伊"都是指男性的。此词的"伊"亦指男性。女主人公将春归与情人的离去联系起来，美好的春光在她的感受中好像是随他而去了。"直恐"两字使用得很恰当，是主观怀疑性的判断，因为事实上春归与人去是无内在联系的，将二者联系起来纯是情感的附着作用所致，足以说明思念之情的强烈程度。

下片起句"一场寂寞凭谁诉"，在词情的发展中具有承上启下的作用。"一场寂寞"是春归人去后最易感到的，但寂寞和苦恼的真正原因是无法向任何人诉说的，也不宜向人诉说，只有深深地埋藏在自己内心深处。于是整个词的下片转入抒写自身懊悔的情绪。作者将这懊悔情绪分作三层，逐层铺写。第一，"算前言、总轻负"，或许是由于她的言而无信，损伤了他的感情，这些都未明白交代，但显然责任是在女方；于是她感到自责和内疚，轻易地辜负了他的情意。第二，"早知恁地难拚，悔不当时留住"。看来她对此事缺乏经验，当初未考虑到离别后在情感上竟如此难于割舍。如果早知道了，何不当时就不顾一切将他留住呢？因为没有留住他，这才后悔无穷。第三层又补足"恁地难拚"的原因。他不仅举止风流可爱，而且还品貌端正，远非一般浮滑轻薄之徒可比，实是难得的人物。但除了这些容易体察的优点外，"更别有、系人心处"。这"系人心处"只有她才能体验到的奥秘是不便于言说的，也是她"难拚"的最重要的原因。可见，她由于内疚、难舍和爱恋，更感到失去他像失去了人生最宝贵的东西一样。结句"一日不思量，也攒眉千度"，非常形象地表现了这位妇女悔恨和思念的精神状态。攒眉即愁眉紧锁，是"思量"时忧愁的表情。意思是，每日都在思量，而且总是忧思千次的，可想见其思念之深且切了。这两句的表述方式很别致。本是每日思量，攒眉千度，偏说成是"一日不思量，也攒眉千度"，正言反说，语转曲而情益深。不思量已是攒眉千度了，则每日思量时又是如何，不问可知，造语不但深刻，而且俏皮，得乐府民歌的神采。

迷仙引

才过笄年，初绾云鬟，便学歌舞。席上尊前，王孙随分相许。算等闲、酬一笑，便千金慵觑。常只恐、容易韶华偷换，光阴虚度。　　已受君恩顾，好与花为主。万里丹霄，何妨携手同归去。永弃却、烟花伴侣。免教人见妾，朝云暮雨。

柳永青年时代长期流连坊曲，熟悉民间歌妓的生活，也深知她们的痛苦并真正地同情她们。在《迷仙引》里，作者表达了她们的呼声，其中蕴含着她们辛酸痛苦之情。宋代隶属娼籍中的人，情况很复杂，有的纯是出卖色相，有的侍宴侑酒，歌妓则是以小唱为职业的女艺人。民间歌妓大都是贫苦人家女子，因其家遭受灾荒或为缴纳赋税而被卖入娼家的，也有被诱拐而误入风尘的。宋人金盈之说："诸女自幼丐育，或佣其下里贫家，常有无无之赖，潜为渔猎；亦有良家子，为其家聘之，后以转求厚赂，误缠其中，则无以自脱，且教之歌，久而卖之。其日赋甚急，微涉退怠，鞭扑备至。年及十二三者，盛饰衣服，即为娱宾之备矣。"（《新编醉翁谈录》卷七）从柳永所描述的这位歌妓的情形来看，她也是幼年沦落娼籍的，但并非流浪于茶楼酒肆中"不呼自来筵前歌唱，临时以些小钱物赠之而去"（《东京梦华录》卷二）的下等女艺人，而是属于歌楼中较为高级的歌妓。

全词通过一位民间歌妓对自己所信任的男子的自述，表现她对自由生活的向往和追求。据她自己说，刚成长为少女时她便学习歌舞了。古代女子年满十五岁，开始梳绾发髻，插上簪子，称为"及笄"，标志成年了，由于她身隶娼籍，学习技艺是为了在歌筵舞席之上"娱宾"，沦为娼家牟利的工具，当然自己也可得到宾客一些赏钱。歌妓的个人生活往往是很悲惨的，尤其是精神生活。在封建社会后期的市民生活中普遍盛行着拜金主义，但这位歌妓并非狂热的拜金主义者。她在华灯盛筵之前为王孙公子们歌舞侑觞，由于她年轻，色艺都好，席上樽前，随处可博得王孙公子的称赞，对她的一笑，王孙公子随便地以千金相酬。可是她意不在此，"慵觑"是懒于一顾。可见，她与一般安于庸俗生活、贪得缠头的歌妓们不同，意趣颇为相异。作者于此婉曲地表现了歌妓的不同流俗的品格，轻视千金而要求人们的尊重和理解。她在风尘中保持着清醒的头脑，寻觅着知音，渴望着有一个正常的人生归宿。歌舞场中的女子青春易逝，有如"蕣华"的命运一样。"华"通"花"，蕣华即木槿花。《诗·郑风·有女同车》："颜如舜华。"朱熹注："木槿也，树如李，其华朝生暮落。"郭璞《游仙诗》："蕣荣不终朝。"古人多用蕣华以喻女子青春，虽美艳而难久驻，有似朝开暮落一般。这位歌妓清楚地知道，她的美妙青春也将像蕣华会很快变灭的。"光阴虚度"之后，结局如何呢？这就是常常使她感到困扰和担忧的问题。词的上片逐层地暗示了落籍从良是歌妓的唯一出路，由此很自然地在词的下片正面表达其从良的决心和愿望。

她终于在赏识者中寻觅到一位可以信任和依托的男子，便以弱者的身份和坚决的态度，恳求救其脱离火坑。他的同情、怜爱和赏识，在她看来已是"恩顾"了。歌妓是命薄如花的女子，求他做主，求他庇护，以期改变自己的命运。"万里丹霄"意即广阔的晴空。妓女如堕溷之花，对于风尘中的女子来说，从良是既渴望而又难以得到的结局。而今她有了可信任的男子，祈求着"何妨携手同归去"，共同缔造正常的家庭生活。从良之后，便表示永远抛弃旧日的生活和那些烟花伴侣，以此来洗刷世俗对她的不良印象。"朝云暮雨"，本出自宋玉《高唐赋》："妾在巫山之阳，高丘之阻，旦为朝云，暮为行雨。"歌妓由于职业的特殊，迎来送往，相识者甚多，给人以感情不专、反复无常的印象。这位歌妓试图以今后的行为来证明自己并非那种轻浮的女人。她恳求、发誓，言辞已尽，愿望热切，似乎含着热泪、怀着对未来的憧憬，向社会发出求救的呼声。然而她所信任和依托的男子是否同意她的要求，是否能帮助她跳出火坑，是否能同她共建美满的家庭生活，这一切，词人都未作肯定的回答。作者只传出民间歌妓求救的呼声，希望社会能听听这微弱而感人的声音。我们从民间歌妓在宋代社会现实中的一般处境来判断，这位歌妓实现从良的愿望的可能性是很小的，很可能这个男子又欺骗了她，也很可能是买她去做家妓或姬妾的，或者虽然同情她却因无力付清身价银而终于不能救助。按照封建等级制度的规定，歌妓属于"贱民"，注定了悲剧的命运。她们要想像正常人一样过着温暖的家庭生活总是难以如愿的，虽然这是女子最低的和最合情理的愿望。

　　这首词于平淡中很具功力，紧紧抓住了民间歌妓要求从良的主线，善于剪裁，突出重要情节，语言贴切，深刻地反映了歌妓的痛苦的精神生活和迫切的从良愿望。作者对描写的对象是非常熟悉的，以第一人称的语气表达民间歌妓发自内心深处的呼声就尤为真切感人了。词人柳永是真正同情民间歌妓的，敢于正视她们不幸的命运，因而在词里我们可见到作者人道精神的闪光。

归朝欢

　　别岸扁舟三两只。葭苇萧萧风浙浙。沙汀宿雁破烟飞，溪桥残月和霜白。渐渐分曙色。路遥山远多行役。往来人，只轮双桨，尽是利名客。　　一望乡关烟水隔。转觉归心生羽翼。愁云恨雨两牵萦，新春残腊相催逼。岁华都瞬息。浪萍风梗诚何益。归去来，玉楼深处，有个人相忆。

　　柳永中年时期漫游江南，写过一些优秀的羁旅行役之词。这首《归朝欢》是写冬日早行而怀念故乡的作品，反映了作者漂泊生涯的苦闷情绪。它虽平易浅近，却是极为精整的刻意之作，体现了柳永这类词的艺术水平高度。

　　作者习惯于即景生情，首先很工致地以白描手法描绘旅途景色，创造一个特定的抒情环境。词的上阕前四句以密集的意象，表现江乡冬日晨景，所写的景物都是词人真切地感受到的。"别岸"是稍远的江岸，"萧萧"为芦苇之声，"淅淅"乃风的声响。远处江岸停着三两只小船，风吹芦苇发出细细的声音，图画般地写出了江乡的荒寒景象。"沙汀"即水间洲渚，为南来过冬的雁群留宿佳处。宿雁之冲破晓烟飞去，当是被早行人们惊起所致。江岸、葭苇、沙汀、宿雁，这些景物极为协调，互相补衬，组成江南水乡的画面。"溪桥"与"别岸"相对，旅人在江村陆路行走，远望江岸，走过溪桥。"残月"表示旅人很早即已上路，与"明月如霜"之以月色比霜之白者不同，"月和霜白"是月白霜亦白。残月与晨霜并见，点出时节约是初冬下旬，与上文风苇、宿雁同为应时之景。三、四两句十分工稳，确切地把握住了寒冬早行的景物特点。它使人们联想到晚唐诗人温庭筠的名句"鸡声茅店月，人迹板桥霜"（《商山早行》），但柳词却是"无我之境"，表现更为深沉。"渐渐分曙色"为写景之总括，暗示拂晓前后的时间推移和旅人已经过一段行程。这样做一勾勒，将时间关系交代清楚，使词意发展脉络贯串。"路遥山远多行役"为转笔，由写景转写旅人。由于曙色已分，东方发白，道路上人们渐渐多起来了。"只轮""双桨"，借指车船。水陆往来尽是"利名客"，他们逐利求名，匆匆赶路。柳永失意无聊，辗转浪迹江南，也同这一群赶路的人们披星戴月而行。在柳永许多羁旅行役之词中经常出现关河津渡、城郭村落、农女渔人、车马船舶、商旅往来等乡野社会风情画面，展示了较为广阔的社会生活背景，较为客观地再现了社会现实。这是其他许多文人词里很难见到的。

上阕所写的冬日早行和商贩往来道途等情况，以客观的描述表现了旅途的困苦劳顿。虽然那些晨景有浓郁的诗意，早起赶路的旅人是无心领略其美妙的。过片的"一望乡关烟水隔"，承上阕的写景

转入主观抒情，因厌倦羁旅行役而思故乡。"一望"实即想望，故乡
关河相隔遥远，烟水迷茫，根本无法望见。既无法望见而又不能回
去，词人受到思乡愁绪的煎熬，转而产生一种急迫的渴望心理，恨
不能插上羽翼立刻飞回故乡。对于这种迫切念头的产生，词人作了
层层铺叙，细致地揭示了内心的活动。"愁云恨雨两牵萦"喻儿女离
情，像丝缕一样牵萦两地；"新春残腊相催逼"是说时序代谢，日月
相催，新春甫过，残腊又至，如潘岳所云"荏苒冬春谢，寒暑忽流
易"（《悼亡诗》）。客旅日久，于岁月飞逝自易惊心，有年光逼人之
感。"岁华都瞬息。浪萍风梗诚何益。""岁华"句申上"新春"句
意，流光转瞬，与天涯浪迹联系起来，更增深沉的感慨。"萍"和
"梗"是柳词中习见的意象，以喻羁旅生活像浮萍和断梗一样随风水
飘荡无定。词人深感这种毫无结果的漫游确是徒劳无益，从现实艰
难的境况来看还不如回乡。《文选》载王正长《杂诗》云："昔往鸧
鹒鸣，今来蟋蟀吟。人情怀旧乡，客鸟思故林。"柳词意境似之。于
是逼出最后三句："归去来，玉楼深处，有个人相忆。"这是思乡的
主要原因，补足了"愁云恨雨"之意。柳永在一些作品中曾回忆青
年时代离家赴京的情形："追悔当初，绣阁话别太容易"（《梦还
京》）；"到此因念，绣阁轻抛，浪萍难驻"（《夜半乐》）。他在离家时
已有妻室了。在入仕之后思念家乡时，他也说："算孟光、争得知
我，继日添憔悴？"（《定风波》）家乡的"玉楼深处，有个人相忆"，
自然是设想妻子多年在家苦苦相忆了。柳永一生在思想、生活、情
感、仕宦等方面都存在难以克服的矛盾，给他带来很多痛苦并反映
在作品中。他在离家后事实上再也没有回到故乡，但思乡之情却往
往异常强烈；他在京都的烟花巷陌与许多歌妓恋爱，但怀念妻子的
深情却时时自然地流露。这些都是真情实感，在作品中表现出来，

很具感人的艺术力量。

在这首词里，作者将通用的白话已经提炼到精纯的程度，具有平易、准确、形象、贴切的特点；出现工整的对偶句，精警而富于概括力，于是它脱去粗率之习而达到工致的地步。全词的结构匀称完整，词意的表达不冗不蔓；由景到情的发展极其自然，情景相生，以白描和铺叙见长，表现手法的运用纡徐自如，逐层地由景到情步步揭示词的主旨。它与柳永许多名篇一样，在慢词长调的写作方法上体现出法度规范的意义。

诉衷情近

雨晴气爽，伫立江楼望处。澄明远水生光，重叠暮山耸翠。遥认断桥幽径，隐隐渔村，向晚孤烟起。　　残阳里。脉脉朱阑静倚。黯然情绪，未饮先如醉。愁无际。暮云过了，秋光老尽，故人千里。尽日空凝睇。

柳永在北宋景祐元年（1034）考中进士之前的数年间，曾经像断梗飘萍一样漫游江南。他的足迹曾到过江、浙、楚、淮等地，依旧羁旅落魄，"奉旨填词"。这首《诉衷情近》是其漫游时期在江南水乡所作，抒写了他对京都故人怀念之情。

江南水乡的秋色在词人的感受中是平远开阔、疏淡优美的。雨晴之后，溽暑已消，天高气爽，给人以舒适清新之感。这时登江楼远望，很有诗情画意。江水是"澄明"的，表现了秋水的特点，"生光"是波浪在落照中粼粼闪映所致；更远处是层层苍翠的远山：这都是从高处远眺所见的景象，并通过"暮山"暗示了具体的时间。
作者再进一步描绘江上秋晚的景色。"遥认"两字用得相当确切，很
适合具体的环境，因为久久地"伫立江楼"，眺望中渐渐辨认出较远
的景物形象。断桥、幽径、渔村、孤烟，它们在向晚黄昏的江上秋
色的背景中构成了秋色平远的画面。这个画面给人以荒寒、凄清、
寂寞的感受。柳永曾经在北宋都城汴京生活了很长一段时期，那里
"绮陌红楼""名园芳树""九衢三市""香车宝马"的繁盛热闹，与
当前荒江日暮的秋色形成强烈对照，怎不触动这游子的悲感呢！词
的上阕描叙秋景，已为下阕悲秋的伤别意绪做了铺垫。过片处以
"残阳"的意象承上启下，转入抒情。至此，作者关于具体时间已用
"暮山""向晚""残阳"间接或直接地加以强调，突出秋江日暮对游
子情绪的影响。抒情主人公的视角出发点前后是同一的，而作者在
写法上颇不同，前者"伫立江楼望处"，是伫立远望；下阕的"脉脉
朱阑静倚"，是含情静倚楼阑，转入思索，动了"黯然情绪"。虽然
两者都是写人在江楼，突出的重点却不同。江淹《别赋》云："黯然
销魂者，唯别而已矣。"可见"黯然情绪"即伤别情绪。无际的离愁
已使人如未饮先醉了。"如醉"表现情感的陷溺而不能自拔的状态。
自此，词情的发展达到高潮：这黯然情绪是由"暮云过了，秋光老
尽，故人千里"引起的。这是在现实中悲秋所生的迟暮之感与客处
异乡所生的怀人的伤别意绪的混合。现实的景物增强了伤别意绪，
因而无法消除，唯有"尽日空凝睇"以寄托对"故人"的思念。

　　对"故人"的思念是全词的中心，向晚的迟暮之感更强化了对
故人的思念之情。但是作者并未将"故人"写得具体一些，而是含
糊其辞。联系柳永其他的羁旅行役之词来看，这"故人"概指他
在京都相识的民间歌妓们。柳永漫游江南时对京都歌妓们深切的思

念，表明他是尊重与她们的爱情和友谊的。

《诉衷情近》在词体中属于中调。作者创作时依据体制的特点，在写景与抒情时，既未大肆铺叙，也不特别凝练。词旨点明即止，结构完整。作者还很注意上下阕之间和意群之间的照应和映衬。如"雨晴气爽"与"秋光"，"伫立"与"静倚"，"望处"与"凝睇"，"远水生光"与"残阳"，"暮山"与"暮云"，它们之间都存在着一定联系。如此照应和映衬，使词意发展的脉络极为清楚，而词的结构也就具有了谨严布置的特点。这首小词并非柳永名作，但我们从其用语的准确和结构的谨严，都可见出作者的匠心。

集贤宾

小楼深巷狂游遍，罗绮成丛。就中堪人属意，最是虫虫。有画难描雅态，无花可比芳容。几回饮散良宵永，鸳衾暖、凤枕香浓。算得人间天上，惟有两心同。　　近来云雨忽西东。诮恼损情悰。纵然偷期暗会，长是匆匆。争似和鸣偕老，免教敛翠啼红。眼前时、暂疏欢宴，盟言在、更莫忡忡。待作真个宅院，方信有初终。

柳永在青年时代困居都城东京之时，为歌妓乐工写作新词，结识了许多民间歌妓。在《乐章集》中写到的便有秀香、英英、瑶卿、心娘、虫娘、佳娘、酥娘等，而与他情感最深的要算其中的虫娘了。他曾描述她卖艺时的动人形象说："虫娘举措皆温润。每到婆娑偏恃俊。香檀敲缓玉纤迟，画鼓声催莲步紧。贪为顾盼夸风韵。往往曲终情未尽。"（《木兰花》）可见她是一位温柔俊俏、色艺超群的多情女子。虫虫当是虫娘的昵称。柳永最初科举考试下第之后，仍怀着希望，曾安慰她说："但愿我、虫虫心下，把人看待，长似初相识。况渐逢春色。便是有、举场消息。待这回、好好怜伊，更不轻离拆。"（《征部乐》）显然柳永是在下第后落魄无聊的情形下得到她的爱情的，因而他表示如果有了举场的好消息，即一举成名之后，定不忘记报答她的恩情。这首《集贤宾》词，写来有如以词代书，向虫虫表白自己的真实情感，向她许下庄重的誓言，给她以安慰和希望。

词人坦率地在词的开始就承认对虫虫的真情实意。"小楼深巷"即指平康坊曲之所，歌妓们聚居之地。北宋都城，"出朱雀门东壁亦人家。东去大街麦秸（秸）巷、状元楼，余皆妓馆，至保康门街。其御街东朱雀门外，西通新门瓦子，以南杀猪巷，亦妓馆。以南东西两教坊"（《东京梦华录》卷二）。坊曲之中身着罗绮、浓妆艳抹的歌妓甚众，但柳永却特别属意于虫虫，为了她的"有画难描雅态，无花可比芳容"。自然有比虫虫更为风流美貌的，而具有雅态的却极为稀见。"雅态"是虫虫的特质。唐宋以来的一些歌妓，除了有精妙的技艺之外，还有很高的文化修养，能吟诗作词。柳词《两同心》的"偏能做、文人谈笑"和《少年游》的"心性温柔，品流详雅，不称在风尘"就是表现这种"雅态"，它是源于品格和志趣的高雅，全不像是风尘中的女子。柳永之所以爱慕虫虫正由于此。歌妓们虽然受制于娼家，失去了人身自由，但她们的情感是可以由自己支配的。柳永由于真正的同情和尊重她们，因而能获得其爱情，相互知心。以往的日子里就曾有过多少良宵，他与虫虫幸福地相聚，"凤枕香浓"，"人间天上"似乎只存在他们的真情了。词的上片追叙他与虫虫的恋爱小史。这是过去的事了，现在他们的爱情出现了一些波折。词的下片便叙说现实中发生的情事。

　　词的过片以"近来"两字将词意的发展由往昔转到现实。下片恰当地表达了词人内心复杂的情感，达到了劝说虫虫的目的。他能理解由于女艺人特殊的职业关系，"云雨忽西东"，这几乎使他们失去了欢乐之趣。从与虫虫"偷期暗会，长是匆匆"的情形来推测，柳永困居京都，已失去经济来源，不可能千金买笑而在歌舞场中挥霍了；因而与虫虫的聚会只能偷偷地进行，而且来去匆匆。由此他希望与虫虫过一种鸾凤和鸣、白头偕老的正常夫妇生活，以结束相会时愁颜相对的难堪场面。"敛翠"，翠指翠眉，敛眉乃忧愁之状；"啼红"，红即红泪，指妇女之泪。虫虫在匆匆相会时"敛翠啼红"，暗示了他们爱情的不幸。这不幸全是来自社会方面的原因，很可能是因娼家严禁虫虫与这位落魄词人往来。对此情形，词人提出了暂行办法和长远打算。暂行的办法是"眼前时、暂疏欢宴"，疏远一些，以避开社会或娼家的压力。他劝慰虫虫不要忧心忡忡，请相信他的山盟海誓。长远的打算是使虫虫能"作真个宅院"。《能改斋漫录》卷十七载无名氏改冯延巳"三愿"词作《雨中花》，结尾云："五愿奴哥收因结果，做个大宅院。""奴哥"为对女子的昵称。这两句与柳词语近意同。"宅院"当指姬妾。苏轼《减字木兰花》词赠徐君猷宠姜胜之云："天然宅院，赛了千千并万万。"《水浒传》第四回说赵员外将金老女儿养做"外宅"，均可证。旧时风尘女子能为士人姬妾，已符所"愿"。柳永是真正打算娶虫虫作"宅院"的。只有到了那时，才算是他们的爱情有始有终。"有初终"，语本于《诗·大雅·荡》"靡不有初，鲜克有终"。他预想黄榜得中之后实现这个愿望。

柳永当时的许诺应该是真诚的，也是违反封建婚姻制度的。在宋代社会，像虫虫这样的贱民歌妓，是不可能与宦门子弟的柳永结为正常配偶的，即使免贱为良，纳为姬妾，也得经过一系列麻烦的程序，而且得付昂贵的身价银。现实生活是多变而残酷的。事实上后来柳永考中了进士，踏入了仕途，但客观条件已不容许他去实践为虫虫许下的诺言了。柳永"名宦拘检"《长相思》），成为封建统治阶层中的一员，其社会地位与贱民歌妓无异天壤之隔。在当时的具体历史条件下，柳永敢于在作品中大胆表示与贱民歌妓结为正常婚配对偶的意愿，这已是难能可贵的了。在此意义上，《集贤宾》反映了北宋新兴市民思潮对柳永的积极影响，这在唐宋文人词中是甚为罕见的。

驻马听

凤枕鸾帷。二三载，如鱼似水相知。良天好景，深怜多爱，无非尽意依随。奈何伊。恣性灵、忒煞些儿。无事孜煎，万回千度，怎忍分离。　　而今渐行渐远，渐觉虽悔难追。漫寄消寄息，终久奚为。也拟重论缱绻，争奈翻覆思维。纵再会，只恐恩情，难似当时。

自宋以来，不少正统词论家指摘柳永的俗词，因为这些"淫冶讴歌之曲"不合封建社会的道德规范和文人的审美趣味，所以历来的词选很少收这类词。宋人黄昇《唐宋诸贤绝妙词选》卷五收入柳永俗词《昼夜乐》（秀香家住桃花径），也还是因苏轼《满庭芳》（香碧雕盘）引用了其中"腻玉圆搓素颈"一语，并且特为注明说："此词丽以淫，不当入选，以东坡尝引用其语，故录之。"其实只要不具艺术偏见，仔细研读柳永俗词便不难发现，它是很有思想意义和艺术水平的。且如此词，便以细致的笔调描述市民女性复杂的离情别绪。作者总是关注着市民阶层中那些不幸的女性，深刻地揭示出她们的内心世界，在艺术表现技巧方面是非常成熟的。

同柳永许多这类俗词一样，此词也是采用线型的结构，按照情节的顺序从头写起，但内容和形象都具新意。开始是写女主人公沉溺在对往日甜蜜的爱情生活的回忆里。这段幸福的生活虽只有"二三载"，在整个人生旅程中是短暂的，却因两心相照，"如鱼似水"般的和谐而令人难忘。但就在这幸福难忘的日子里，已潜伏了破裂的因素。他们的情感不是对等的，她委曲求全，百般迁就，"无非尽意依随"。作者一开始便展示了这位市民女性善良温厚的性格，是作者笔下又一个典型形象。委曲求全的结果并未愈合反而加深了他们情感的裂痕，责任不在女方。"奈何伊。恣性灵、忒煞些儿。""性灵"，俗语的意思是指性子或个性；"忒煞"，即太过分了。这说明他们的破裂纯是由于男子的任性而不近情理，对他已无可奈何。因而双方由情感的破裂到最后分离便是情势发展的必然了。作者省略了不必要的离别细节的描述，词意的发展出现一次跳跃，进入女主人公诉说分离后的苦闷情绪。她不仅善良温厚，还具有女性在情感方面的弱点，心情十分矛盾："无事孜煎，万回千度，怎忍分离。""孜煎"，俗语，忧虑、思念之极，如柳词《法曲献仙音》："记取盟言，少孜煎、剩好将息。"每当她闲着无事之时，将往事反复考虑，仍免不了对离人的眷恋，情感上难以割舍，这是她善良温厚性格的表现。

　　词的下片紧承上片结句之意，着力表现女主人公被遗弃后矛盾复杂的心理。首先，离人已经"渐行渐远"，加大了空间与情感的距离，"虽悔难追"。似乎当初若再委曲一些、再容忍一些，还是可以挽留住的，而今距离愈远，纵然后悔也无济于事了。根据这种情形，即使寄去消息，终究也是白费。"消息"两字分用，如李玉《贺新郎》"遍天涯、寻消问息，断鸿难倩"，是一种修辞手法。她也打算过同他再继续那一段爱情生活，即"重论缱绻"。无奈她经过"翻覆思维"，"思"些什么呢？"纵再会，只恐恩情，难似当时。"这就是她在现实状况下得出的预感，经过分离的痛苦和被弃后的冷静思考，她已认识到情感是不能勉强的，纵使有这个可能重续旧欢，恩情也不似当时的"如鱼似水相知"那样融洽了。她的判断是有根据的。

　　柳永笔下的这个市民女性形象不同于其俗词中另一些大胆泼辣、富于计谋的女性，而具有我国封建时代女性传统的温良忍耐的品格。虽然遭到遗弃，她并不怨天尤人，而是尽可能地原谅对方，将过错归结为他的乖僻个性，总是设法弥补他们情感的裂痕，分离后还念念难忘，后悔未尽到应有的努力。这都说明她是温柔多情的，她的感情又具有普通市民对爱情热烈追求的特点。下片写她的思维过程很有层次：首先是因别而悔；想写信去，又怕不会有回音；即使能重拾坠欢，也怕恩情难似当时。感情与理智交战写得如此曲折入微，非能深入人物内心设身处地体会透，是写不出的。作者对弃妇题材的处理有自己新颖而独特的方式，与传统文人诗词中常见的处理方式不同，并不将弃妇写得悲哀可怜，而是表现得更符合市民社会生活的真实。我们读了这首词之后会为其形象的真实所感动，也会叹服其朴素的表现手法所产生的艺术力量。

竹马子

　　登孤垒荒凉，危亭旷望，静临烟渚。对雌霓挂雨，雄风拂槛，微收烦暑。渐觉一叶惊秋，残蝉噪晚，素商时序。览景想前欢，指神京，非雾非烟深处。　　向此成追感，新愁易积，故人难聚。凭高尽日凝伫。赢得消魂无语。极目霁霭霏微，暝鸦零乱，萧索江城暮。南楼画角，又送残阳去。

　　柳永除写大量俗词之外，也写有一部分较雅致的词。苏轼说："世言柳耆卿曲俗，非也。如《八声甘州》云'霜风凄紧，关河冷落，残照当楼'，此语于诗句，不减唐人高处。"（宋赵令畤《侯鲭录》引）这是就其雅词而言的。《竹马子》也属柳永的雅词，而且也达到了"唐人高处"的境界。

　　这首词虽然是词人漫游江南时抒写离情别绪之作，而所表现的景象却是雄浑苍凉的，其情绪是极其沉郁的。词人所登临旷望之地是古时战争留下的残壁废垒，而且仅是一点孤垒遗迹，给人以荒凉之感。作者并未由此引出怀古的幽情，却是将它与酷暑新凉交替之际的特异景象联系起来，抒写了壮士悲秋的感慨。"雌霓"是虹的一种，邢昺《尔雅疏》引郭璞《音义》云："虹双出，色鲜盛者为雄，雄曰虹；暗者为雌，雌曰蜺。""雄风"是清凉劲健之风，宋玉《风赋》云："故其清凉雄风，则飘举升降，乘凌高城，入于深宫。"这两个词语都是雅致和考究的，表现了夏秋之交雨后的特有现象。在孤垒危亭之上，江边烟渚之侧，时序变换之感更加强烈。孤垒、烟渚、雌霓、雄风，这一组意象构成了雄浑苍凉的艺术意境，可以说真有几分"唐人高处"了。词意的发展以"渐觉"两字略作一顿，以"一叶惊秋，残蝉噪晚"进一步点明时序。《礼记·月令》："仲秋之月……其音商。"故"素商"即秋令。柳永很多词里的悲秋情绪都侧重向伤离意绪发展，这与其特殊的生活经历有密切的关系，因此他又是"览景想前欢"了。可是往事已如过眼烟云，帝都汴京杳远难至。上阕的结句已开始从写景向抒情过渡，下阕便紧接着写"想前欢"的心情。柳永此词不像其他词里将"想前欢"写得具体形象，甚至近于狎亵，而是仅写出目前思念时的痛苦情绪。"新愁易积，故人难聚"，是新警之语，很具情感表达的深度。离别之后，旧情难忘，因离别更添加新愁；又因难聚难忘，新愁愈加容易堆积，以致使人无法排遣。"尽日凝伫""消魂无语"形象地表现了无法排遣离愁的精神状态，也充分流露出对故人的诚挚而深刻的思念。这种情绪发挥到极致之时，作者又巧妙地以黄昏的霁霭、归鸦、角声、残阳的萧索景象来衬托和强化悲苦的离情别绪。

　　作者在词中对景与情的处理表现出高超的艺术才能。上阕写景善于抓住物候时序的变化，描绘了特定时节和环境中的景色，为全词造成抒情的氛围，与抒情主人公的心境十分协调。下阕写景突出日暮景色，与前者的"一叶惊秋，残蝉噪晚"遥相呼应，直接渲染了伤离意绪，起到了以景结情的作用。霏微的暮霭、零乱的暝鸦、悲咽的画角是客观的景物，它们所具的萧索悲苦情调正与抒情主人公消魂痛苦的精神状态相适应，因而在写景中达到了情景交融的地步。词的抒情成分安排在上下阕之间，使上下衔接紧密。从景到情，是由景生情的；从情到景，是融情入景的；因而转换之处自然妥帖。词的整体结构方面，以景起而又以景结，完满严密，其中景与情的穿插又使结构富于变化。此词雅致含蓄，结构精谨，是柳永慢词长调的佳作之一。

迷神引

一叶扁舟轻帆卷。暂泊楚江南岸。孤城暮角，引胡笳怨。水茫茫，平沙雁、旋惊散。烟敛寒林簇，画屏展。天际遥山小，黛眉浅。

旧赏轻抛，到此成游宦。觉客程劳，年光晚。异乡风物，忍萧索、当愁眼。帝城赊，秦楼阻，旅魂乱。芳草连空阔，残照满。佳人无消息，断云远。

柳永屡次下第，经过艰难曲折，终于在仁宗景祐元年（1034）考中进士，旋即踏入仕途。这时词人近五十岁了。他入仕之后长期担任地方州郡的掾吏、判官等职，久困选调，辗转宦游各地，很不得志。这首《迷神引》便是他入仕后所写的羁旅行役之词。

楚江是泛指楚地某处之江，柳永宦游经此。舟人将风帆收卷，靠近江岸，做好停泊准备。"暂泊"表示天色将晚，暂且止宿，明朝又将继续舟行。前人说柳永"尤工羁旅行役之词"，从此词起首二句来看，词人起笔便抓住了"帆卷""暂泊"的舟行特点，而且约略透露了旅途的劳顿。显然，他对这种羁旅生活是很有体验的。继而作者以铺叙的方法对楚江暮景作了富于特征的描写，产生画面似的效果，给人以如临其境之感。傍晚的角声和笳声本已悲咽，又是从孤城响起，这只能勾惹羁旅之人凄黯的情绪，使之愈感旅途的寂寞了。画角与胡笳声音的愁怨情调起着笼罩全词气氛的作用，因而茫茫江水，平沙惊雁，漠漠寒林，淡淡远山，它们虽然构成天然优美的画屏，却也增强了游子愁怨和寂寞之感。作者对景色只作层层白描，用形象来表达自己的感受，不再加以说明，给读者留下更多想象的余地。

词的上阕写景，下阕抒情，在艺术结构上属通常写法。下阕直接抒发宦游生涯的感慨，将这种感慨作层层铺叙。旅途劳顿，岁月易逝，年事衰迟；这一层是写行役之苦；异乡风物，显得特别萧索，这一层是写旅途的愁闷心情；帝都遥远，秦楼阻隔，前欢难继，意乱神迷，这一层是写伤怀念远的情绪。这些与都城的赏心乐事，真不可同日而语。词人深感顾此失彼，"旧赏"与"游宦"难于两全，为了"游宦"而不得不"旧赏轻抛"。"帝城"指北宋都城汴京，"秦楼"借指歌楼。它们与词人青年时代困居京华、流连坊曲的浪漫生活有关。按宋代官制，初等地方职官要想转为京官是相当困难的。柳永这时要想回到京都颇感不易，因而在他看来，帝城是遥远难至的。宋代的士子和未入朝籍的幕职官可以到民间歌楼舞榭等地游乐玩赏，但不许朝廷命官到此种地方与歌妓往来，否则会受到同僚的弹劾。所以柳永自入仕以来，便与歌妓及旧日生活断绝了关系。词的结尾数句是对"帝城赊，秦楼阻"意思的补充和发挥。"芳草连空阔，残照满"是实景，又形象地暗示了赊远阻隔之意；在抒情中这样突然插入景语，使下阕的叙写富于变化而生动多姿。结句"佳人无消息，断云远"，词情达到高潮，戛然而止。这句补足了"秦楼阻"之意。"佳人"即"秦楼"中的人，因阻隔或社会地位的悬殊而与她断绝了消息，旧情像一片断云飘忽而去了。

柳永一生的思想经常处于矛盾状态。他青年时代为获取功名而到京都，在京都深受都市生活的习染和新兴市民思潮的影响，多次下第之后便说了些鄙视功名利禄的偏激的话，但后来还是经科举考试而入仕途；入仕之后又难以舍弃旧日的浪漫生活，虽然为环境所逼而不得不改变原有生活方式，但对旧情仍是念念难忘的。我们在他后期词作中常常见到对仕途的厌倦情绪和对早年生活的向往，内心十分矛盾痛苦。这首《迷神引》较深刻地表现了作者游宦生活的矛盾心理，间接反映了封建社会里知识分子的苦闷和不满现实的情绪。此词在艺术表现方面是很有特色的。上下两阕将写景与抒情截然分开，似不相连，而又有由景生情的内在关系。上阕的"暂泊"，下阕的"游宦"，都点出每阕的主旨，继之展开铺叙描写。结尾因前有提示而不再作收束，富于形象，有似结非结之感。这样使全词在大肆铺叙之后又具有意境含蓄的韵味。我们从作者明晰简洁的艺术布局中，可见到其娴熟的艺术技巧。

木兰花慢

　　拆桐花烂漫，乍疏雨、洗清明。正艳杏烧林，缃桃绣野，芳景如屏。倾城。尽寻胜去，骤雕鞍绀幰出郊坰。风暖繁弦脆管，万家竞奏新声。　　　盈盈。斗草踏青。人艳冶、递逢迎。向路旁往往，遗簪堕珥，珠翠纵横。欢情。对佳丽地，信金罍罄竭玉山倾。拚却明朝永日，画堂一枕春醒。

北宋建立以来经过五十多年的休养生息，发展生产，到了11世纪之初即真宗与仁宗年间，经济与文化已呈现繁荣兴盛的局面，是两宋社会的盛明之世。词人柳永正是这个时代的歌手。他以写实的方法较客观而真实地在作品里反映了这个时代都市的繁华富庶的生活。可贵的是，作者并未站在统治阶级的立场去歌颂皇恩或以个人虚荣的生活来炫耀富贵气象，而是从平民的真实感受出发，为我们描绘了一幅幅北宋都市的社会风情画卷。这首《木兰花慢》便是这类作品中很有代表意义的。它通过描绘清明的节序风光，侧面地再现了社会升平时期的繁盛场面。我国传统的民俗很重视清明节。这时正风和日暖，百花盛开，芳草芊绵，人们习惯到郊野去扫墓、踏青，作一次愉快的春游。宋人对春季的这个节日也非常重视，不仅柳永选取为词作的题材，以后的张择端又以之为题材绘制了宏伟的风俗图画《清明上河图》，孟元老的《东京梦华录》里也有较为详尽的记述。它们都是以北宋都城东京郊外为写作背景，重现了"汴京盛时伟观"（元杨准跋《清明上河图》）。

　　柳词在东京郊野的背景上，描写了都城人士清明游乐的真实情景。词首先描述清明时城郊艳丽优美的春日景色。起笔便异常简洁地点明了时令。南宋词学家沈义父以为此词的起笔很值得效法，"此正是第一句，不用空头字在上，故用'拆'字，言开了桐花烂漫也"（《乐府指迷》）。"紫桐"即油桐树，很有经济价值，农民大量植于陌头空地，三月初应信风而开紫白色花朵，因先花后叶，故繁茂满枝，最能标志郊野清明的到来。谚语谓"清明要明"，经过夜来或将晓的一阵疏雨，郊野显得特别晴明清新，确实应了节候。作者选择了"艳杏"和"缃桃"等富于艳丽色彩的景物，使用了"烧"和"绣"具有雕饰工巧的动词，以突出春意最浓时景色的鲜妍有似画屏之美。词以下部分进入游春活动的描述。作者善于从宏观来把握整体的游春场面，又能捕捉到一些典型的具象。"倾城，尽寻胜去"是对春游盛况作总的勾勒，使词意的发展脉络十分清楚。人们带着早已准备好的熟食品，男骑宝马，女坐香车，到郊外去领略大自然的景色，充分享受春天的欢乐。雕鞍代指马，"绀幰"即天青色的车幔，代指车。上阕结两句，以万家之管弦新声大大地渲染了节日的气氛，预示着词情向欢乐的高潮发展。我们从《清明上河图》可见到汴京城郊也有酒肆歌楼，更有许多高宅深院，据宋人所记，这些地方确有竞奏新声的情形，当然柳永笔下略有夸张。

词的下阕着重表现郊游的欢乐。柳永这位风流才子往往将注意力集中于艳冶妖娆、珠翠满头的市井时髦女子和歌妓们。在这富于浪漫情调的春天郊野，她们的欢快与放浪，在作者看来是为节日增添了浓郁的趣味和色彩，而事实上也如此。"盈盈"以女性的轻盈体态指代女子，这里兼指众多的女性。她们占芳寻胜，玩着传统的斗草游戏。关于这种游戏的具体记述，可参见后来的古典小说《红楼梦》第二十六回，香菱同四五个女孩子"采了些花草来兜着，坐在花草堆中斗草"，盖以新奇者取胜。踏青中最活跃的还是那些歌妓舞女们。她们艳冶出众，频频与人们招呼交往。如《东京梦华录》卷七"清明节"所说："四野如市，往往就芳树之下，或园圃之间，罗列杯盘，互相劝酬。都城之歌儿舞女，遍满园亭，抵暮而归。"柳词正是表现类似这样纵情欢乐的场面。作者以"向路旁往往，遗簪堕珥，珠翠纵横"，衬出当日游人之众，排场之盛。《新唐书·杨贵妃传》记载，杨氏昆仲姊妹五家合队从玄宗游华清宫，"遗钿堕舄，瑟瑟玑琲，狼藉于道"。柳词用笔仿此，同时也暗示这些游乐人群的主体是豪贵之家。这是全词欢乐情景的高潮。继而词笔变化，作者以肯定的语气，设想欢乐的人们，在佳丽之地饮尽樽里的美酒，陶然大醉，有如玉山之倾倒。"罍"为古代酒器，即大酒樽。"玉山倾"出自《世说新语·容止》，谓嵇康"其醉也，傀俄若玉山之将崩"。这两处用词较为典雅一些。词的结尾，进一步想象：这些欢乐的人们定是不顾明日醉卧画堂，今朝则非尽醉不休。下阕后半的虚写使全词在结构上产生一些变化，不致因过多的实写而显得板滞；同时又巧妙地表示了一天欢游的结束，有头有尾。

柳永所描绘的清明节欢乐场面是热闹的，只有在升平富庶的时代才可能出现。作者虽有不如意之时，但却在这首词里，由衷地通过对人们欢乐的描述表现出社会的升平气象，从而赞美了他的时代。词里虽用了少数典雅的字词，但从整篇的语言和表现形式来看仍是较为通俗的，因此能在两宋社会上广泛地为人们传唱。这种节序题材是很难处理的，尤其是从宏观角度表现整个节日的欢乐场面而不渗入个人的感伤情绪就更难了。宋末词家张炎谈到节序词的写作时说："昔人咏节序，不惟不多，付之歌喉者，类是率俗，不过为应时纳祜之声耳。所谓清明'拆桐花烂漫'……若律以词家调度，则皆未然。"（《词源》卷下）显然他对这首南宋时民间还传唱的柳永清明词之率俗怀有鄙薄之意但他最后也不得不承认像周邦彦赋元夕的《解语花》、史达祖赋立春的《东风第一枝》等，虽然措辞典雅精粹，可惜"绝无歌者"，民间喜爱唱的仍是柳永这类俗词。由此足见柳永的清明词是有社会基础和艺术生命的

凤栖梧

伫倚危楼风细细。望极春愁，黯黯生天际。草色烟光残照里。无言谁会凭阑意。　　拟把疏狂图一醉。对酒当歌，强乐还无味。衣带渐宽终不悔。为伊消得人憔悴。

柳永青年时代曾有很长一段时期流连于都城的坊曲，因写作流行歌词而结识了一些民间歌妓，并与其中的某些歌妓有着深深的恋情。在宋人话本和元人杂剧里，柳永浪漫的传奇故事成为民众喜闻乐见的题材。此词是他离开京都后表达对某位歌妓的思恋之情，但

隐去了具体的抒情对象，而着重抒写浓重的离愁。抒情的具体环境是草色烟光的暮春时节的高楼之上，将近黄昏之时。词人于此时凭栏远眺，空旷的黯淡的野际引起了离情别绪。这种情绪应是难以为人们理解的儿女私情了。《诗·秦风·蒹葭》："蒹葭苍苍，白露为霜。所谓伊人，在水一方。"诗中的"伊人"是一位女子，诗人表现对她缠绵而苦涩的思念。柳词中的"伊"即是用"伊人"之意，是词人苦苦思念的对象。其思念的情绪一旦产生，便不可以排解，无论听歌或醉酒都难以忘却。词人由具体抒情环境的描述，进而表述离愁，并强调它的难以排解，最终突出情感的执着。其情绪发展的脉络极为清楚，为突出情感的执着而舍弃了所思念的具体对象及有关的细节。这样使全词结构合理，剪裁得当，以便在短短的小令里集中表达一些情绪。"衣带渐宽终不悔。为伊消得人憔悴"是宋词的名句，它远远超越了爱情的意义，往往使人们联想到对人生事业的一种执着的态度。王国维先生在《人间词话》里谈到古今成大事业和大学问必须经历的三种境界：一是观望寻觅远大的目标；二是废寝忘餐，消瘦痛苦，为刻骨铭心的追求，不惜付出最大的努力；三是上下求索，百转千回，终于在偶然之际发现真理。王国维先生从宋词摘出名句，以优美的意象来说明三种境界，其第二种境界即引用了柳词"衣带渐宽终不悔。为伊消得人憔悴"这两句以说明。这里学问、事业、爱情在更高的哲学意义上似乎是可以相通的：如果将对爱情执着追求的态度用之于学问与事业，则会是成功的。人们总是在人生的追求中展示人性的本质力量。柳词此两句颇能引起我们关于人生的思考。

玉蝴蝶

　　望处雨收云断，凭阑悄悄，目送秋光。晚景萧疏，堪动宋玉悲凉。水风轻、蘋花渐老，月露冷、梧叶飘黄。遣情伤。故人何在，烟水茫茫。　　难忘。文期酒会，几孤风月，屡变星霜。海阔山遥，未知何处是潇湘。念双燕、难凭远信，指暮天、空识归航。黯相望。断鸿声里，立尽斜阳。

　　北宋天圣五年（1027），柳永约四十岁时，他毅然离开京都，漫游江南，进行干谒活动，以期求得某些达官贵人的赏识，改变个人的命运。在江南的漫游，使词人扩大了创作的视野，唤来了新的灵感，他写下许多羁旅行役之词，为宋词开拓了新的题材。此词即是在江南所作，虽未留下具体时间和地点的线索，却颇集中地表达了他于人生的失意与遗憾情绪。自宋玉在《九辩》里深深地备述悲秋的主题以来，许多落魄不遇的文人每当草木凋零、风景萧疏、气候凄凉的秋天，即愈感到岁月蹉跎、事业无成，而兴起人生的慨叹。《九辩》里的"廓落兮羁旅而无友生，惆怅兮而私自怜"与柳永此词悲秋怀友的情绪颇为相似，但柳词是在特定的历史条件下，以个人的感受展开这个主题的。柳词关于悲秋的实质性内容和所怀念的故人的具体情况皆被忽略，并淡化了历史背景，仅抒写悲秋的情绪。这正表明作者深谙词体艺术的特点，善于处理题材，使之有空灵的艺术效果。作者的抒情集中在瞬间凝望中的感受，从首句"望处"到结尾的"立尽斜阳"，含蓄地表达了怀念故人之情。上段描述抒情环境，江南水乡的秋色，由此引发悲凉情怀和对故人的思念。这里"故人"固然指在京都曾与他把酒论文的文友，也应包含与他相恋的一些民间歌妓，而且也作为京都繁华与风雅生活方式的象征。这种生活，这些故人，均已成为过去，烟水茫茫，人世茫茫。如果柳永科举考试成功，仕途顺利，生活于京华，即意味着进入上层社会生活的文化圈内。在羁旅之中，这一切皆失落了，因此他既难忘而又遗憾。从上片结句引出的"故人何在"，将此思念在下片充分表述。下片感念昔日的相聚、现实去处的茫然、信息的难通与联系的断绝，因此凸现出自己的失望与遗憾。上片属于写实，下片属于虚拟，将悲秋的主题由景及情，逐层表现，极为合理，体现了作者的精心构思。全词遗憾的情绪是深沉而隐约的，故甚受词评家们的赞赏。柳永用《玉蝴蝶》调填词五首，均两片，九十九字，平韵，属长调。这五首词格律可以比勘，极为严整，在《乐章集》中是很典型的，从中可见宋词法度之精严。

戚 氏

晚秋天。一霎微雨洒庭轩。槛菊萧疏，井梧零乱惹残烟。凄然。望江关。飞云黯淡夕阳间。当时宋玉悲感，向此临水与登山。远道迢递，行人凄楚，倦听陇水潺湲。正蝉吟败叶，蛩响衰草，相应喧喧。　孤馆度日如年。风露渐变，悄悄至更阑。长天净，绛河清浅，皓月婵娟。思绵绵。夜永对景，那堪屈指，暗想从前。未名未禄，绮陌红楼，往往经岁迁延。帝里风光好，当年少日，暮宴朝欢。况有狂朋怪侣，遇当歌、对酒竞留连。别来迅景如梭，旧游似梦，烟水程何限。念名利、憔悴长萦绊。追往事、空惨愁颜。漏箭移、稍觉轻寒。渐呜咽、画角数声残。对闲窗畔，停灯向晓，抱影无眠。

宋词艺术结构的独创表现为其具有复杂性，它不是简单的点型、线型或面型，而是多种形式与多种表现手段的综合。宋词中最复杂的结构是网状型的，它对写景、抒情、叙事、时间、空间、场景等关系的处理出现交互、错综、反复、回环的现象，词意的表现较为曲折，这种形式往往在某些长调作品里出现，柳永此词即是网状型结构的。此词二百一十二字，是宋词中第一个使用这样大容量篇幅的长调，仅次于后来出现的《胜州令》（二百一十五字）和《莺啼序》（二百四十字）。此词写旅舍感怀，宛曲回环，结构较为复杂。它是词人晚年对一生的总结，浸透着悲苦凄凉的情绪。全词三叠，抒写从黄昏到天明的思绪情怀，虽以时间为顺序展开铺叙，却将往昔、现实、写景、抒情、叙事，叠相交互，回环往复，笔势波澜曲折，声韵谐美，意脉清晰。第一段写在旅舍远眺深秋暮色，突出壮士悲秋之意。第二段写夜半天净月明，愁人难寐，感念生平，哀叹韶华虚掷，一事无成，心境迟暮。第三段追忆青年时代在都城的狂放生活，忽生感慨，以"况""念""渐""对"等领字表现思绪反复萦绕，以致彻夜无眠。词的结构很有层次，富于变化，而前后勾连又极谨严。

柳永在总结一生时深感"未名未禄，绮陌红楼，往往经岁迁延"，真是往事不堪回首，留下无尽遗憾。这是他晚年从传统文化观念出发对自己所做的评价，并未涉及这种生活的文化意义，否则他应该为自己能因此走上通俗歌词创作的道路而感到庆幸。南宋初年词学家王灼引述前辈的话说"《离骚》寂寞千年后，《戚氏》凄凉一曲终"（《碧鸡漫志》卷二）。这可见《戚氏》曾受到当时人们的重视，以为其凄凉悲怨的情调，可以上继屈原的伟大作品《离骚》。当然《戚氏》的体制与思想都不能与《离骚》相比，但却不失为自悲身世的宋词名篇。

欧阳修

欧阳修（1007—1072），字永叔，号醉翁，晚年号六一居士，吉州吉水（今江西吉安）人。北宋仁宗天圣八年（1030）进士，历官知制诰、翰林学士、参知政事。卒谥文忠。著述甚富，词集有《欧阳文忠公近体乐府》。

采桑子

天容水色西湖好，云物俱鲜。鸥鹭闲眠。应惯寻常听管弦。

风清月白偏宜夜，一片琼田。谁羡骖鸾。人在舟中便是仙。

这首《采桑子》是写泛舟夜游颍州西湖的感受。浩渺澄澈的湖上，"天容水色"浑然一体，云彩风物都令人感到清新鲜美。词一开始，作者便充满喜悦之情地衷心赞美西湖。湖上的"鸥鹭闲眠"，表明已经是夜晚。宋代士大夫们游湖，习惯带上歌妓，丝竹管弦，极尽游乐之兴。鸥鹭对于这些管弦歌吹之声，早已听惯不惊。这一方面表明欧公与好友——当时颍州地方长官吕公著等经常这样玩乐，陶醉于湖光山色间；另一方面也间接表现了欧公引退之后，已无机心，故能与鸥鹭相处。相传古时海边有个喜爱鸥鸟的人，每天早上到海边，鸥鸟群集，与之嬉戏。欧公引退归颍之后，安度晚年，胸怀坦荡，与物有情，故能使鸥鹭忘机。词的上片粗略地勾画了西湖的景物，草草两笔已把握住西湖的特点。词的下片写夜泛西湖的欢悦之情。虽然西湖之美多姿多态，无论"春深雨过""群芳过后""清明上巳""荷花开后"（欧阳修《采桑子》十三首）都异样美丽，但比较而言要数"风清月白偏宜夜",最有诗意了。这时泛舟湖心,天容水色相映,月光皎洁,广袤无际,好似"一片琼田"。"琼田"即神话传说中的玉田,此处指月光照映下莹碧如玉的湖水。作者另有句云"渺渺平湖碧玉田"(《祈雨晓过湖上》),亦指此。这种境界会使人感到远离尘嚣,心旷神怡。人在此时此境中,很易联想到韩愈的诗句"远胜登仙去,飞鸾不假骖"(《送桂州严大夫》),谁也不希望作骖鸾腾天的仙人了,"人在舟中便是仙"。后来张孝祥过洞庭湖作《念奴娇》云"玉鉴琼田三万顷,著我扁舟一叶。素月分辉,明河共影,表里俱澄澈",且曰"妙处难与君说",同此境界,同此会心。

　　欧阳修从中年以后开始有意地转变词风,尤其晚年作词多用作诗的表现方法,明显出现以诗为词的倾向。这首《采桑子》意群之间缺乏紧密联系,有一定程度的跳跃,句式也像诗句似的爽健,很能代表欧词后期风格。作者对西湖夜色的描写,疏疏着笔,将夜色表现得优美可爱,每个句子都流露出从内心发出的赞叹之声,体现了对景物和现实人生的无限热爱和眷恋。这是一首思想情调健康积极的好词,反映了欧公晚年乐观旷达的人生态度。退居颍州一年之后,欧公便下世了。

王 观

王观（生卒年不详），字通叟，高邮（今属江苏）人。北宋仁宗嘉祐二年（1057）进士，累官大理寺丞，知江都县。词集有《冠柳词》。

清平乐

应 制

黄金殿里。烛影双龙戏。劝得官家真个醉。进酒犹呼万岁。

折旋舞彻《伊州》。君恩与整搔头。一夜御前宣住，六宫多少人愁。

这首词题为"应制"，即是应皇帝之命而作的。应制词须写得典雅庄重，即使皇帝与后妃们玩赏之际，一时高兴而命词臣作词，这种题材也要写得华贵雍容无伤大雅。唐代李白在沉香亭应制作《清平调》，宋初柳永因老人星现作《醉蓬莱》以进，都因偶尔不慎致使前程断送。据宋人吴曾说："王观学士尝应制撰《清平乐》词云（词略），高太后以为媟渎神宗，翌日罢职，世遂有'逐客'之号。"（《能改斋漫录》卷十七）可见词人王观在宋神宗时曾为翰林学士，因作了这首应制词而罢职被逐。王观学习的是柳永词的风格。王灼说："王逐客才豪，其新丽处与轻狂处，皆足惊人。"（《碧鸡漫志》卷二）这首词也可足见其轻狂惊人，它竟以轻佻滑薄的语气对至尊无上的皇帝进行揶揄嘲弄，使人读后隐隐发笑。也许作者的主观愿望还是在歌颂天子的恩泽降及嫔妃呢！

词是写皇帝与某嫔妃宴乐的情形。"金殿"是皇帝住的地方，从宴乐的情形推测，它应属宫中的便殿。作者不去正面描写皇帝与嫔妃的狎昵状态，而是侧面写殿里烛光辉煌，有人在"双龙"烛影下为"戏"。这时皇帝在嫔妃之前无所顾忌，去掉了其钦文睿武宪元继道的假面，宛然一副昏君模样。皇帝贵为天子，俗称官家，据宋释文莹《湘山野录》卷下记载：宋真宗问："何故谓天子为官家？"李侍读仲容对曰："臣尝记蒋济《万机论》言三皇官天下，五帝家天下。兼三五之德，故曰'官家'。"这位嫔妃，能够讨得"官家"的欢喜，便施展出特有的本领将这圣明的官家真个灌醉了。因她进献樽酒时还娇媚地祝颂"吾皇万岁万万岁"，便不由得官家不一杯杯饮下去了。所谓"真个醉"，意即真的有了醉意，其中自然包含着对这位风流娇美的嫔妃之入迷。在这种精神状态下，皇上甚是开心，难免酒力更觉春心荡，愈加放肆起来，也就容易露出滑稽可笑的丑态了。

作者在词的下片，进一步将宴饮的欢乐之情推向高潮。古代帝王宫中宫人们为了争得皇帝的宠爱，竞新斗奇，百花齐放，采取各种有效的手段以表现女性的魅力。而且她们懂得怎样逐步施展手段取得自己的猎物，其经验是十分丰富的。所以在"劝得官家真个醉"之后，又采用歌舞手段以夺取最后胜利。《伊州》乃唐代边地伊州（故城在今新疆哈密）传入的西域舞曲，唐吴融《李周弹筝歌》："只如《伊州》与《梁州》，尽是太平时歌舞。"词中的"折旋舞彻《伊州》"，说明宋时宫中犹传唐人《伊州》乐舞。这种精美的舞蹈热烈活泼，真使皇帝着迷了。他竟躬亲为舞者整理"搔头"。"搔头"即玉簪，为妇女头上饰物。"与整搔头"表示爱怜和亲近之意。皇上对宫人略示亲近爱怜便算是一种"君恩"了，一般宫人是难以得到的。

这位嫔妃色艺超群，很有手段，终于侥幸得到一点君恩，初步达到了目的。至此，皇上余兴未尽，或可说兴致已经被逗引得浓厚极了。为她整理搔头，已暗示了隐秘的圣意。"御"乃古时对天子的敬称，御前即皇上面前；"宣"为传达皇上之命。"一夜御前宣住"，意即当晚在皇上面前就传命这位嫔妃留宿侍寝，得以陪伴君王了。这一方面是嫔妃的心愿得以实现，是她步步进取得到的最后胜利；另一方面作者也层层地刻画了皇上沉醉入迷、贪恋女色、淫乐犹豫的形象。词的结尾"六宫多少人愁"，忽然跳出题外，变得严肃起来，作者为数千深锁宫中的女子之不幸命运而哀叹。她们将羡慕这位嫔妃"宣住"而被"幸"，又暗暗为自己虚掷青春而愁叹嗟怨。这不是意味着扼杀人性的后宫制度的不合理吗?!

　　无论作者当时的主观愿望如何，作品的客观形象确是明显地对帝王的淫乐生活作了嘲讽的描述，将至尊无上的封建帝王的丑态暴露出来。无怪乎当日神宗皇帝的生母高太后一眼就看出此词有"媟渎"之意，给作者以重重的惩罚。此词使人们看清了帝王庸俗本性的一面，其头上圣明威严的光晕似乎也因之大为减色，原来他们也同凡夫俗子一般。应该说，这首《清平乐》真是宋词中不可多得的作品。

木兰花令

柳

　　铜驼陌上新正后。第一风流除是柳。勾牵春事不如梅，断送离人强似酒。　　东君有意偏撋就。惯得腰肢真个瘦。阿谁道你不思量，因甚眉头长恁皱。

　　王观是一位很风趣的词人。他的词学习柳永，自以为可以"冠柳"。以其整个词作的成就而论，远不能与柳永相比，但个别的作品却写得工细轻柔，善用俗语而不粗鄙，王灼评"其新丽处与轻狂处，皆足惊人"（《碧鸡漫志》卷二）。这首咏柳的词艺术表现十分新丽，颇能代表其艺术风格。

　　宋人咏物之作很多，写得成功的却较少。王观咏柳是较成功的，他善于抓住所咏之物的特性，使之人格化，构成一个完整而生动的艺术形象。全词共八句，每两句组成一个意群；四个意群之间联系紧密，语言轻快自然，是作者兴会而成的妙作。第一个意群点明所咏之物为柳，突出柳的风流本性，全词遂以拟人的方法从各方面来表现它的风流。洛阳古都铜驼街的柳自汉代以来便很著名。据陆机《洛阳记》云："洛阳有铜驼街。汉铸铜驼二枚，在宫南四会道相对。俗语曰：'金马门外集众贤，铜驼陌上集少年。'"（《太平御览》卷一百五十八引）铜驼街在洛阳城南，与城西之金谷园都是人们游乐的胜地。唐骆宾王诗说"铜驼路上柳千条，金谷园中花几色"（《艳情代郭氏答卢照邻》）。词首先提到铜驼陌上，令人联想到柳的风姿，十分切题。"新正"即新春正月。词人以赞美的语气强调新春到来之时，最显得俊俏风流的应是叶芽青嫩、柔条迎风而舞的柳了。"第一"含有两层意义，即除柳之身姿俊俏袅娜可称第一而外，它还是最先向人们报告春的消息的。欧阳修《渔家傲》咏正月景物便说"看柳意。偏从东面春风至"。词的第二个意群便由新春的柳而联想到梅柳争春。柳虽得春意之先，而人们又以梅为东风第一枝，词人试图给它们以公允的评判。他以为柳在勾引或引惹人们春日赏玩方面不如梅花之娇艳，但在送别的场合，柳的作用远过于离筋了，当然也就更胜于梅了，这样非常巧妙地将柳与我国民俗联系起来。汉代都城长安东门外的灞桥柳色如烟，都城人们送别亲友至灞桥而止，折柳枝为赠。此后折柳赠别成为我国民俗，故南朝范云诗有"东风柳线长，送郎上河梁"（《送别》）之句。唐代诗人李商隐咏柳诗也说"如线如丝正牵恨，王孙归路一何遥"（《柳》）。这些表现古代女子送别情人折柳为赠的情景是十分动人的。似乎人们以为柳条的丝缕可以系住离人的情感，使勿相忘。可见与梅比，柳是更为多情的。第三个意群是赞赏柳的袅娜轻盈的美姿，以为春天之神东君好似对柳特地宠爱和迁就，以致娇纵它的身材苗条、腰肢柔细了。以柳条之柔细比喻女性之腰肢是我国很具传统特色的意象。唐代白居易《杨柳枝》的"枝袅轻风似舞腰"和温庭筠《南歌子》的"娉婷似柳腰"，便都是以柳喻美人腰肢的。宋人以纤瘦为美，"惯得腰肢真个瘦"，在人们看来便是女性美的重要特征了。以柳喻女性腰肢在传统诗词中早已滥用，这里作者却能以故为新，脱去用比痕迹，写出柳如美人之天生丽质。最后一个意群也是旧比翻新而表现得更为曲折。唐宋词人已惯用柳叶比喻女性之秀眉，如"人似玉，柳如眉"（温庭筠《定西番》）或"玉如肌，柳如眉"（欧阳修《长相思》），都属常见。这里作者却借以表现女性之风流多情，它好似女子一样因对离人的思量，愁眉难展，长是皱着。这种设疑自释的句式，曲折地暗用旧比而全不落俗套。全篇的表述方式都很新颖，显示了作者艺术手法熟练高超。词中的"勾牵"（勾引）、"断送"（送走）、"搁就"（迁就）、"惯得"（娇纵）等都是宋时民间通俗语辞，用得贴切而富于情味，词语流美生动，很能体现作者的艺术个性。

这首词通过对柳的特性的描述，有意借物喻人，勾画出一个风流、多情、柔美的女性形象。显然作者是有寓意的，而且可能有较为具体的寓意对象。唐宋时文人们常将柳与风尘中女子相联系，将她们说成"冶叶倡条"，以为她们有如柳叶柳条那样浮媚轻狂，可以由人们任意折取。这首词所喻的女子，她所处的环境为四会之道的街陌，她具有风流多情的心性，袅娜俊俏的身姿，她常常送别和相思。从这些情形推测，她当为某一民间歌妓之类的人物。作者处理这种题材时并未贱视其为"冶叶倡条"，而是流露出赞美的语气，以轻快活泼的笔调，描绘了风尘女子优美的形象，有似青泥白莲。王观的词在社会上很受市民欢迎，除当行入律、通俗自然、格调新丽之外，还在于其艺术形象蕴含有一定的社会意义，较符合中下层社会民众的审美趣味。

苏　轼

苏轼（1037—1101），字子瞻，号东坡居士，眉州眉山（今属四川）人。北宋仁宗嘉祐二年（1057）进士，历任中书舍人、翰林学士、礼部尚书。博学多才，文、诗、词皆为大家。著述甚富，有词集《东坡乐府》传世。

江城子

陶渊明以正月五日游斜川，临流班坐，顾瞻南阜，爱曾城之独秀，乃作斜川诗，至今使人想见其处。元丰壬戌之春，余躬耕于东坡，筑雪堂居之，南挹四望亭之后丘，西控北山之微泉，慨然而叹，此亦斜川之游也。乃作长短句，以《江城子》歌之。

梦中了了醉中醒。只渊明。是前生。走遍人间，依旧却躬耕。昨夜东坡春雨足，乌鹊喜，报新晴。　　雪堂西畔暗泉鸣。北山倾。小溪横。南望亭丘，孤秀耸曾城。都是斜川当日境，吾老矣，寄余龄。

宋神宗元丰三年（1080），苏轼因"乌台诗案"得罪谪黄州（今湖北黄冈）。次年春夏之际，苏轼生计困难，在老友马正卿帮助下向州郡求得黄州城东东坡故营地数十亩，开垦耕种，以补食用之不足。苏轼因此自号东坡居士。这年冬天，黄州大雪盈尺，下雪期间，苏轼在东坡营造了房屋，"作堂焉，号其正曰'雪堂'。堂以大雪中为，因绘雪于四壁之间，无容隙也。起居偃仰，环顾睥睨，无非雪者"（《东坡志林》卷四）。元丰五年初春，苏轼躬耕于东坡，居住于雪堂，感到满意自适，有似晋代诗人陶渊明田园生活一般。陶渊明《游斜川》诗序云："辛酉正月五日，天气澄和，风物闲美。与二三邻曲，同游斜川。临长流，望曾城（'曾'同'层'。层城，神话传说中昆仑山最高处，此指江西鄣山，在庐山北），鲂鲤跃鳞于将夕，水鸥乘和以翻飞。……若夫曾城，傍无依接，独秀中皋，遥想灵山，有爱嘉名。"苏轼以为东坡雪堂初春的情景宛如渊明斜川之游，因有此作。

　　震动朝野的"乌台诗案"是北宋中期党争的恶果，是苏轼仕宦以来所遭受到的空前严重的政治打击，令他几被置之死地。谪居黄州期间，他冷静思索和探讨了许多问题，政治态度与人生态度都发生了一些变化，在艺术上也开始追求平淡的趣味。晋代诗人陶渊明的归隐生活、恬静闲适的田园趣味、平淡朴质的诗风，让躬耕东坡的苏轼感到亲切起来。他这时认真地研读陶渊明诗，并在诗词中多次表现出对渊明的仰慕之意。在这首《江城子》词中，苏轼仿佛与渊明神交异代，产生了共鸣。词充满了强烈的主观情绪。起笔甚为突兀，直以渊明就是自己的前生。他后来作的《和陶饮酒二十首》序云："吾饮酒至少，常以把盏为乐，往往颓然坐睡。人见其醉，而吾中了然，盖莫能名其为醉为醒也。"陶渊明好饮酒，自言："余闲居寡欢，兼比夜已长，偶有名酒，无夕不饮，顾影独尽，忽焉复醉。"（《饮酒二十首》序）苏轼能理解渊明饮酒的心情，深知他在梦中或醉中实际上都是清醒的，这是他们的共同之处。"走遍人间，依旧却躬耕"，充满了辛酸的情感，这种情况又与渊明偶合，两人的命运何其相似。渊明因不满现实政治而归田，苏轼却是以罪人的身份在贬所躬耕，这又是两人的不同之处。苏轼带着沉痛酸辛的心情，暗示躬耕东坡是受政治迫害所致。但他是以旷达的态度对待险恶环境的，以逆为顺，因而"春雨足，乌鹊喜，报新晴"这些春天富于生气的景物使他欢欣，感到适意。

词的下片略叙东坡雪堂周围的景观。鸣泉、小溪、山亭、远峰，日日与耳目相接，正如其《雪堂记》所说："余之此堂，追其远者近之，收其近者内之，求之眉睫之间，是有八荒之趣。"仅以粗略的几笔勾画，表现出田园生活恬静清幽的境界，"意适于游，情寓于望"，给人以超世遗物之感。作者接着以"都是斜川当日境"作一小结，是因心慕渊明，向往其斜川当日之游，遂觉所见亦斜川当日之景，同时又引申出更深沉的感慨。陶渊明四十一岁弃官归田，后来未再出仕，五十岁时作斜川之游。苏轼这时已经四十七岁，躬耕东坡，一切都好像渊明当日的境况，是否也会像渊明一样就此以了余生呢？那时王安石已罢政数年；章惇、蔡确等后期变法派执政，政治生活黑暗，苏轼东山再起的希望很小，因而产生迟暮之感，有于此终焉之意。结句"吾老矣，寄余龄"的沉重悲叹，说明苏轼不是自我麻木，盲目乐观，而是对政局存在深深的忧虑，是"梦中了了"者。

这首词似随手写出，未曾着意经营，而词人胸中自有成熟的构想，故下笔从容不迫，不求工而自工。从纵的方面看：醉醒连渊明，渊明连躬耕，躬耕连东坡，东坡连及雪堂与周围景物，景物连斜川，最后回应陶渊明《游斜川》诗"开岁倏五十，吾生行归休"，迤逦写来，环环相扣，总不离于本题。从横的方面看：写周围景物，于所居之东坡则加细，说及一夜至晓的春雨、新晴；对西南诸景则只大略点出泉、溪、亭、丘，似零珠之散，合之则俨然是一幅东坡坐眺图，总归到"都是斜川当日境"之内，诚亦"至今使人想见其处"。以似斜川当日之景，引出对斜川当日之游的向往，对陶渊明《游斜川》诗结尾所云"中觞纵遥情，忘彼千载忧。且极今朝乐，明日非所求"，当亦冥契于心。苏轼对付逆境有自己的特殊态度。他对生活有信心，善于从个人痛苦情绪中解脱出来，很快适应环境，将生活安排得很好，随遇而安。从这首词里也侧面反映了他与险恶环境做斗争的方式：躬耕东坡，自食其力，窃比渊明澹焉忘忧的风节，而且对谪居生活感到适意，怡然自乐，令政敌们对他无可奈何。苏轼有时难免有一点衰迟之感，却也留心着局势的变化，不久神宗皇帝死后，哲宗即位，他又起复，积极从政了。

江城子

孤山竹阁送述古

翠蛾羞黛怯人看。掩霜纨。泪偷弹。且尽一尊，收泪唱《阳关》。漫道帝城天样远，天易见，见君难。　　画堂新构近孤山。曲阑干。为谁安。飞絮落花，春色属明年。欲棹小舟寻旧事，无处问，水连天。

词为宋神宗熙宁七年（1074）苏轼在杭州送别友人陈述古而作。陈襄字述古，为杭州知州时，苏轼为通判，二人政治倾向基本相同，又是诗酒朋友，守杭期间甚为相得。这年七月，陈襄由杭州调知应天府（今河南商丘），于是僚友们为陈襄举行了几次饯别宴会。苏轼在这段时间先后共作了七首送别陈襄的词。其中有一首《菩萨蛮》题为"西湖席上代诸妓送陈述古"。这首《江城子》实际上也是代某妓送陈襄的。

　　竹阁在杭州西湖孤山寺内，为白居易在杭州时所建，故又称白公竹阁。据《（乾道）临安志》卷二"白公竹阁"条云："在孤山，与柏堂相连，有唐刺史白居易祠堂。"继杭州僚佐在有美堂举行盛大饯送宴会之后，苏轼又与陈襄泛舟西湖，宴于孤山竹阁。在这些宴会上都是有官妓歌舞侑觞的。这首《江城子》便是作者模拟某官妓语气，代她向陈襄表示惜别之意。

　　上阕描述此妓在饯别时的情景。首先表现她送别长官时的悲伤情态。"翠蛾"即蛾眉，借指妇女。"黛"本是一种黑色颜料，古代女子用来画眉，这里借指眉。"羞黛"为眉目含羞之态。"霜纨"指洁白如霜的纨扇。她因这次离别而伤心流泪，却又似感羞愧，怕被人知道而取笑，于是用纨扇掩面而偷偷弹泪。她强制住眼泪，压抑着情感，唱起《阳关曲》，殷勤劝陈襄且尽离樽。《阳关曲》即唐代诗人王维《送元二使安西》诗谱入乐府后所称，亦名《渭城曲》，用于送别场合。上阕的结三句是官妓为陈襄劝酒时的赠别之语："漫道帝城天样远，天易见，见君难。"这次陈襄赴应天府任，其地为北宋之"南京"，亦可称"帝城"。她曲折地表达自己留恋之情，认为帝城虽然有如天远，但此后见天容易，再见贤太守却不易了。这将是永远的离别。她清楚地知道：士大夫宦迹无定，他们与官妓在花间樽前的一点情意，离任后便会很快忘掉的。词情发展至此达到高潮，下阕全是摹写官妓的相思之情。

　　"画堂"当指孤山寺内与竹阁相连接的柏堂。苏轼《孤山二咏》诗前小引云："孤山有陈时柏二株。其一为人所薪，山下老人自为儿时，已见其枯矣，然坚悍如金石，愈于未枯者。僧志诠作堂于其侧，名之曰柏堂。堂与白公居易竹阁相连属。"苏轼咏柏堂诗有"忽惊华构依岩出"句，诗作于熙宁六年六月以后，可见柏堂确为"新构"，建成始一年，而且可能由陈襄支持建造的（陈襄于熙宁五年五月到任）。在此宴别陈襄，自然有"楼观甫成人已去"（辛弃疾《满江红》）之感。官妓想象，如果这位风流太守不离任，或许还可同她于画堂之曲栏徘徊观眺呢！由此免不了勾起一些往事的回忆。去年春天，苏轼与陈襄等僚友曾数次游湖，吟诗作词。苏轼《有以官法酒见饷者，因用前韵，求述古为移厨饮湖上》诗有"游舫已妆吴榜稳，舞衫初试越罗新"，后作《常润道中有怀钱塘寄述古》诗亦有"三月莺花付与公"之句，清人纪昀以为"此应为官妓而发"（纪昀评本《苏文忠公诗集》卷十一）。可见当时游湖都有官妓歌舞相伴。她回忆起去年暮春时节与太守游湖的一些难忘情景，叹息"春色属明年"，明年已不会欢聚一起了。结尾处含蕴空灵而情意无穷。想象明年春日，当她再驾着小船在西湖寻觅旧迹欢踪，"无处问，水连天"，情事已经渺茫，唯有倍加想念与伤心而已。

这首词属于传统婉约词的写法，表现较为细致，语调柔婉。作者善于描摹歌妓的情态，揣测到她内心隐秘的情绪，很有分寸地表现出来，艳而不俗，哀而不伤，切合现实情景。游湖等事，大都有苏轼在场。他了解官妓们的思想与生活，尊重她们的人格，因而能将其情态表现得真实而生动。可以设想：当这位官妓在樽前请求苏轼代为作词以赠陈襄，词人对客挥毫，顷刻而就，她当即手执拍板情真意切地演唱起来，声泪俱下，在座诸公无不被感动，尤其是太守陈襄。

从这首词，可以看到宋代士大夫私人生活的一个方面。宋代统治阶级维持着歌妓制度，在官府服役的官妓，歌舞侍宴，送往迎来虚度青春，没有自由，精神生活十分痛苦。如仪真的一位官妓所说："身隶乐籍，仪真过客如云，无时不开宴，望顷刻之适不可得。"（《夷坚丁志》卷十二）尽管她们身着绮罗，出入官府，实际上属于

"贱民"，处于社会中卑贱的地位。由于职业关系，她们不得不歌舞侑觞，也不可能不与长官们樽前调情。这实际上是封建统治者公开玩弄女性的一种方式。可见词中的官妓敬劝别酒、缅怀旧事、瞻念未来之时是有许多凄凉的情感，隐藏着对不幸命运的叹息悲伤。她们与长官的情谊，真真假假，很难说清。二者社会地位的悬殊又使他们之间不可能存在真正的情谊。苏轼为应酬官场习俗，实有相戏之意，将这种关系表现得扑朔迷离，真假难辨，非常巧妙。词的真实含义是比较复杂的。它是苏轼早期送别词中的佳作，反映了作者早期创作所受传统婉约词风的影响。

行香子

述 怀

清夜无尘，月色如银。酒斟时、须满十分。浮名浮利，虚苦劳神。叹隙中驹，石中火，梦中身。　　虽抱文章，开口谁亲。且陶陶、乐尽天真。几时归去，作个闲人。对一张琴，一壶酒，一溪云。

这首词的写作时间不可确考，从其所表现的强烈退隐愿望来看，应是苏轼在元祐时期（1086—1093）的作品。当时宋哲宗年幼，高太后主持朝政，罢行新法，起用旧派，苏轼受到特殊恩遇。但是政敌朱光庭、黄庆基等人曾多次以类似"乌台诗案"之事欲再度诬陷苏轼，因高太后的保护，他虽未受害，但却使他对官场生活无比厌倦，感到"心形俱悴"，产生退隐思想。苏轼曾在诗中表示："老病思归真暂寓，功名如幻终何得。从来自笑画蛇足，此事何殊食鸡肋。"（《与叶淳老、侯敦夫、张秉道同相视新河，秉道有诗，次韵二首》）"那知老病浑无用，欲向君王乞镜湖"（《次韵子由使契丹至涿州见寄四首》）。两诗为元祐五六年间苏轼知杭州时作，此词思想与之相近，就是他把酒对月之时抒写其退隐之意的。

　　作者首先描述了抒情环境：夜气清新，尘滓皆无，月光皎洁如银。此种夜的恬美，只有月明人静之后才能感到，与日间尘世的喧嚣判若两个世界。把酒对月常是诗人的一种雅兴：美酒盈樽，独自一人，仰望夜空，遐想无穷。唐代诗人李白月下独酌时浮想翩翩，抒写了狂放的浪漫主义激情。苏轼正为政治纷争所困扰，心情苦闷，因而他这时没有"把酒问青天"，也没有"起舞弄清影"，而是严肃地思索人生的意义。月夜的空阔神秘，阒寂无人，正好冷静地来思索人生，以求解脱。苏轼以博学雄辩著称，在诗词里经常发表议论。此词在描述了抒情环境之后便进入玄学思辨了。作者曾在作品中多次表达过"人生如梦"的主题思想，但在这首词里却表达得更明白、更集中。他想说明：人们追求名利是徒然劳神费力的，万物在宇宙中都是短暂的，人的一生只不过如"隙中驹，石中火，梦中身"一样地须臾即逝。作者为说明人生的虚无，从古代典籍里找出了三个习用的比喻。《庄子·知北游》云："人生天地之间，若白驹之过郤，忽然而已。"古人将日影喻为白驹，意为人生短暂得像日影移过墙壁缝隙一样。《文选》潘岳《河阳县作》李善注引古乐府诗"凿石见火能几时"和白居易《对酒五首》的"石火光中寄此身"，亦谓人生如燧石之火。《庄子·齐物论》言人"方其梦也，不知其梦也。梦之中又占其梦焉，觉而后知其梦也。且有大觉而后知此其大梦也，而愚者自以为觉"。唐人李群玉《自遣》之"浮生暂寄梦中梦"即表述庄子之意。苏轼才华横溢，在这首词上片结句里集中使用三个表示人生虚无的词语，构成博喻，而且都有出处。将古人关于人生虚无之语密集一处，说明作者对这一问题是经过长期认真思索的。上片的议论虽然不可能具体展开，却概括集中，已达到很深的程度。下片开头，以感叹的语气补足关于人生虚无的认识。"虽抱文章，开口谁亲"，是古代士人"宏材乏近用"（《次韵答章传道见赠》），不被知遇的感慨。苏轼在元祐时虽受朝廷恩遇，而实际上却无所作为，"团团如磨牛，步步踏陈迹"（《送芝上人游庐山》），加以群小攻击，故有是感。他在心情苦闷之时，寻求着自我解脱的方法。善于从困扰、纷争、痛苦中自我解脱，豪放达观，这正是苏轼人生态度的特点。他解脱的办法是追求现实享乐，待有机会则乞身退隐。"且陶陶、乐尽天真"是其现实享乐的方式。"陶陶"，欢乐的样子。《诗·王风·君子阳阳》："君子陶陶……其乐只且！"只有经常在"陶陶"之中才似乎恢复与获得了人的本性，忘掉了人生的种种烦恼。但最好的解脱方法莫过于远离官场，归隐田园。看来苏轼还不打算立即退隐，"几时归去"很难逆料，而田园生活却令人十分向往。弹琴，饮酒，赏玩山水，吟风弄月，闲情逸致，这是我国文人理想的一种消极的生活方式。他们恬淡寡欲，并无奢望，只需要大自然赏赐一点便能满足，"一张琴，一壶酒，一溪云"就足够了。这多清高而又富有诗意！

苏轼是一位思想复杂和个性鲜明的作家。他在作品中既表现建功立业的积极思想，也经常流露人生虚无的消极思想。如果仅就某一作品来评价这位作家，都可能会是片面的。这首《行香子》的确表现了苏轼思想消极的方面，但也深刻地反映了他在政治生活中的苦闷情绪，因其建功立业的宏伟抱负在封建社会是难以实现的。苏

轼从青年时代进入仕途之日起就有退隐的愿望。其实他并不厌弃人
生，他的退隐是有条件的，须得像古代范蠡、张良、谢安等杰出人
物那样，实现了政治抱负之后功成身退。因而"几时归去，作个闲
人"，这就要根据政治条件而定了。事实上，他在一生的政治生涯中
并未功成名遂，也就没有实现退隐的愿望，临到晚年竟远谪海南。

　　全词在抒情中插入议论，它是作者从生活感受中悟出的人生认
识，很有哲理意义，我们读后不至于感到其议论枯燥。此词在题材
内容和表现方式等方面都与传统婉约词相异，是东坡词中风格旷达
的作品。据宋人洪迈《容斋随笔》所记，南宋绍兴初年就有人略改
动苏轼此词，以讽刺朝廷削减给官员的额外赏赐名目，致使当局停
止讨论施行。可见它在宋代文人中甚为流传，能引起一些不满现实
的士大夫的情感共鸣。

行香子

丹阳寄述古

　　携手江村。梅雪飘裙。情何限、处处销魂。故人不见，旧
曲重闻。向望湖楼，孤山寺，涌金门。　　寻常行处，题诗千
首，绣罗衫、与拂红尘。别来相忆，知是何人。有湖中月，江
边柳，陇头云。

　　宋神宗熙宁六年（1073），苏轼在杭州通判任上。宋制，知州知
府总掌郡政，又设通判监政，共商和裁决管内大事。当时杭州知州
陈襄，字述古，是苏轼的至交诗友。他们都是因反对王安石新法而

被排斥出朝，外任地方官职的。这年十一月，苏轼因公到常州、润州视灾赈饥，姻亲柳瑾（子玉）附载同行。次年元旦过丹阳（今属江苏），至京口（今江苏镇江）与柳瑾相别。此词题为"丹阳寄述古"，据宋人傅藻《东坡纪年录》，它是苏轼"自京口还，寄述古作"，则当作于二月由京口至宜兴（今属江苏）途中，返丹阳之时。词中表现了苏轼对杭州诗友的怀念之情。

作者以追念与友人"携手江村"的难忘情景开始，引起对友人的怀念。风景依稀，又是一年之春了。去年初春，苏轼与陈襄曾到杭州郊外寻春。苏轼作有《正月二十一日病后述古邀往城外寻春》诗，陈襄的和诗有"暗惊梅萼万枝新"之句。词中的"梅雪飘裙"即指两人寻春时正值梅花似雪，飘沾衣裙。友情与诗情，使他们游赏时无比欢乐，销魂陶醉。"故人不见"一句，使词意转折，表明江村寻春已成往事，去年同游的故人不在眼前。每当吟诵寻春旧曲之时，就更加怀念了。作者笔端带着情感，形象地表达了与陈襄的深情厚谊。顺着思念的情绪，词人更想念他们在杭州西湖诗酒游乐的地方——望湖楼、孤山寺、涌金门。这三处都是风景胜地。词的下片紧接着回味游赏时两人吟咏酬唱的情形：平常经过的地方，动辄题诗千首。"寻常行处"用杜甫《曲江二首》"酒债寻常行处有"字面，"千首"言其多。他们游览所至，每有题诗，于是生发出下文"绣罗衫、与拂红尘"的句子。"与"字下省去宾语，承上句谓所题的诗。这里用了个本朝故事。宋吴处厚《青箱杂记》卷六载："世传魏野尝从莱公（寇准）游陕府僧舍，各有留题。后复同游，见莱公之诗已用碧纱笼护，而野诗独否，尘昏满壁。时有从行官妓颇慧黠，即以袂就拂之。野徐曰：'若得常将红袖拂，也应胜似碧纱笼。'莱公大笑。"宋时州郡长官游乐，常有官妓相从。"绣罗衫"，如温庭筠

《菩萨蛮》"新帖绣罗襦",为女子所服。上面提到过的陈襄和苏轼《正月二十一日病后述古邀往城外寻春》韵诗,有"寻僧每拂题诗壁"句,也用此典。而苏轼在这里又不是一般的用典。这一句呼应陈襄前诗,也就是唤起对前游的回忆;同时词人自比狂放的处士魏野,而以陈襄比寇准,以表尊崇。苏轼比陈襄年少,所以他对这位同僚兼友人怀着几分敬意。词意发展到此,本应直接抒写目前对友人的思念之情了,但作者却从另一角度来写。他猜想,自离开杭州之后是谁在思念自己?当然不言而喻应是他作此词以寄的友人陈襄了。

然而作者又再巧妙地绕了个弯子,将人对他的思念转化为自然物对他的思念。"湖中月,江边柳,陇头云"不是泛指,而是说的西湖、钱塘江和城西南诸名山的景物,本是他们在杭州时常游赏的,它们对他的相忆,意为召唤他回去了。同时,陈襄作为杭州一郡的长官,可以说就是湖山的主人,湖山的召唤就是主人的召唤,"何人"二字在这里得到了落实。一点意思表达得如此曲折有致,遣词造句又是这样的清新蕴藉,借用辛稼轩的话来说:"看使君,于此事,定不凡。"(《水调歌头·送郑厚卿赴衡州》)

苏轼在杭州时期,政治处境十分矛盾,因反对新法而外任,而又得推行新法。他写过许多反对新法的诗歌,"托事以讽,庶几有补于国";又勤于职守,捕蝗赈饥,关心民瘼,在力所能及的范围内,"因法以便民"(苏辙《栾城集·墓志铭》)。政事之余,他也同许多宋代文人一样,能很好地安排个人生活。这首《行香子》正是从一个侧面反映了宋代士大夫的生活,不仅表现了词人与友人的深厚情谊,也流露出其对西湖自然景物的热爱。《行香子》是苏轼早期的作品之一,它已突破了传统艳科的范围,无论在题材和句法等方面都有显见的以诗为词的特点。这首词虽属酬赠之作，却是情真意真，写法上能从侧面入手，词情反复开阖，抓住了词调结构的特点，将上下两结处理得含蓄而有诗意，在苏轼早期词中是一首较好的作品。

秦　观

秦观（1049—1100），字少游，一字太虚，号淮海居士，高邮（今属江苏）人。北宋神宗元丰八年（1085）登进士第。元祐初除秘书省正字，兼国史院编修官。绍圣初坐党籍，削秩，监处州酒税；徙郴州，又徙雷州。徽宗朝赦还，至藤州卒。有《淮海集》，词集为《淮海居士长短句》。

一丛花

　　年时今夜见师师。双颊酒红滋。疏帘半卷微灯外，露华上、烟袅凉飔。簪髻乱抛，偎人不起，弹泪唱新词。　　　佳期。谁料久参差。愁绪暗萦丝。想应妙舞轻歌罢，又还对、秋月嗟咨。惟有画楼，当时明月，两处照相思。

　　北宋都城汴京（今河南开封）民间习俗，父母将子女舍身佛寺，为佛弟子者呼为“师”，以期消灾免难。因此一些民间歌妓小名师师，例如柳永《西江月》有“师师生得艳冶”，张先词有《师师令》，晏幾道《生查子》云“遍看颖川花，不似师师好”，汴京名妓李师师竟因与皇帝宋徽宗的私情而名噪一时。秦观此词的抒情对象也是汴京民间歌妓师师，但却不是李师师，因李师师生活的时代已是北宋后期了。秦观为歌妓娄东玉、陶心儿作的词曾在词坛传为佳话。这首为师师作的词，向为各家选本所忽视，但却将词人的情感表达得很真诚而深切，没有丝毫轻浮习气，而且在艺术上很具特色。

　　词的上阕追述初识师师时的情景，采用朴质的直叙其事的方法。

起句即点明抒情对象。"年时"为宋人俗语，意为当年或昔日。当年初识师师即印象太深了，而且情事难忘。现实的"今夜"正是那个值得纪念的日期，因而词人缅怀当年感人的情景。起句虽然平淡，却使词的时间关系与意脉线索非常清楚。师师给人留下的第一个印象是她的双颊在酒后泛起桃红色而特别红润，美艳风流无比。这也暗示了他们的初见是在华筵樽前。也许师师曾为之侑觞。作者追述那个夜晚，省去了许多细节，记忆中是一个美好的秋夜。室内的灯光微弱，疏帘半卷，帘外露珠初起，夜色渐浓，细细的凉风使炉烟袅袅轻曳，一切都显得静谧适意。就在这个美好静谧的秋夜，词人与师师幸福地在一起。淮海词里有不少艳情的描写，而此词表现的却是知音的相遇。这位歌妓师师显然是初堕风尘的，未染上种种职业性的恶习，她是天真烂漫的少女。她面对知音，毫不顾忌一般的习俗规矩，也无须浓妆盛饰，而是簪髻乱抛。少女虽然粗服乱发，但天生丽质，愈见天然本色，这才是真正的美。师师的天真纯洁还表现为热情的温柔，她并不佯嗔佯怒，而是由于情感的激动，偎人不起。苏门学士黄庭坚曾说"对客挥毫秦少游"（《病起荆江亭即事十首》)，可见秦观是才华横溢的词人，可以在花间樽前即兴挥毫为歌妓作词。他遇见师师必定为她作了一首特别感人的词，表示了对她深深的爱慕之情。因此师师依偎着词人弹泪歌唱，这是对知音唱出不幸的歌妓的心声，而新词正是其知音所作。词人表述自己当时的感受，可以想象他们之间的互相理解和热爱的程度了。宋词里赞美歌妓之作甚多，然而大都限于外在的色艺的描绘，很难触及她们的内心世界。秦观此词的可贵之处便在于对歌妓的真诚的同情与理解，这是在上阕的结句里间接表达了的。

作者在上阕以叙事方式写当年与师师的相识，下阕是以抒情方式表现现实的离情别绪，层次最为分明。下阕首句以别后难期直接转入现实抒情。"佳期"是与情人欢聚的期约。词人与师师曾有过期约的，但出乎双方的意料，约会总是多次周折而未能如愿。这并非某一方的违约或延误，自是某种社会条件所限，既非词人的薄幸，也非师师的无情。正因此而使词人的离情别绪难以排解，难以消除，它像一条柔丝暗暗萦绕心头。他们的情感太深厚了，永远不会忘记，而那难忘的秋夜总是引起无限的思量。由于思量，作者设身处地揣想师师此夜此时的情形。这种写法属于虚拟，以使词意变化多姿。他猜想师师这时正为人侑觞，轻歌妙舞结束之后，独自回到室内，宛如当年情景。当年两情谐美，而今相别两地。师师感时念旧，睹物伤情，可能对着秋色而无可奈何地叹息。这里表明师师是一位民间歌妓，她为人歌舞，并不沉迷于那种豪华虚荣的生活，保持着自己清醒的认识和价值的追求，尚未泯灭纯洁与善良的心性，所以不感到欢乐而深深地叹息。她的叹息含有对个人不幸堕入风尘的惋惜和对佳期参差的苦恼。在作者心目中，这正是师师的可爱品格，不同于流辈，不愧为自己的知音。结尾使词意转回现实，照应词的起笔处的"年时今夜"。词人被离愁所萦绕，而猜想师师此时也在嗟叹，画楼的明月，当年曾是他们相爱的见证，现在又照见他们分别两处而都在相思相念，初欢的情景历历在目。结句虽然平淡，而情绪却强烈，真可令这对情人柔肠寸断了。

　　师师美艳风流，天真纯洁，温柔多情，对情感有执着的追求。这正是词人理想的歌妓形象，也是宋词中较为可爱的歌妓形象。在封建社会里，词人与歌妓的恋爱关系，是在很特殊的社会条件下发生的，总是难以有美满的结局。秦观与师师当年的相知相爱应是真诚的，然而因社会的种种限制，佳期每每参差，而且很可能永远不会再见面了。人世沧桑，如果再见，师师或许已是冷酷无情、反复多变、老于世故、沉迷虚荣的旧家秋娘了。词人也"谩赢得、青楼薄倖名存"（《满庭芳》）。他们的相爱是无结果的，而留下了这首优美动人的不朽的小词。此词的写作时间，因文献不足征，难以确切判断，根据词情可作如下推测：一、此歌妓名"师师"是遵汴京民俗，则秦观与之相识应在汴京；二、词应是秦观离汴京后念旧之作。北宋元丰四年（1081）秦观三十三岁，曾到汴京应礼部考试，不幸落第。他曾短时流寓汴京，可能在流连坊曲时认识师师，得到精神的慰藉，遂许为知音，但很快便转辗江南各地，未再与师师相见。当那个值得纪念的秋夜到来之时，他怀着深情思念师师。

千秋岁

　　水边沙外。城郭春寒退。花影乱，莺声碎。飘零疏酒盏，离别宽衣带。人不见，碧云暮合空相对。　　忆昔西池会。鹓鹭同飞盖。携手处，今谁在。日边清梦断，镜里朱颜改。春去也，飞红万点愁如海。

　　秦观为"苏门四学士"之一，他是纯粹的文人，却因与苏轼等元祐党人的联系，不自觉地卷入激烈的政治斗争，并成为这场斗争中的牺牲者。北宋绍圣元年（1094）哲宗亲政，变法派再度得势，对苏轼等元祐党人进行政治报复。秦观被牵连，贬谪监处州（今浙江丽水）酒税。次年春夏之交，秦观四十七岁，在贬所写下此词，抒写现实的感受。从词里我们可见到北宋绍圣时期政治斗争的折光，它所表现的时代的失落感是深沉而动人的，因而是淮海词的名篇。

　　词人秦观是很富于艺术感受的，他通过对贬所景物的描写而抒发感旧伤今的情绪，将政治斗争的背景及苦难的现实淡化并隐去，词情仍是含蓄优美而又感伤的。词的上阕描述现实情景，似乎在表现一种春愁。在江南的小城里，季节的变化是明显的。从城外的水边沙际和城内的园亭里都能感到春寒已经退去，天气融和。树上的繁花，清脆的莺声，作者却以"乱"和"碎"表示阑珊凋残，未感到春末夏初由旺盛的生机而带来的喜悦，也未感到现实景物的生命之美。这里暗示了词人的一种不愉快的心情。所以紧接的两个五言对偶句，直接表露现实的落寞了。秦观原在京都任国史馆编修，而今以罪人的身份贬谪到江南小城，因有断梗飘蓬之感。自从贬谪以来，确是"兔园高宴悄"（黄庭坚《千秋岁》追和秦观此词），难有条件在华灯盛筵之前对客挥毫了。"离别"是指与京都友人苏轼及苏门学士等元祐党人因遭受政治打击而离散。作者属于多愁善感的文人，难以禁受挫折，在艰难环境中渐渐消瘦了。衣带的宽松即意味着人体的消瘦憔悴。柳永的"衣带渐宽终不悔。为伊消得人憔悴"（《凤栖梧》），是对爱情的执着的追求所致；秦观的"宽衣带"却是政治的原因所致。"飘零""离别""人不见"是有因果关系的，含蓄地表达了对友人的依恋和怀念，由此而倍增孤寂之感。这在上阕的结句里表达得很深沉：空对着日暮时四野的碧云漫漫的合聚。词是作于小城春夏之际的日暮，稍后作者在郴州作的词也有"杜鹃声里斜阳暮"（《踏莎行》）之句，含有日暮途穷之寓意。日暮、寂寞和孤独便是词人的现实感受，但他并不直接写出，而是富有情感地组合了一些意象，春愁与政治风云带来的苦闷交融，词意最为沉厚。词的下阕抒发感昔伤今之情。换头的两个五言句概括地追述了当年在京都的文人雅集生活。"西池"指汴京的全明池。因其在城西而又名西池。"池在顺天门外街北，周围约九里三十步。……有面北临水殿，车驾临幸观争标，锡宴于此"（《东京梦华录》卷七）。"鹓鹭"，喻朝官之行列整齐有序，如鹓鹭成行。"盖"为车盖，借指车。元祐七年（1092）三月上巳，朝廷赐馆阁花酒，秦观与在京好友二十六人同宴金明池、琼林苑，极雅集之乐事。现在想象旧日游乐之处，不知是谁在那里，颇有唐人刘禹锡"桃花净尽菜花开"（《再游玄都观绝句》）的风云变幻、人世沧桑之感。昔日的繁华生活，已如梦境一般了。"日边"，指京都皇帝身边。"朱颜"，即红颜，借指青春年华。梦境的破灭是作者难以承受的。他从镜里发现自己的容颜暗改，昔时的青春年华全已消逝。这两个对句很沉痛，是梦醒后的悲哀，是政治打击对精神的摧损。词的结尾将词情继续推进，以景结情，造成象征性的艺术效果。"春去也"是以叹息的语气表示对一种必然性的无可奈何的态度，照应词开始的"春寒退"。"飞红"指落花，照应上阕的"花影乱"。它乃是春去的象征，意味着繁华的衰歇。古人的伤春悲秋情绪于诗词中是常见的，如果仅因时序的变化引起淡淡的感伤，并不表示词人真正的痛苦。此词的伤春，却与社会性的原因相联结，以春去象征一个时代、一种生活的失去，因而才有"愁如海"之感。当时丞相曾布读了此词说："秦七必不久于世，岂有'愁如海'而可存乎！"（《艇斋诗话》）数年之后，秦观果然悲伤而逝，时年仅五十二岁。

我们可以将此词视为政治抒情之作，它在作者伤春怀友的情感中自然流露，因而又不宜直视为简单的政治抒情。正因如此，它淡化了社会背景，避免了粗率的作风，词情哀婉而优美。此调多用三、五、七字句，音节明快，声调激越，适于表达悲伤而愤激的情绪，吟诵起来特别感人。此首小词含蕴丰富，艺术精美，很快在社会上广泛传播，尤其是秦观那些身遭党祸、贬谪天涯的友人们读了之后，情绪激动，相继唱和，成为一时词坛佳话。当时参加唱和的词人有黄庭坚、孔毅父和苏轼，他们对秦观表示真诚的同情，也抒发个人的身世之感。苏轼在海南岛贬所作的词有云："道远谁云会。罪大天能盖。君命重，臣节在。新恩犹可觊。旧学终难改。"（《千秋岁·次韵少游》）这表现了苏轼的政治成熟，性格坚强，他自以为秦观原作有"超然自得，不改其度之意"（《能改斋漫录》卷十七）。秦观毕竟不是政治活动家，遭遇打击后陷于个人的悲伤而不能自拔，终于成为北宋党争中不幸的牺牲者。王国维引冯煦《宋六十一家词选·序例》之语以为秦观是"古之伤心人也"（《人间词话》）。他词中的悲伤情调不仅是由于爱情的不幸，更重要的是政治的不幸。这首词里所表现的时代失落感非常强烈，意味着个人为时代所遗弃，不再成为生活的主人，丧失了人生应有的一切幸福，因而是对人生的悲观绝望。阅世甚浅的人是无法理解这种情绪的。南宋时人们为了纪念秦观，特在处州建了"莺花亭"，取词中之意。范成大赋莺花亭诗有云："文章光焰照金闺，岂是遭逢乏圣时。纵有百身那可赎，琳琅空有万篇垂。"（《次韵徐子礼提举莺花亭》）这是对秦观真正的理解与评价了。

周邦彦

周邦彦（1056—1121），字美成，号清真居士，钱塘（今浙江杭州）人。元丰初因献《汴都赋》自太学生而为太学正。仕至徽猷阁待制，提举大晟府。有词集《片玉集》（一名《清真集》）传世。

芳草渡

昨夜里，又再宿桃源，醉邀仙侣。听碧窗风快，珠帘半卷疏雨。多少离恨苦。方留连啼诉。凤帐晓，又是匆匆，独自归去。

愁顾。满怀泪粉，瘦马冲泥寻去路。漫回首、烟迷望眼，依稀见朱户。似痴似醉，暗恼损、凭阑情绪。淡暮色，看尽栖鸦乱舞。

周邦彦青年时代在汴京曾有过一段浪漫生活，在其早期作品里也抒写了一些哀艳的情事。这首《芳草渡》，或是其中的一个动人片断，含蓄而饶有诗意。

词是以追忆的方式叙述的，以逆入起笔。"昨夜里"是情事发生的时间，难以忘怀，词意顺着对昨夜情事的回忆而展开。"桃源"，用东汉时刘晨、阮肇入天台山遇仙女事，其地亦称"桃源"，如唐人曹唐《刘晨阮肇游天台》诗已言"不知此地归何处，须就桃源问主人"。五代王松年《仙苑编珠》卷上云刘、阮"采药于天姥岑，迷入桃源洞，遇诸仙"。周词即以桃源借喻昨夜所宿之处的华丽神秘似非人间。"又再宿桃源"，显然他是第二次或第三次来此处了。"仙侣"即神仙样的伴侣，古人常将美艳出众的女子比为仙女。柳永《玉女摇仙佩》的"飞琼伴侣，偶别珠宫，未返神仙行缀"便是以仙女来称赞所恋的歌妓。此处"再邀"的"仙侣"，用法与柳永相同。这次留下最深的印象是离别的痛苦场面，因而作者省略了当晚其他的艳情细节，以"听碧窗风快，珠帘半卷疏雨"，一笔轻轻带过。风快雨疏是在华丽的室内感到的，约在拂晓时使人惊醒，增添了离人的凄凉情调。"多少离恨苦"为全篇词旨所在。春风一度，情意绸缪，分别最为痛苦，故离恨之多少实难以估量。"方"字为词中的转笔，自此进入正面描述离别场面。"啼诉"，为那位仙子向抒情主人公诉说许多的离恨，流连缠绵，不忍分别。"凤帐"为绣有鸾凤的罗帐。正值倾诉离恨之时，忽从罗帐里见到曙色，情人只得忍心独自归去。离去的匆匆，说明他们之间存在某种社会性的原因而不能自由地相聚一起；"又"字再度强调了匆匆独归同留宿仙境一样已非第一次了。这首词上下阕之间衔接紧密，意脉不断，换头处继续叙述离别出门后的留恋之情。抒情主人公伤心地见到襟怀里留下那位多情仙子的"泪粉"。当互诉离恨时，她哭了，流的泪很多，与妆粉和在一起了。他的"愁顾"是属于"空有相怜意，未有相怜计"（柳永《婆罗门令》）的情形，对于现实的状况一筹莫展，唯有徒自发愁。他独自归去时骑的是瘦马，急急忙忙地在泥泞的道路上辨寻归途。"冲泥"与拂晓的疏雨有关，上下照应。"瘦马冲泥"很形象地表现了抒情主人公的寒酸狼狈，能"再宿桃源"是非常不易的。他的寒酸很可能是造成他们分离的主要原因，其别恨之中应包含有几分自责的情感，以此深深地感动了仙子，赢得"满怀泪粉"，而离别也就特别苦涩了。"漫回首"表示已经离去较远，而依恋之情却难尽。"烟迷望眼"，离情倍加凄楚，晓烟中桃源迷茫，只隐约地见到伊人的"朱户"。词中的"碧窗""珠帘""凤帐""朱户"都极力表现夜来宿处的绮丽，真有误入仙境之感。这与"瘦马冲泥"的寒酸形象颇不协调，应是其情事不幸的根源。关于朱户，周邦彦《忆旧游》有"也拟临朱户，叹因郎憔悴，羞见郎招。旧巢更有新燕，杨柳拂河桥"，写歌楼女子。可见《芳草渡》中的"朱户"也是借指歌楼的。词至此叙述完了昨夜难忘的离别情景，词意的发展遂由追忆转到现实。"凭阑"是理解全篇结构的关键。抒情主人公是在凭栏的时候触发了对昨夜情景的回忆。"似痴似醉"是在追忆时的精神状态，欢乐与痛苦犹令之神驰，桃源仙境留下的印象太深刻动人了。很可能他凭栏是为了观赏景物，而对昨夜的回忆扰乱了观赏情绪，痛苦的别恨在心中无法排遣和消除。结句"淡暮色，看尽栖鸦乱舞"，是周词中习见的以景结情的写法。"淡暮色"是薄暮时，暮色不深，补明凭栏的时间。这时乌鸦归巢了，"看尽"表明凭栏伫立之久。"栖鸦乱舞"或许是实景，景与意会，情景交融，以此表达了昨夜别恨所引起的悲伤和烦乱的心情。这样，全词的结尾富于诗意的联想，结构也显得摇曳多姿了。

周邦彦词大量使用事典、代字和融化前人诗句，具有晦涩的艺术倾向。南宋人刘肃为陈元龙注《片玉集注》作序时就指出："知其故实者，几何人斯。"可见当时人读其词就感到许多障阻和困难了。这首词却无艰涩难读的缺陷，所写的情事也不像邦彦其他一些词里那样轻薄狎亵，情感是较为真挚深厚的。加上词语的华美，词情的含蓄，因而仍具周词典雅的特色。全词立足于片时的思绪，重点非常突出，而倒叙、钩转、以景结情等手法的娴熟运用使章法富于变化；领字、领句将转折和时地关系交代较为清楚，于章法变化之中留下可寻的脉络，结构很有法度。这些都说明周词在艺术形式上达到精美的地步。自宋以来评论周词者甚众，这首《芳草渡》并不为词论家们所留意。如果我们与其他周词比较，这首词无论就情感的真切与表现的精美而言，都应是周邦彦很有特色的佳作。

朱敦儒

朱敦儒（1081—1159），字希真，号岩壑，洛阳（今属河南）人。早年隐居不仕，南宋高宗绍兴三年（1133）补右迪功郎，官至两浙东路提点刑狱。有词集《樵歌》传世。

鹧鸪天

唱得梨园绝代声。前朝惟数李夫人。自从惊破霓裳后，楚奏吴歌扇里新。　　秦嶂雁，越溪砧。西风北客两飘零。尊前忽听当时曲，侧帽停杯泪满巾。

宋人周密说："宣和中，李师师以能歌舞称。……朱希真有诗云'解唱阳关别调声，前朝惟有李夫人'，即其人也。"（《浩然斋雅谈》卷下）朱敦儒，北宋末年洛阳名士，以词著称。周密所引诗句实即此《鹧鸪天》词，字句有出入，当属传本不同，但词意基本一致。据这则记述，可确知此词是为李师师而作的。

李师师是北宋后期汴京著名的小唱艺人。她约生于北宋哲宗元祐元年（1086），徽宗崇宁、大观年间正值青春妙龄，遂以小唱在民间瓦市中显露艺术才华；政和年间她二十六七岁，以色艺绝伦而红极一时，词人晁冲之与周邦彦都曾与之交游，宋徽宗也前后多次微服幸其家，至宣和时"声名溢于中国"（《东京梦华录》卷五）；靖康元年（1126）被籍没家财后逃难到江南；南宋高宗建炎元年（1127）她约四十一岁，流落南方，卖艺为生。朱敦儒也是经过了靖康之变流落南方的。他在湖湘时偶然有机会听到李师师的歌声，不胜感慨，写了这首小词。

　　词人对李师师的小唱艺术是衷心赞美的，并对她有着几分敬意。唐玄宗曾选乐工三百人及宫女数百人居宜春北苑练习歌舞，亦称梨园弟子。"唱得梨园绝代声。前朝惟数李夫人"，意谓能得唐代梨园之遗声，歌艺绝妙，无可伦比的只有"前朝"的李师师了。"前朝"，前任皇帝在位的时期，这里指宋徽宗时。师师本是汴京民间歌妓，由于与徽宗皇帝有一段不寻常的风流遗事，在人们看来她的身份有些尊贵了。甚至在民间还传说她曾被召入宫中，封为瀛国夫人，故人们都习惯尊称其为李夫人。南宋初年，人们谈到李师师总是与徽宗皇帝的昏庸荒淫致国灭亡的惨痛历史教训联系起来。师师是令人同情的。当靖康元年正月，北宋国势危急，以钦宗为首的统治集团接受了金人议和退兵的条件，为缴纳金人的巨额金帛在汴京城内大肆搜刮，师师被抄家。第二年北宋灭亡了，徽宗和钦宗被俘北去。李师师同中原许多居民一样，历尽艰辛逃难到了江南。刘子翚《汴京纪事》诗云："辇毂繁华事可伤，师师垂老过湖湘。缕衣檀板无颜色，一曲当时动帝王。"可见南宋初年师师确实在湖湘一带，隐姓埋名，依旧卖艺为生。"自从惊破霓裳后，楚奏吴歌扇里新"，词正面表述了师师在靖康之际的遭遇。"霓裳"指唐代宫廷的"霓裳羽衣舞"。白居易《长恨歌》的"渔阳鼙鼓动地来，惊破霓裳羽衣曲"，即指唐玄宗与杨玉环的骄奢淫乐致安史之乱。安史之乱和靖康之变，在历史教训方面有某种相似之处，所以词人借"惊破霓裳"以喻北宋灭亡。"自从惊破霓裳后"，师师生活发生剧变，忽然失去皇帝的宠幸，再度流落民间卖艺。歌妓们演唱时以曲名书于歌扇，由听众点唱，所谓"歌尽桃花扇底风"（晏幾道《鹧鸪天》）即唱完扇上列出之歌曲。为适应南方听众的趣味，师师已经习唱南方流行的新曲了。改唱新曲也可能使南渡的士大夫们难以认识她，她似乎不愿让人们见到其晚年的不幸。词的上片以"前朝""惊破""扇里新"等词语表示师师生活变化的轨迹，概括了她一生的命运。师师的命运又暗与北宋灭亡的命运有着联系。如果将她与杨玉环相比较，人们是谅解和同情师师的，所以南宋时曾传说她被金兵所俘以身殉国的壮烈感人结局（见《李师师外传》）。

词的下片突出表达作者悲痛感慨之情，首先在过变处便以虚写而制造了悲伤凄凉的抒情氛围。"秦嶂雁，越溪砧"是指北方南飞的雁唳和南方妇女的捣衣声。这两种声音在寂寞的夜里都会给客寄他乡的人以悲伤凄凉之感，真是"雁已不堪闻。砧声何处村"（祖可《菩萨蛮》）。朱敦儒与李师师都同是流落南方的北客。当西风萧瑟的秋夜，词人不禁感到他与师师都有着落叶飘零般的身世了。这两位飘零的北客在异乡萍水相逢，流落的命运使他们产生相互的同情。所以当词人在酒席之前忽然听到熟悉的师师所唱的"当时曲"，恍然确知这就是"唱得梨园绝代声"的李夫人时，对师师的同情，和自己国破家亡、仓皇避难的伤痛，一齐迸涌出来。"侧帽"，冠帽歪斜，表示生活潦倒的颓放之状；"停杯"表示心情异常激动，痛苦情绪无法排解。这很形象地传达出了当时作者的心情。他激动感慨得"侧帽停杯"，掩面痛哭。全词在词情达到高潮时立即结束。

靖康之变是宋代历史转折的关键，成为宋人的奇耻大辱，在文学上掀起了以抗金救国为主题的诗歌运动。朱敦儒这首小词没有中兴词人那种激昂慷慨的雄伟气魄，但却低回婉转深深感人。它以反映歌妓李师师的不幸遭遇并表示对她的同情，从侧面接触了靖康之变的重大历史题材，表达了士大夫深沉的悲痛和爱国的情感。这首小词十分精炼，词意逐步发展，层层加深，表现出作者高度的艺术概括能力，使人读后联想起丰富的历史内容并思索着深刻的历史教训。

李清照

李清照（1084—约1151），号易安居士，齐州章丘（今山东济南）人。李格非之女，赵明诚之妻。南宋建炎三年（1129）丈夫病逝。晚年居住金华。著有《词论》一篇，后人辑有《漱玉词》。

满庭芳

小阁藏春，闲窗锁昼。画堂无限深幽。篆香烧尽，日影下帘钩。手种江梅渐好，又何必、临水登楼。无人到，寂寥浑似，何逊在扬州。　　从来，知韵胜，难堪雨藉，不耐风揉。更谁家横笛，吹动浓愁。莫恨香消雪减，须信道、扫迹情留。难言处，良宵淡月，疏影尚风流。

李清照词里咏花卉的将近十首。她咏的是菊、梅、桂、芍药。前三种都是淡雅的花卉，仅芍药才是艳态丰韵的，而词人却取它的"容华淡伫，绰约俱见天真。待得群花过后，一番风露晓妆新"（《庆清朝》）。对这些淡雅花卉的喜爱，虽是属于清照个人审美趣味，也反映了宋人与唐人审美观念的异趣。如果说唐人特别喜爱富贵雍容的牡丹，宋人则尤为崇尚清瘦高雅的梅花。南宋初年蜀人黄大舆便辑了咏梅之词为《梅苑》十卷，可见宋人咏梅之盛了。清照的咏物词以咏梅的最多。这首《满庭芳》后人补词题为"残梅"，是她咏物词中的佳作，较能体现其基本的艺术特色。

词的起笔好似与咏梅本旨无关，却描述了一个特殊的抒情环境。前人称这种写法为"先盘远势"。作者首先写出了她住处的寂寞无聊。"小阁"即小小的闺阁，这是妇女的内寝；"闲窗"即表示内外都是闲静的。"藏"与"锁"互文见义。美好的春光和充满生气的白昼，恰恰被藏锁在这狭小而闲静的圈子里。词语之间流露出妇女被压抑的情绪。唐宋时富贵之家的内寝往往与厅堂相连接，小阁是在画堂里侧。春光和白昼俱藏锁住了，暗示抒情女主人公这里并未感到它们的存在，因而画堂显得特别深幽。"深幽"极言其堂之狭长、暗淡、静阒。作者已习惯这种环境，似乎还满意于它的深幽。古人爱尚雅洁者都喜焚香。篆香是一种中古时期的高级盘香。它的烧尽，表示整日的时光已经流逝，而日影移上帘箔即说明黄昏将近。从描述的小阁、闲窗、画堂、篆香、帘钩等来看，抒情女主人公是生活在上层社会中的女性，富贵安闲，但环境的异样冷清寂静也透露生活中不幸的消息。"手种江梅渐好"是词意的转折，开始进入咏物的本题。当黄昏临近之时，女主人公于室外见到亲手种植的江梅，忽然产生一种自我欣慰的心理。它的"渐好"能给种树人以安慰。欣赏"手种江梅"，可能会有许多往事的联想，因而没有必要再临水登楼赏玩风月了。除了对梅花的特殊情感之外，女主人公似乎心情慵倦，于应赏玩的景物都失去了兴致。词上阕的结尾，由赏梅联想到南朝诗人何逊迷恋梅花之事，使词意的发展开始向借物抒情方面过渡，渐渐接近作者所要表达的主旨。何逊是南朝梁代著名的文学家，他的诗情辞宛转，诗意隽美，深为后来的诗人杜甫和黄庭坚等赏识。梁代天监年间，他曾为建安王萧伟的水曹行参军兼记室，有咏梅的佳篇《扬州法曹梅花盛开》诗（亦作《咏早梅》）。清人江昉刻本《何水部集》于此诗下有注云："逊为建安王水曹，王刺扬州，逊廨舍有梅花一株，日吟其下，赋诗云云。后居洛思之，再请其任，抵扬州，花方盛开，逊对花徬徨，终日不能去。"何逊对梅花的一片痴情是其寂寞苦闷的心情附着所致。杜诗有"东阁官梅动诗兴，还如何逊在扬州"（《和裴迪登蜀州东亭送客逢早梅相忆见寄》）。清照用何逊之事兼用杜诗句意，按她的理解，何逊在扬州是寂寥的。她在寂寥环境里面对梅花，遂与何逊心情有某种共鸣之感。

词人善于摆脱一般咏物之作胶着物态、敷衍故实的俗套，而是联系个人身世之感抒发对残梅命运的深深同情。"从来知韵胜"，是她给予梅花整体的赞语。"韵"是风韵、神韵，是形态与品格美的结合。说梅花"韵胜"，它是当得起的，而且"从来"赢得一致的称赞。她肯定了这一点之后，却不再多说，转过笔来写它的不幸，注意发现它零落后所显示的格调意趣。"藉"与"揉"也是互文见义，有践踏摧损之意。梅虽不畏寒冷霜雪，但它毕竟是花，仍具花之娇弱特性，因而也难以禁受风雨的践踏摧损。这是花的一般的必然的命运。由落梅的命运，作者产生各种联想，于是词意的发展呈现很曲折的状态。汉代横吹曲有笛曲《梅花落》，南朝时又作为乐府古题为诗人们吟咏，曲调和词情均十分哀怨悲伤。由落梅而联想到古曲《梅花落》，这属于虚写，以此表现落梅引起作者个人的感伤情绪，造成一团"浓愁"而难以排解。但作者又试图进行自我排解，于是词情又一转变。宋初诗人林逋《山园小梅》有"疏影横斜水清浅，暗香浮动月黄昏"的名句，刻画梅花的形象得其神态。梅花的暗香消失、落花似雪，说明其飘谢凋零，丰韵不存。这本应使人产生春恨，迁恨于春日风雨的无情。但词人以为最好还是"莫恨"，"须信道、扫迹情留"。"扫迹"即踪迹扫尽，难以寻觅。虽然踪迹难寻而情意长留。结尾的"难言处，良宵淡月，疏影尚风流"是补足"情留"之意。"难言处"是对下阕所表达的复杂情感的概括，似乎还有与作者身世的双关的含义。想象在一个美好的夜晚，淡淡的月光投下梅枝横斜优美的姿影。从这姿影里还显示出梅的俊俏风流，应是它扫迹后留下的一点情意。也许明年它又会重开，并带来春的信息。"良宵淡月，疏影尚风流"是精警的句子，突出了梅花格调意趣的高雅，远非徒以韵胜者之可比拟了。这样的结句使全词的思想达到了一个新的高度，它赞美了一种饱经苦难折磨之后，仍孤高自傲，对人生存在信心的高尚的精神品格。

　　关于这首词的写作时间，因缺乏必要的线索而无法详考，但从词中所描述的冷清寂寞的环境和凋残迟暮的感伤情绪来看，它应是清照后期的作品。这位女词人经历了靖康之难的国破家亡、流离失所的痛苦，承受了丈夫死后精神和生活的惨重打击，后期生活的不幸，使清照作品中具有特别凄凉悲咽的情调，因而在咏残梅的词里，不难发现作者暗寓身世之感。其主观抒情色彩十分浓厚，达到了意与境谐，情景交融，故难辨是作者的自我写照，还是咏物了。这首词和清照那些抒写离别相思和悲苦情绪的作品一样，语言轻巧尖新，词意深婉曲折，音调低沉谐美，富于女性美的特征，最能体现清照词的艺术特色。

胡世将

胡世将（1085—1142），字承公，晋陵（今江苏常州）人。北宋徽宗崇宁五年（1106）进士。南宋高宗绍兴八年（1138）任四川安抚制置使。词存一首。

酹江月
秋夕兴元使院作，用东坡赤壁韵

神州沉陆，问谁是、一范一韩人物。北望长安应不见，抛却关西半壁。塞马晨嘶，胡笳夕引，赢得头如雪。三秦往事，只数汉家三杰。　　试看百二山河，奈君门万里，六师不发。阃外何人回首处，铁骑千群都灭。拜将台敧，怀贤阁杳，空指冲冠发。阑干拍遍，独对中天明月。

苏轼的《念奴娇·赤壁怀古》结句有"酹江月"，后借为此调别名。胡世将此词用苏词原韵，继承和发展了其豪放的风格。南宋高宗绍兴九年，胡世将受命宣抚川陕，在西北军事重镇担负抵御金人和西夏侵略的艰巨任务。次年秋，他在兴元（今陕西汉中）川陕宣抚使院内，有感于国事维艰，以沉重的心情表述了对时局的批评，词中流露出深厚的爱国思想情感。

词以雄肆的议论起笔。东晋时桓温曾说："遂使神州陆沉，百年丘墟，王夷甫诸人不得不任其责。"（《世说新语·轻诋》）批评了王衍等人的清谈误国。"沉陆"即国土沦陷。当时中国北方地区已为金人所侵占，作者缅怀北宋时期镇守西北边陲的名臣范仲淹和韩琦。

他们曾在庆历初年经略安抚陕西诸路，"在兵间久，名重一时，人心归之，朝廷倚以为重，故天下称为'韩范'"（《宋史》卷三百一十二）。词引用这些历史事典试图说明：北方国土沦丧，目前没有韩范一样的重臣固守西北，为此深表忧虑。胡世将虽已负宣抚川陕的重任，却非常明智，不敢上比韩范，尽管他也是南宋初年抗金的有名将领。"长安"为汉唐故都，借指北宋都城东京（今河南开封）；"关西"指汉唐潼关以西的广大地区。这些地方都为金人占领了。由于作者收复河山的爱国情感强烈，所以每当边镇军中听到战马在清晨长嘶和胡笳在晚间悲凉的鸣奏，心情都特别激动，深感戎马倥偬，等闲白了少年之头。其实他这时仅五十六岁。"三秦"故地在陕西一带，因楚汉相争时，项羽破秦军入关，三分秦关中之地而名。作者身在三秦之地，自然从现实的处境联想到汉代取关中之地而建立统一王朝的史事。那时风云际合，英雄辈出，而最有功绩的应推"汉家三杰"，即张良、韩信、萧何。他们运筹帷幄，决胜疆场，互相配合，完成了宏伟的事业。上阕的结句，意义没有充分表达，其隐含的意义是：目前国家多事之秋，却没有像"汉家三杰"那样的人物。这为什么呢？自然令人生起许多的叹喟了。

从对历史的反思中，作者引发出对时局，特别是对西北战争局势的批评。其批评的锋芒直指南宋的最高统治集团，表现了一位爱国将领的卓识与远虑。自公元1127年南宋王朝建立以来，随即遭到金兵乘胜南下的侵扰，战争连年不断，而当军民和爱国将领们奋起抗战，击退金兵之际，统治集团为着私利而酝酿着与金人和议。绍兴十年（1140）三月，胡世将曾多次断定金人必然渝盟，请求朝廷加强边地军备，可是朝廷唯恐不利于和议的进行而不采取有益的建议。这年五月，金人果然叛盟，兵分四路，向南宋大举进攻。其中由撒离喝率领之金军自河中（今山西永济）直入关西，破永兴军，侵占凤翔。陕西一带州县官皆降。宋军在富平（今甘肃庆阳）战争中惨败，陕右诸军皆被隔断在敌后。胡世将遣宋军三千人迎战，继遣各路军，外捍六路，内保四川，最后击退了金兵的侵略，保卫了西北。如果不了解当时西北宋金战争情况则很难认识此词下阕所表述的现实内容。

词的过变以感念辽阔的国土着笔。《史记·高祖本纪》云："秦，形胜之国，带河山之险，县隔千里，持戟百万，秦得百二焉。"后遂以"百二山河"借指汉民族的国土。就当时进行和议的情形而言，南宋统治者对于保卫国土之事极不重视，而镇守边地的将领却深感战争的威胁已迫在眉睫。"君门万里"，暗讽嘲统治者远处深宫，根本不了解实际态势，乞求和议而竟不发兵御敌。"六师"即六军，古代天子统率六军，此借指诸路抗金部曲。词在"六师不发"句下原有小字注云："朝议主和。"显然作者是不赞成主和派意见的。主和所造成的严重后果是：统兵在外的将领们很快便见到宋军千群铁骑坐待金兵歼灭。在"铁骑千群都灭"句下原有小字注云："富平之战。"词人以悲痛的心情描述了富平惨败的情景。面对统治集团在军事战略上的失误，爱国将领是感到义愤填膺的。汉高祖刘邦于创业之时极重视将才，韩信受到了"相国深荐，策拜登坛"（《史记·淮阴侯列传》司马贞《索引》）的殊荣。古代王朝为表彰功臣而筑凌烟阁绘像以表示怀贤。在南宋初年，胡世将感到的却是"拜将台欹，怀贤阁杳"。为此，他怒发冲冠，忿不可遏。词写至此，词人情绪愤激，但忽然以拍遍栏杆，独对夜空明月为结，给读者留下想象的余地。作者的心情极为复杂，似乎唯有皓月可以鉴临一片孤忠，可以听取一点幽怨。

　　此词有很强的现实社会意义，它融议论、叙事和抒情为一体，而且多用事典，虽然显得有些质实，但主题鲜明，情感充沛，识见深远，仍不失为一首爱国主义的佳作。胡世将只留下这一首词。它出自一位抗金的爱国将领之手，甚为难得，尤足珍贵。从中我们可以见到一种可贵的民族精神。

吴文英

吴文英（约1212—约1272），字君特，号梦窗，晚号觉翁，四明鄞县（今浙江宁波）人。南宋理宗景定年间曾客荣王邸，从吴潜等游。有《梦窗词》传世。

解连环

暮檐凉薄。疑清风动竹，故人来邀。渐夜久、闲引流萤，弄微照素怀，暗呈纤白。梦远双成，凤笙杳、玉绳西落。掩练帷倦入，又惹旧愁，汗香阑角。　　银瓶恨沉断索。叹梧桐未秋，露井先觉。抱素影、明月空闲，早尘损丹青，楚山依约。翠冷红衰，怕惊起、西池鱼跃。记湘娥、绛绡暗解，褪花坠萼。

吴文英早年在苏州曾认识某女子。近世词家据吴词作过许多分析，认为他在苏州有一妾，后被遣去。但将他关于苏州情事的词串联合参，可以确定那位女子并非其朝夕相处之妾，应是一位民间歌妓。他们的爱情注定是以悲剧告终的。吴文英对她的情感是真挚而深厚的，在词作里常以极晦涩的方式抒写其无尽的哀怨。这首词是词人寓居苏州后期作的，在其恋爱悲剧发生之后。

词的起笔"暮檐凉薄"，点明抒情的环境和时间。暮色已降，人在檐下，感觉秋凉之意，造成寂寞凄凉的氛围。清风吹动庭竹，使词人产生故人到来的幻觉。但实际上并非有人来，而是内心的怀疑。"疑"字将词意带入恍惚迷离的境界。有似梦非梦之感。此两句用李益"开门复动竹，疑是故人来"（《竹窗闻风寄苗发司空曙》）诗句，

"故人"即所识的那位女子。她同从前一样穿过疏竹，前来西池与他相会。"邈"，遥远之意。词人猜想她当是从很远的地方而来。这些描写都表现为非现实的梦幻般的情景。"渐夜久"表示时间由暮入夜的过渡。"闲引流萤"乃用唐代诗人杜牧《秋夕》"轻罗小扇扑流萤"句意，写出故人天真可爱的情态；借着微弱的萤光，从她的"素怀"里隐隐见到"纤白"。这几句词意较为模糊，作者有意以某些优美的细节片断巧妙地暗示幽会时所留下的难忘印象。传说西王母的侍女董双成能吹云和之笙，词中的"双成"即以仙子借指故人。双成在梦中去远，风笙之音渐杳远了。这可见，故人前来幽会全是由词人思念所致的梦境。梦被惊醒时已是"玉绳西落"。吴文英喜用生僻事典，词语十分难解。"玉绳"乃玉衡以北两星，玉衡为纬书中所指的北斗七星的第五星，那便是斗柄的部分了。玉绳西落便标志时间过了下半夜。这时词人才由外室进到内室。"練帷"即布帷，未用罗帷或珠帘，用布属之帷可想见其境况的清苦。放下布帷，欲进内室，却又"倦入"，当是梦境历历触动了对往事的思忆，故"又惹旧愁"。词人不能忘记，在庭栏的角落还留有故人的粉汗的香气，或许那是某个夏天的事了。

　　由于对往事的思念，令词人抚今追昔倍加悲痛。词的过变以特殊的意象深刻地表达这种悲痛的情感。"银瓶"是古时汲水用的器具。"银瓶恨沉断索"乃用白居易《井底引银瓶》诗"井底引银瓶，银瓶欲上丝绳绝"句意。汲水时丝绳意外地断绝，白诗以喻"似妾今朝与君别"，言中道分离，留下遗恨。他们恋爱悲剧的发生，似乎早已在预料之中："梧桐未秋，露井先觉。"飘零摇落的命运是必然的了。这些悲痛的情感又由目睹旧物而加深。"抱素影、明月空闲"即叶梦得《贺新郎》"宝扇重寻明月影，暗尘侵、尚有乘鸾女"之意。团扇如月，扇面绘有素女的小影，已积有灰尘。"抱"，持也；

团扇曾经是她持以"闲引流萤"的,"明月空闲"意为它已闲着无人用了。这纪念物上以丹青绘的小影"早尘损",可是那秀眉尚"楚山依约"十分动人。词笔至此忽然一转。"翠冷红衰"是凋残的景象,由睹物而生的联想。"西池"在吴文英关于苏州情事的词中多次提到,当即词人寓所阊门外西园之内的池。在这凋残衰谢的季节、冷清的秋夜,怕有轻微的声响惊起西池里的睡鱼,西池的鱼跃将扰乱静寂的秋夜和人的思绪。因为抒情主人公正因西池的落花而回味着故人留下的一个销魂的印象:"记湘娥、绛绡暗解,褪花坠萼。""湘娥"本为传说中的湘妃。近世词家考证,以为吴文英在苏州所恋者原籍为湘人,所以"湘娥"或"湘女"皆借指苏州故人。记得那次幽会时,她偷偷解下轻薄的绛色绡衣。词的结尾颇为奇特,幸福美好的形象用以作为悲伤之词的结尾,这在今昔的鲜明对比之下,将产生回环往复的艺术效果。

吴文英是属于那种情感丰富而敏感的人,最善于捕捉到瞬间的、形象鲜明的主观感受。在他的作品里的许多意象具有强烈的主观感受性质,加以晦涩的语句表现出来,其词意往往较为朦胧,就像唐代李商隐的《无题》诗一样。这首词的整个表现都如梦境一般,如故人团扇扑萤,令人难辨其是梦还是往事;银瓶断索、梧叶早坠,未知喻其人是离是亡。在词的结构上词人虽注意时间关系的交代,但意群之间有一定的跳跃或较大的转折,而且往往不甚连贯。如下阕的四个意群之间便缺乏应有的顺序联系,结尾则有词意未尽之感。这正是梦窗词结构奇幻的特点。理解梦窗词较为困难,如果细读便会发现作者在艺术上的惨淡经营,其表现方式是艺术化的,所表达的情感则是复杂、真挚和缠绵的。

过秦楼

芙　蓉

藻国凄迷，曲澜澄映，怨入粉烟蓝雾。香笼麝水，腻涨红波，一镜万妆争妒。湘女归魂，佩环玉冷无声，凝情谁诉。又江空月堕，凌波尘起，彩鸳愁舞。　　还暗忆、钿合兰桡，丝牵琼腕，见的更怜心苦。玲珑翠屋，轻薄冰绡，稳称锦云留住。生怕哀蝉，暗惊秋被红衰，啼珠零露。能西风老尽，羞趁东风嫁与。

此词题为"芙蓉"。芙蓉为荷花的别称，此为咏荷花之作。吴文英咏物往往赋予物以人格，抒情色彩很浓重，寄寓了自己的情事。这首词里，他将荷花写成了一位美艳的女子，着重表达她一生的哀怨。她所生活的环境有似富丽非凡的仙境。"藻"为池间的水生植物。荷池漂浮着青绿色的萍藻，充满冷的色调，景色迷茫。"曲"为黄桑色，"曲澜"即青黄色的水波。这是"藻国"，也是水中仙子生活的地方。"怨"字为全篇主旨。月夜里池上的"粉烟蓝雾"具有神话世界或梦境一样的神秘奇幻。这奇幻的彩色烟雾，作者以为正是曾经在"藻国"的女子的积怨所致，所以是"怨入粉烟蓝雾"。唐代杜牧《阿房宫赋》写宫女们梳妆的情形："绿云扰扰，梳晓鬟也；渭流涨腻，弃脂水也；烟斜雾横，焚椒兰也。"词中的"香笼麝水，腻涨红波"是设想许多的荷花如同众女一样。那位怨女在如镜的池里曾是"万妆争妒"的对象，可见其美艳出众了。这也隐含着其不幸的原因，而今她芳魂月夜归来，正说明她的冤魂不散。"湘女归魂"乃用唐代陈玄祐《离魂记》倩女离魂的故事。倩娘因其父张镒游宦而家于湘中衡州，为爱情不遂而离魂追赶所恋者，私与之结合。吴文英《凤栖梧》的"湘水烟中相见早。罗盖低笼，红拂犹娇小"，《满江红》的"湘水离魂菰叶怨"，《解连环》的"记湘娥、绛绡暗解"，都是借指其在苏州所识的湘籍歌妓。这里词人咏芙蓉，再次以倩女离魂之事暗寓旧情，描绘出湘女含愁而舞以发抒积怨的形象。古时妇女们行走时总是环佩叮咚的，湘女归魂却是"佩环玉冷无声"，阴冷虚飘，有形无声，鬼气森森，两句用杜甫《咏怀古迹五首》"环佩空归夜月魂"字面而略加变化。"凝情谁诉"，是她一腔悲怨，无人可诉的精神痛苦情状。"江空月堕"使凄迷的藻国更加暗淡阴森。由于怨情无可告诉，湘女遂趁月落之时愁舞起来。"凌波尘起"是融化曹植《洛神赋》的名句"凌波微步，罗袜生尘"。凌波，形容女子的步履轻盈；生尘，是说走过的水面如有微尘扬起。"彩鸳"本以女鞋所绣之鸳鸯纹样指代绣鞋，梦窗词《风入松》"惆怅双鸳不到"的"双鸳"也指绣鞋，但又都借指女性。这里的"彩鸳"自然是湘女的归魂了。她在池边带着愁容，以舞蹈发抒积怨。"江空月堕，凌波尘起，彩鸳愁舞"，很成功地描绘了一个含冤女鬼的形象，但词题又使人们联想到荷花在风中摇舞的形象。

　　词的下阕拟托湘女的语气抒情。过变的"还暗忆"是词意的转折，引起对当初情事的追诉。"钿合"是镶嵌金花的盒子，为古代男女定情的信物："定情之夕，授金钗钿合以固之"（《长恨歌传》）。"兰桡"借指木兰舟。"丝牵琼腕"，谓以红丝或红纱系于女子手腕上，为古代男女定情时的一种表示。"的"为古代妇女一种面饰，即以朱色点注于面。"见的更怜心苦"，用意为双关，乃乐府民歌的一种表现手法。"的"，也是莲子，又写作"菂"。"怜心苦"即"莲心苦"。以此切合词题。这几句回忆旧事，写得很晦涩，意为在舟上定情，结为同心，见到她之"的"饰而更加相怜，但也留下难言的遗憾。当初便在"玲珑翠屋"留住，记得那时她还身着"轻薄冰绡"。这些情景都是难忘的。咏物须不离物性，词中的"丝牵"与藕丝、"心苦"与莲心、"翠屋"与荷叶都极贴切词题。她的情事始终笼罩着不幸的阴影，她担心好景不长，秋风一到，便红衰翠减，"啼珠零露"，伤心暗泣。北宋词人贺铸咏荷的《芳心苦》有"当年不肯嫁春风，无端却被秋风误"。吴文英反用贺铸词句之意结尾，"能西风老尽，羞趁东风嫁与"，表现了湘女高傲忠贞的品格。"能"字下原注云"去声"，即"宁可"之"宁"。宁愿在西风中老去，羞于像桃李那样趁逐春光、嫁与东风，这又好似荷花的命运了。全词处处不离荷花的物性，又处处在写人。读后真难辨作者是在写物还是写人，显然作者是借咏荷而寓寄了个人情事，否则难以写得如此情辞恳切、哀怨动人。

宋季词家张炎说："吴梦窗词如七宝楼台，眩人眼目"（《词源》卷下）。这是就梦窗词的字面而言。清代词家戈载说："（梦窗）以绵丽为尚，运意深远，用笔幽邃，炼字炼句，迥不犹人，貌观之，雕缋满眼，而实有灵气行乎其间。"（《宋七家词选》）他们都指出了梦窗词语言秾丽而富于雕饰的特色。这首《过秦楼》较能体现梦窗词的这一特色。词语具有鲜明色彩感，一首词中用了表示色彩的"曲""粉""蓝""红""彩""翠""锦"等字，着色艳丽，真如七宝楼台。华美的词语都是经过词人精心雕饰的，如"藻国""曲澜""麝水""彩鸳""琼腕""翠屋""秋被""零露"等。词语处处都见雕饰痕迹，加上着色的浓重，因而有雕缋满眼之感。梦窗词的语言最有个性，如果以"天然去雕饰"的审美原则来评价梦窗词，便会采取否定的态度，但艺术给人的美称总是丰富多样的。梦窗词华美秾丽的形式包藏着真挚深厚的热情，形成了独特的艺术风格，故为词苑不可缺少的一株奇花。

定风波

　　密约偷香□踏青。小车随马过南屏。回首东风销鬓影。重省。十年心事夜船灯。　　离骨渐尘桥下水，到头难灭景中情。两岸落花残酒醒。烟冷。人家垂柳未清明。

　　吴文英中年时客寓杭州，在一个春天乘马郊游，行至西陵路偶然遇见某贵家歌姬，由婢女传送书信，即与定情。此后，他们曾春江同宿，共游南屏，往来西陵、六桥，享受着爱情的幸福。他们这种爱情也注定是以悲剧收场的。最后一次分别，双方都预感到不幸阴影的跟随，别情甚是悲伤。待到吴文英重访六桥时，那位贵家歌姬已含恨死去。许多年后，词人也不能忘记这段情事，重到西湖总是痛心彻骨地伤悼。这首小词便是吴文英晚年在杭州的悼念之作。

　　词人最难忘的一段情景是："密约偷香□踏青。小车随马过南屏。""踏青"前缺失一字，但无碍于词意的理解。自清末以来的词家们考证吴文英的情事，都以为其杭州情词都是为其亡妾而作。从此两句和《莺啼序》的"溯红渐、招入仙溪，锦儿偷寄幽素"看，可推翻其为梦窗"姬妾"的假说。南宋和北宋一样很重视清明节。这正是暮春之初，江南杂花生树，群莺乱飞，城中士庶都到郊外去踏青。周密记述南宋杭州清明盛况云："南北两山之间，车马纷然。……若玉津、富景御园，包家山之桃关，东青门之菜市，东西马塍，尼庵道院，寻芳讨胜，极意纵游，随处各有买卖赶趁等人，野果山花，别有幽趣。"（《武林旧事》卷三）吴文英是以主观抒情方式叙写往事的。他们是借踏青的机会来实践"密约"，达到"偷香"目的。"密约"为双方秘密的约会；"偷香"是指男女非法结合的偷情。晋时韩寿与权贵贾充之女私通，衣染贾氏奇香，为贾充发觉，后遂称韩寿偷香。"密约偷香"表明他们不是正当的恋爱关系，而双方却又情感热烈，只得采取为封建礼法所不容许的秘密而大胆的行为来实现对幸福的追求。如果吴文英这位踏青的女伴是其妾，就不会如此秘密而浪漫了。"南屏"为杭州城西诸山之一，因位于西湖之南，故又称南山，"南屏晚钟"为南宋西湖十景之一。山"在兴教寺后，怪石秀耸，松竹森茂，间以亭榭。中穿一洞，崎岖直上，石壁高崖，若屏障然，故谓之南屏"（《淳祐临安志》卷八）。这个地方是人们喜去的踏青之地，而且距贵家歌姬住处甚远，一北一南，西湖横隔，不易为人发觉。"小车随马"也是较秘密的办法。北宋时就有一种棕车，为宅眷乘坐的车子，有勾栏和垂帘，用牛牵引，南宋时制作得更精致小巧。《清明上河图》里也有这种车，妇女坐在车内，男子乘马在车前导引，或在车后跟随。南屏踏青偷香的情节，在梦窗恋爱过程中是值得纪念的，这种回忆是甜蜜的。词意忽然转变，"回首东风销鬓影"。以"回首"二字连接今昔的关系，既表示南屏之事属于往昔，又表示时间过得真快，回首之间东风销尽花容鬓影，当年踏青女伴早已不在了。这句淡语却有着人世沧桑的深沉感慨。"重省"这个短句，有力地紧承沧桑之感，表示回忆和省视，欲认真地重新审视往事。当春夜在船上对着孤灯，"十年心事"一一涌上心头。词的上阕由幸福的回忆到深沉的反思，逐渐将词情向高潮推进。

　　苦苦萦绕的"十年心事"是无尽的痛苦悔恨："离骨渐尘桥下

水，到头难灭景中情"。这迸发出作者多年的积恨，沉痛的至情经过艺术的千锤百炼，以精整工稳的语句浓缩而出，具有强烈的感染力。"离骨"，谓伊人已死之遗骨；"尘"，名词作动词用，即成尘，谓其死已久；"桥下水"，桥当是西湖六桥，即《莺啼序》"别后访、六桥无信，事往花委，瘗玉埋香"所述，其人或竟葬身西湖。此句与陆游悼忆唐氏的"玉骨久成泉下土"（《十二月二日夜梦游沈氏园亭》）绝相类。"到头"即到底、毕竟之意；"难灭景中情"即上阕首两句南屏踏青的密约偷香之情，其人虽杳，旧事难忘。词情在高潮之后忽由强烈的抒情转到纡徐的写景，从另一侧面更含蓄和形象地深化词意："两岸"与上阕之"夜船"呼应，暗示抒情的现实环境；"落花"当是虚拟，象征人亡；"残酒醒"提示结尾的线索。"烟冷，人家垂柳未清明"，是"残酒醒"后对景物的感受。春夜湖上的寒烟，衬托情绪的凄凉。我国习俗，"清明前三日为寒食节，都城人家，皆插柳满檐，虽小坊幽曲，亦青青可爱，大家则加枣𣚁于柳上，然多取之湖堤"（《武林旧事》卷三）。"人家垂柳未清明"显为寒食日。词人来到六桥之下悼念情人，这也是踏青的时节，所以重省南屏旧事。三日后即是清明，按照传统习惯应当去为亡故的亲友扫祭，可是作者又能到何处去扫祭情人的芳冢呢！可见他是怕到清明的，那将会更加伤心了。

这首小词里，往昔与现实，抒情与写景，错综交替；上阕与下阕开始两句，今昔对比；结构曲折多变，但转折关系又是较清楚的。词中所表达的悲伤而真挚的情感，亦至动人。

莺啼序

荷和赵修全韵

横塘棹穿艳锦，引鸳鸯弄水。断霞晚、笑折花归，绀纱低护灯蕊。润玉瘦、冰轻倦浴，斜拖凤股盘云坠。听银床声细。梧桐渐搅凉思。　　窗隙流光，冉冉迅羽，诉空梁燕子。误惊起、风竹敲门，故人还又不至。记琅玕、新诗细掐，早陈迹、香痕纤指。怕因循，罗扇恩疏，又生秋意。　　西湖旧日，画舸频移，叹几萦梦寐。霞佩冷，叠澜不定，麝霭飞雨，乍湿鲛绡，暗盛红泪。练单夜共，波心宿处，琼箫吹月霓裳舞，向明朝、未觉花容悴。嫣香易落，回头澹碧销烟，镜空画罗屏里。

残蝉度曲，唱彻西园，也感红怨翠。念省惯、吴宫幽憩，暗柳追凉，晓岸参斜，露零沤起。丝萦寸藕，留连欢事，桃笙平展湘浪影，有昭华、秾李冰相倚。如今鬓点凄霜，半箧秋词，恨盈蠹纸。

梦窗词今存约三百四十首，恋情词一百二十余首，占总数的三分之一强，且恋情词的数量超过了其他两宋词人。这一百二十余首词中，有关两位女性的词约占了三分之二，可见其情感执着。吴文英恋情词中的两位女性抒情对象分别是苏州的一位民间歌妓和杭州的一位贵家歌姬。她们都是封建社会中的不幸妇女，前者是"贱民"，后者虽是贵家之妾而实属家妓性质的。吴文英是著名的词人，许多歌妓都在歌筵舞席前求他即席赋词，不言而喻，体态的优美，亲密的交往，融洽的旨趣等等，使得他们之间发生恋情。但由于封建礼教的压力和封建制度的限制，因而不可避免地在他第一个恋爱悲剧发生之后，又发生第二个悲剧。吴文英因为政治失意，事业无成，其情感倾注于对爱情的追求，从中追求着人间美好，去发现情感的美和世界的美。这首晚年作的慢词长调《莺啼序》原题为"荷和赵修全韵"，是他借咏荷而抒写了一生的恋爱悲剧，是梦窗词体大思精的杰构之一。

此词具有明显的主观抒情特点，绝非泛泛地咏物。全词共分四叠。第一叠借出水芙蓉的美艳与抒情对象巧妙地重合，生动地刻画了所恋女性的优美形象。"横塘"在苏州盘门之南十余里，北宋词人贺铸曾在此写过名篇《青玉案》，首句便是"凌波不过横塘路"。吴文英曾在盘门寓居，但这首词的抒情对象很难知其具体所指。作者以倒叙方法，叙写当年的一个片断。他们在某湖乘舟穿过"艳锦"般的荷丛，观赏和戏弄湖里的鸳鸯。她在晚霞中"笑折花归"，"花"自然是荷花。"绀纱低护"指红黑色的纱帐低掩了灯光，室内的光线暗淡而柔和。这两句包含了自湖归室由黄昏到晚上的过程，写得简练蕴藉。"润玉瘦、冰轻倦浴，斜拖凤股盘云坠"，勾画出有似出水芙蓉的女性形态之美。"润玉"以温润洁白的玉喻人；"瘦"是宋人以纤细为美的美感经验；"冰"当是冰肌玉骨之；"凤股"为女子首饰，即凤钗，钗分两股；"盘云"谓女子发髻，盘绾犹如乌云。她凤钗斜拖，发髻松散欲坠，玉瘦冰轻，浴后十分困倦娇慵。至此作者省略了其余的细节，并且词意跳跃。"银床"为井栏，乐府古辞《淮南王篇》云："后园凿井银作床。"庭园中井畔常栽梧桐，魏明帝曹叡《猛虎行》有"双桐生空井"之句，以后诗词中"井梧""井桐"之类更颇多见。桐叶飘坠的微细声响引起了他心中秋凉将至的感觉。这结两句难知其是今是昔，或许在词人的感受中已混杂了。

第二叠写作者现实的抒情环境。时光过如飞鸟，往事已隔多年。燕子归来，旧巢不存，唯有空梁，比喻伊人已去。思之思之，风吹竹响，引起错觉，有似故人敲门，但很快便知道，故人是不会像以往一样叩门而入了。这里化用李益"开门复动竹，疑是故人来"（《竹窗闻风寄苗发司空曙》）诗句。因竹而及故人，因故人又想起与竹有关的一件事情："记琅玕、新诗细掐，早陈迹、香痕纤指。""琅玕"，指竹。当年她在嫩竹竿上用指甲刻写诗句，香痕犹在，已成陈迹，睹物思人，旧情可堪追忆！"罗扇恩疏"，应是她当时的怨语，而今竟成事实，特别感到后悔和自责。由此引起许多往事的回忆。第三叠是回忆西湖情事的。第四叠是回忆苏州情事的，顺序恰恰颠倒了，可能作者写作时的意识流程便是这样的。

当年夜泛西湖，"画舸频移"，缓荡双桨，轻波叠澜，香雾空蒙。"乍湿鲛绡，暗盛红泪"，是她感极而泣，是欢喜的泪。"練单"即单薄的布被。"練单夜共，波心宿处"，是他们最幸福的夜晚。这个晚上，她为知音者尽情歌舞。"琼箫吹月霓裳舞，向明朝、未觉花容悴"，兴奋欢乐，使她容光焕发，毫无倦意。她为自己所爱者而不顾一切。这段生动感人的描写是吴文英杭州情词中写得很成功的，使人们产生关于青春的欢乐、真挚的情感、浪漫的趣味的联想。词意忽然逆转，以叹息的语气写出西湖情事的悲剧结局："嫣香易落。""嫣"为红色之姣艳者，"嫣香"以花代人。"回头"与此叠起第三句之"几萦梦寐"相照应，合理地插入这一段艳情的回忆。结尾处痛感往事已烟消云散了。这一叠词，有头有尾，在描写时又处处体现物性，仿佛荷花含烟浥露，在夜风中舞动。

西园是吴文英寓居苏州时所住的阊门外西园，在那里他曾多次与所恋的苏州歌妓幽会。他事后在词中伤心谈道："西园有分，断柳凄花，似曾相识"（《瑞鹤仙》）；"西园日日扫林亭。依旧赏新晴。黄蜂频扑秋千索，有当时、纤手香凝"（《风入松》）；"往事一潸然。莫过西园。凌波香断绿苔钱"（《浪淘沙》）。感伤和怀念的地点总是在西园。此叠词是作者追叙在西园的一段艳情。古代吴王的馆娃宫在苏州，"吴宫"当借指苏州某处，或者就是西园。他与苏州的恋人于"吴宫幽憩"，垂柳掩映，湖岸横斜，为夏季避暑追凉的佳处。"晓岸"句，暗示时间由夜到晓。"桃笙"即凉席。宋人朱翌说："刘梦得云'盛时一失难再得，桃笙葵扇安可常'。东坡云'扬雄《方言》以簟为笙'。则知桃笙者，桃竹簟也。"（《猗觉寮杂记》卷上）"湘浪影"，谓竹簟花纹有似湘波之影。"有昭华、秾李冰相倚"，谓与美人同此枕簟。黄山谷有诗，题为《赵子充示竹夫人诗，盖凉寝竹器。憩臂休膝，似非夫人之职，予为名曰青奴，并以小诗取之，二首》，其第一首云："青奴元不解梳妆，合在禅斋梦蝶床。公自有人同枕簟，肌肤冰雪助清凉。"第二首云："秾李四弦风拂席，昭华三弄月侵床。我无红袖堪娱夜，政要青奴一味凉。"任渊注："秾李、昭华，贵人家两女妓也。昭华，盖王晋卿驸马家吹笛妓。"这两句词是合黄诗第一首末二句与第二首首二句之意，很含蓄地写夏夜的"欢事"；"昭华""秾李"，又借指其人的歌妓身份。"丝萦寸藕，留连欢事"，可见两情之深。这些旧事，可念，亦可痛。全词以"如今鬓点凄霜，半奁秋词，恨盈蠹纸"为结。现在词人已是霜鬓了，"凄霜"谓凄苦之情使鬓发斑白，表明他多年以来为旧情所折磨。吴文英在严酷黑暗的南宋后期仅是一位多愁善感的文人，对于现实无能为力，即使对于自己情事的不幸也无法挽回，只有写下恨词来悼念曾爱过的不幸女子。"秋词"意为悲凉之词；"奁"，竹箱，词稿半奁，言其积恨之多；"蠹纸"为虫蠹过的旧纸，言词笺已陈旧。多年积恨，写满蠹纸，这不是一般的闲情逸致，是作者以一生的两次爱情悲剧写成的血泪词。

这首词内容丰富，经过高度艺术处理，是吴文英一生情事的总结。作者以咏物方式表现出来，有意将词意表现得曲折变幻，令人难测。其情感的秘密不愿让人们知道得过于清楚，所以构思时，情事的次序先后错乱，某些形象可能竟是两位恋人的叠合，而且将两地两时的情事纠结一起，很难分辨。因其词笔奇幻曲折，词语秾艳，很能代表梦窗的艺术风格。由于此词结构的复杂并将两个情事糅合，谁知竟给后人留下误解，以致曾有词家考证吴文英情事，误以为其情词之抒情对象乃一"去姬"，"吴苑是其人所在地……是其人既去，由越入吴也"（陈洵《海绡说词》）。尽管梦窗词以晦涩难解著称，纵观其全部情词，其情事还是有可解的线索。

思佳客

赋半面女髑髅

钗燕拢云睡起时。隔墙折得杏花枝。青春半面妆如画，细雨三更花又飞。　　轻爱别，旧相知。断肠青冢几斜晖。断红一任风吹起，结习空时不点衣。

这首词题为"赋半面女髑髅"。这个题材在北宋时曾引起大文学家苏轼的兴趣。他作了一首《髑髅赞》云："黄沙枯髑髅，本是桃李面。而今不忍看，当时恨不见。业风相鼓转，巧色美倩盼。无师无眼禅，看便成一片。"苏轼曾受过佛家思想的影响，因而诗赞中流露出青春不可恃的感叹，产生色相的了悟，向往达到佛家诸天色相亦无的境界。南宋初年一位享有盛名的径山宗杲禅师，借此题目发挥禅理，作了《半面女髑髅赞》，云："十分春色，谁人不爱。视此三分，可以为戒。"宗杲想劝谕世人悟出色即是空的道理。据说，他刚成这四句，忽然好像有人续道："玉楼清夜未眠时，留得香云半边在。"（见《浩然斋雅谈》卷中）仿佛女鬼有意蔑视佛法，揶揄禅师，嘲笑他的劝诫。如果说苏轼和宗杲都以超脱的态度来处理这个题材，南宋后期词人吴文英却由于触动了情感的创伤，因而在小词里也借以为题，寄托他对不幸女子青春生命的哀悼。

吴文英是情感丰富而具幻想的词人，他以奇妙的想象和凝练生动的笔调从另一视角去赋女髑髅。它竟成了一个活的女鬼而又充满生活的情趣。她依然如生前一样，睡醒之时以钗燕轻轻梳理长长的香云。"钗燕"即玉钗，为女性首饰。相传汉宫赵婕好得汉武帝赐以神女所遗的玉钗，后来宫女谋欲碎之，开匣时钗化白燕飞去，故玉钗又称钗燕或燕钗。"云"即指妇女秀发浓密有似乌云。"钗燕拢云"意味着粗略草率的梳妆，显出睡意未消，心情慵倦，以此侧面地暗示了其难掩的天然丽质。古时的人们相信，鬼魂也同活人一样生活着，只是他们生活在阴间，而活动在夜深人静之时。她"睡起时"已是夜半了。南宋诗人叶绍翁《游园不值》有"春色满园关不住，一枝红杏出墙来"之句。这女鬼悠闲而轻易地从隔墙折来杏花枝嬉弄着。词人所表现的不是单纯的鬼趣，意欲说明她并未忘记春的到来，而特别折下标志艳丽春光的杏花，对人间美好事物依然留恋。第三句掉回词笔点明所赋的词题。在词人幻觉中这已不是"半面女髑髅"，而是"青春半面"的美丽女子，妆饰如画。以上三句极其恰当地描述女鬼的生活情趣，词笔都是轻快活泼的。到上阕结句，词情突然转变，以凄厉而悲惨的意象表示一个年轻的生命如夜半风雨春归的落花一样夭折了。这样不幸的夭折曾有过许多，而半面女髑髅使人自然想到又是一个夭折的年轻生命。"花又飞"令作者的想象离开本题而勾起情事的感伤，因而下阕有着较为明显自我抒情迹象。

"轻爱别"是词人惋惜这女子轻易地便与情人恩爱永别；"旧相知"是幻觉中感到半面女髑髅好似旧日相知的情人，因为她的命运也是如此。简短的两句，包含了多少人世沧桑、死生无常的凄凉情感。词情在过变之后转为强烈，被紧接的一句"断肠青冢几斜晖"推向高潮。汉宫美人王昭君墓在塞外，昭君有许多遗恨，似乎草木有情，塞草皆白，唯其冢独青，后遂以青冢借指女性的坟墓。现实环境里，芳冢挂着几缕落日的寒晖，特别令人感到凄凉和心酸，这里便埋葬着昔日所恋的人，触景生情，怎不悲痛。"断肠"正表达了悲痛的强烈程度。结尾两句，词意大大转折，作者也试图以超脱的心情进行自我安慰，以减轻悲痛。《维摩诘经》言天女以天花散诸菩萨，即皆堕落，至大弟子，便着不堕。天女问其故，答曰："结习未尽，华著身耳；结习尽者，华不著也。"结习即积习、习染，指人的固有世俗意欲。如果世俗意欲已尽，本心便不为外物所诱惑了。显然这首词已是吴文英晚年的作品，力图摆脱旧情的缠绕，所以借佛经之意，想表示晚年心境已"结习尽者，华不著也"。但这里的"花"并非鲜花，而是"断红"。这很切词题，以"断红"借指旧相知的亡灵，它有感有知，任风吹起。可是词人却有意抑制住自己的情感，努力使心境平静。结尾两句本欲以淡语忘情，但从全词所表现的对那死去的年轻女子的同情、爱怜和引起内心的波澜，都足以说明许多深刻的印象是不易轻轻抹掉的。

唐代诗人李贺的《苏小小墓》生动地描绘鬼的神秘世界，这很可能对吴文英有所影响，所以他也在词里表现了鬼趣，反映了对现实人生的消极悲观情绪。吴文英中年时代在西湖曾与某贵家一位歌姬相爱，而这种爱情的悲剧结局是注定了的，别后她不幸而死，"瘗玉埋香"之处也无从寻觅，因此词人在许多抒情或咏物词中都寄托了无限的哀思。此词在艺术表现方面将幻觉的描写与主观抒情巧妙地结合，词意较为含蓄曲折，甚至有些晦涩，也许词人是有意隐藏自己的情感。将它与苏轼的《髑髅赞》和宗杲的《半面女髑髅赞》加以比较，便不难发现这首小词辞情优美，形象生动，有很强的感染作用。这也可以理解，词人生活的不幸，特别是爱情的悲剧给他沉重的精神打击，因而其作品的情调大都是低沉感伤的，而这首小词尤其如此。

张　炎

张炎（1248—1314 后），字叔夏，号玉田，又号乐笑翁，临安（今浙江杭州）人。中兴名将张俊之后裔，词人张枢之子。宋亡，其家亦破。元至元二十七年（1290）北游元都，失意南归。著有《词源》，词集有《山中白云词》。

高阳台

西湖春感

接叶巢莺，平波卷絮，断桥斜日归船。能几番游，看花又是明年。东风且伴蔷薇住，到蔷薇、春已堪怜。更凄然。万绿西泠，一抹荒烟。　　当年燕子知何处，但苔深韦曲，草暗斜川。见说新愁，如今也到鸥边。无心再续笙歌梦，掩重门、浅醉闲眠。莫开帘。怕见飞花，怕听啼鹃。

南宋恭宗德祐二年（1276）二月，都城临安为蒙古大军攻陷，宋王室被俘北去。词人张炎亲历了国破家亡的巨变，当其重返杭州西湖时，所见已是一代繁华衰歇，不胜黍离之感与桑梓之悲。此词题为"西湖春感"，以春归的感怀，暗寓国破家亡之悲痛，词意甚为含蓄。词的起笔点明了写作的时节、地点和特定环境。柳树枝叶已经繁茂，黄莺可以藏身或营巢；西湖的水面平静，只有细细的波浪卷去柳絮。这表明物候的变化，已是春归时节。此时词人在斜阳中重到西湖的入口处断桥。作者隐去了社会背景，将现实的社会感受以伤春的方式表现出来，采取加倍法逐层地强化感伤的情绪。张炎先世成纪（今甘肃天水）人，自六世祖循王张俊起即世居杭州。宋亡后张炎的家被籍没了，浪迹于江湖。他对未来的命运难以把握，甚至此后是否还有机会再到西湖已难预料。归来是为了欣赏西湖的春景，可是来迟了，春已归去，若要赏花则有待于明年。这使人感到遗憾。为了不将遗憾留给未来，词人希望春天再作短暂的停留。蔷薇花开放了，东风若有情就应陪伴着它共度美好时光，但蔷薇开时即标志春归，可见势不能挽留春天。这一点小小的主观愿望，词人欲以自慰，而也旋即破灭了。"凄然"乃悲伤之貌。由遗憾、失望到悲伤，伤春的情绪逐渐加深。词人特别悲伤的是，湖心的孤山名胜西泠为重重的绿荫掩映，西湖在一抹荒烟之中，已无当年的繁盛。这暗写了西湖的沧桑，在兵燹之后，它变得荒凉残破了。

词的过变具体描述而今西湖的荒凉景象。唐代诗人刘禹锡的诗句"旧时王谢堂前燕，飞入寻常百姓家"（《乌衣巷》），表现南朝金陵乌衣巷居住的贵族王家与谢家的衰败没落。张炎是南宋贵胄之后，当其重游西湖也有堂燕飞去、故家无存的痛感。韦曲是唐代长安望族韦氏世居之地，为樊川第一名胜。斜川（今江西庐山、昌都之间）为晋代高贤清吟游赏之地，陶渊明作有《游斜川》诗并序。这些地方曾是富贵繁华和诗情画意的，但而今已是苔深草暗的荒芜景象了。这以韦曲和斜川借比西湖胜迹，作者的寓意是十分明显的。如果不是由于宋王朝的覆灭和蒙古军队的破坏，西湖的景象绝不会如此荒凉。西湖的命运，使作者联想到自己的命运，使春感的主题得到进一步的深化。古代有"鸥盟"的寓言，叙述海边有个喜爱鸥鸟的人，经常去与海鸥游玩，鸥鸟对他已无戒备之心。其父命他去捕捉几只鸥鸟，次日他去到海边，鸥鸟知其已起机心，在空中飞舞而不再下来了。张炎的祖父张濡曾在宋末守卫独松关时，斩了蒙古派来议和的使者，故张氏家族与新王朝结下深仇。他像鸥鸟一样预感到杀机的存在而有一种惶恐的新愁。因此没有心情去重温昔日的富贵佚豫的旧梦，自己躲避起来，在无聊的浅醉闲眠中虚度岁月，尤其怕见到标志春归的花飞，怕听到鹃啼。结句将遗民在新朝的惶恐心理与悲伤情绪表达得细致而深刻。

作者善于使用加倍的写法，上下两阕的后半都将春感与新愁层层转深地表达，使主题有层次地展开，并表述得十分完满。这种加倍法在北宋词人周邦彦词里是较为常见的，如陈洵评其《丹凤吟》云："不为别离，已是无憀，缩入上阕，加倍出力。"他又评其《品令》云："以换头结上阕，'纵相逢难问'，加一倍写。"（《海绡说词》）我们比较起来，张炎运用此一技法显得更为成熟。清代浙西词派领袖朱彝尊《玉抱肚》词最后一阕云："从今忆，旧事凄凉尚堪赋。但只怕你，朱颜在，也非故。水又遥，山又阻。便成都染就，笺十样，也写不尽相思苦。"这也是继承了加倍法的。

扫花游

赋高疏寮东墅园

烟霞万壑，记曲径寻幽，霁痕初晓。绿窗窈窕。看随花凳石，就泉通沼。几日不来，一片苍云未扫。自长啸。怅乔木荒凉，都是残照。　　碧天秋浩渺。听虚籁泠泠，飞下孤峭。山空翠老。步仙风，怕有采芝人到。野色闲门，芳草不除更好。境深悄。比斜川、又清多少。

　　高似孙，字续古，号疏寮，余姚人。南宋孝宗淳熙十一年（1184）进士，历官校书郎、徽州通判、处州太守。少时即有俊声，其读书以隐僻为博，其作文以怪涩为奇，诗尤可观，有《疏寮小集》。余姚为会稽（今浙江绍兴）属县。张炎在宋亡后曾有会稽之游，所见到高氏东墅故园相去已百年，甚为荒废了。词即写游园所见的感受。上阕写实景，下阕多为虚拟。

　　词人张炎游越之时，曾多次到东墅园。他记得数日前雨后的一个清晓来时，园亭寂静，曲径通幽。"甃"，本指井壁，后借指以砖砌的建筑物。"沼"即水池。园内沿着花圃而砌嵌甃石，就地疏引泉水与池沼相通，因此整座园林有烟霞蒸蔚、万壑幽深之感。这是最初的印象。词人几日之后在一个临近黄昏时重来，则见一片苍云凝留天际，古老高大的乔木笼罩在残照之中，给人以荒凉之感。上阕记述了两次游园的感受，从不同的角度描写了园中的景物，善于捕捉新鲜的印象，所写的都是实景。词的过变以"碧天秋浩渺"点明游园的季节，将实景的描写过渡到虚拟。下阕也属写景，但却是想象中的虚景。虚空的天籁如泠泠之声，从远处孤峭的山峰飞下，这是万籁俱寂时才能感觉到的。"山空翠老"，那里亘古幽静，可能有恁虚御风的仙人去采摘灵芝。芝为菌类植物，古人以为瑞草，故名灵芝，服食可以长生。废弃的门径混杂于野色之中，芳草已经除去，但似乎不除去更使园林清幽。这里的景象深邃静悄，于是作者联想到晋人游赏斜川的风光不知清幽了多少倍。词中的"听"乃是幻觉，并非实有；"怕有"是主观的揣度，并非可能的现实；"不除"是一种愿望，而实情恰好相反；"比"也是想象，对斜川缺乏实感，而比较也是虚拟的。所以下阕貌似写景，所述的都是想象中的虚景。作者试图以虚拟之景来表现东墅园的清幽荒凉之境，而确实产生了这样的艺术效果。如果在一首词里上下阕都写实景，则必然过于质实板滞。此词虚实相生，则使全词空灵生动。

　　词的上阕实写，下阕虚写；这是常见的布局方法，但多是上阕写景，下阕抒情的格局。北宋词人柳永著名的《八声甘州》《雨霖铃》等词都是如此的。南宋词人吴文英的《澡兰香·淮安重午》上阕追述情事是实写，下阕则纯属虚设之景："莫唱江南古调，怨抑难招，楚江沉魄。"清初词人朱彝尊的《声声慢·七夕》上阕借节序而描述一段真实情事，下阕抒情全为虚写："谁道离多会少，比露蛩秋蟀，只解凝啼。恨别江淹，旧时南浦都迷。输他双星岁岁，料红墙银汉难跻。"可见前实后虚的写法是词中用得相当普遍的，而像张炎整首词写景用前实后虚的方法则是颇为罕见的。

疏　影

　　余于辛卯岁北归，与西湖诸友夜酌，因有感于旧游，寄周草窗。

　　柳黄未结。放嫩晴消尽，断桥残雪。隔水人家，浑是花阴，曾醉好春时节。轻车几度新堤晓，想如今、燕莺犹说。纵艳游、得似当年，早是旧情都别。　　重到翻疑梦醒，弄泉试照影，惊见华发。却笑归来，石老云荒，身世飘然一叶。闭门约住青山色，自容与、吟窗清绝。怕夜寒、吹到梅花，休卷半帘明月。

　　张炎在《词源》卷下谈到虚字的作用说："词与诗不同，词之句语有二字、三字、四字，至六字、七、八字者，若堆叠实字，读且

不通，况付之雪儿乎？合用虚字呼唤，单字如'正''但''任'
'甚'之类，两字如'莫是''还又''那堪'之类，三字如'更能
消''最无端''又却是'之类。此等虚字，却要用之得其所，若使
尽用虚字，句语又俗，虽不质实，恐不无掩卷之诮。"这主要是针对
长调而言。长调的体制较复杂，如果不用虚字表示句群之间的关系
与词意转折，则在表现上显得质实板滞。自北宋长调发展以来，不
少词人已很注意虚字的使用，如柳永《八声甘州》里的"对""渐"
"惟有""叹""想"，《戚氏》里的"正""那堪""况有""念""渐"；
周邦彦《解连环》里的"纵""似""想""料""谩记得"，《忆旧游》
的"记""渐""也拟""但"。张炎论词主张清空，认为将虚字用得
其所，便可克服质实的缺陷。他的《解连环·孤雁》便很善于使用
虚字，如其中的"正""料""谩""想""也曾""怕蓦地"，都在词
意的转折变化中起了很大的作用。他的这首《疏影》在使用虚字方
面表现了高度的艺术技巧。

张炎于至元十七年庚辰（1280）被蒙古统治者胁迫北上燕蓟至
大都。时值元初写经之役，不久他又被荐而参加缮写金字《藏经》
的工作。他于至元二十八年辛卯（1291）北归，拒绝入仕新朝，甘
愿于江南过着遗民生活。当其与西湖诸友相聚时，追忆旧游，不胜
感慨。他归来时值西湖春意正浓，湖边的柳树呈现嫩黄的颜色，断
桥的残雪在初晴的春阳中消尽。这是现实的景物，表明此词写作的
季节。词题是感于旧游，词将从现实过渡到追忆之中。西湖畔某家
园林的花丛里，也是这个季节，他们"曾醉好春"。"曾"是虚字，
表示这不是现在，而是以往，词意由此转折。还有一次词人与西湖
诸友驾着轻车，苏堤春晓，"想如今、燕莺能说"。燕莺既可能是苏
堤之禽鸟，也可能借指西湖的歌妓，她们现在也还在诉说此事。

"想"是虚字，表示追忆。词叙述两次旧事，前者从昔感今，后者由今思昔，都用虚字表明时间关系。"纵"是虚字，对旧游作了总结性的认识：即使具有当年艳游的条件，然而却无当年的心境。结局暗寓了作者在宋亡后身经离乱的心情变化，在今昔的对比中加深了词意。

　　下阕抒写重到西湖的现实感受。张炎北游十年归来，有似黄粱一梦，波光水影之中惊异岁月流逝，而自己华鬓星星。这年张炎仅四十四岁，可见忧患之深。关于北游的结果，作者并不明说。"却"是虚字，使词意逆转。"却笑"，反而感到可笑。张炎晚年自号乐笑翁，实际上并不快乐欢笑，仅是一种自我嘲讽而已。"石老云荒"是比喻自己老大无成，落魄迟暮，身世之寒微竟如飘然一叶。他甘愿回到江南过着隐逸的遗民生活，流连光景，吟咏性情。宋遗民在新王朝里总是有政治的疑惧心理。词的结尾两句的"怕"是虚字，正表现了内心的惶恐不安。词人怕夜来料峭的春寒使梅花零落凋谢，于是不愿卷帘看到这令人感伤的阑珊景象。此词的意脉虽然多次转折，却十分清楚。词意在今昔变化之中表达了深沉的感慨，却又空灵生动，这都得力于充分发挥了虚字的作用，所以甚得前人的称许。清初朱彝尊很喜爱玉田词，他的《三姝媚》词使用虚字也很成功，如用"惯""纵""也""早是""怕""剩有"等字，全词也就空灵了。

忆旧游

　　余离群索居，与赵元父一别四载，癸巳春，于古杭见之，形容憔悴，故态顿消。以余之况味，又有甚于元父者。抑重余之惜，因赋此调，且寄元父，当为余愀然而悲也。

叹江潭树老，杜曲门荒，同赋飘零。乍见翻疑梦，对萧萧
乱发，都是愁根。秉烛故人归后，花月锁春深。纵草带堪题，
争如片叶，能寄殷勤。　　　　重寻。已无处，尚记得依稀，柳下
芳邻。伫立香风外，抱孤愁凄惋，羞燕惭莺。俯仰十年前事，
醉后醒还惊。又晓日千峰，涓涓露湿花气生。

　　至元三十年癸巳（1293）春，张炎四十六岁，在杭州与友人赵
与仁相遇。赵与仁，字元父，号学舟。宋宗室德昭九世孙，宋末为
临安判官。入元后曾流落江湖，鬓苍颜改，生活困顿不堪。张炎失
意的情形更甚于友人，因而相见时尤为凄然。张炎受古代诗人之旨
的影响，词意温柔敦厚，即使抒写悲哀辛酸之情，也有意写得抑扬
有致，哀而不伤，归于雅正。此词便是典型的例子。

　　张炎与赵元父的身世甚为相似，于故地重逢，感慨尤深。词以
感叹的语气起笔。南北朝庾信的《枯树赋》有"树犹如此，人何以
堪"，用桓温事。杜曲在长安东少陵原东南，唐代为杜氏大姓聚居之
处。词人叹息昔年种的树林长大，种树人却老了；昔日世家故旧所
居之处，而今荒凉了。这尘世沧桑使他与友人同落得飘零江湖。作
者在词中多次使用事典，或融化前人句意，因而词意颇为晦涩。唐
代诗人司空曙《云阳馆与韩绅宿别》诗云："乍见翻疑梦，相悲各问
年。"李白《秋浦歌十七首》诗云："白发三千丈，缘愁似个长。"张
炎化用此两处句意，表现他们相逢时的惊喜之情与落魄之状。词的
整体情绪黯然消沉。作者忽然抒写他们曾经效法古人及时行乐，秉
烛夜游，花月春深的美好情景。这样词情又有一点轻快的意味。此
词是在他们重逢之后，张炎有感而作，事后寄去的，所以在上阕结
句里用唐代诗人顾况梧叶题诗的故事，借以表示友人情谊之深厚，

以词代书为寄。晋代郑冲"清心寡欲，喜论经史，草衣缊袍，不以为忧"（《世说新语》刘孝标注引王隐《晋书》）。草衣指结草为衣，也借指未出仕的山野之人。"草带"即草衣之带。古人有以衣带或衣裙题诗之雅事，但草带却是不堪题诗词的。这也暗寓穷苦之情状。词人极力避免将现实的悲苦直接表现，仅淡淡提到为止，其所蕴含的情绪却是强烈的。词的下阕转入作者个人抒情。杭州有张炎的故家，但在宋亡之后已不存在了。他重寻故家，无处可觅，只依稀记得故家与赵氏曾为芳邻。这里未言无家的悲哀，继而表述孤愁凄惋的怀抱。这凄惋之情是全词的基调，词人在表现时采取一抑一扬的方法，因而有顿挫之效。这孤愁凄惋的情绪里隐藏张炎的国破家亡的难言痛楚：如今落得飘零江湖，如果面对旧日莺燕会自惭形秽的。莺燕在诗词中一般借指歌妓。他当年是"翩翩然飘阿锡之衣"的承平贵家公子（戴表元《送张叔夏西游序》），与西湖的歌妓们曾有过令人难忘的情谊，重游故地时更有一种个人难言的感慨。家园及个人的美好生活都在十年前一次天翻地覆的历史变化中丧失了，旧梦再也不能重温。他每当记起十年前事便惊心动魄，悲凉辛酸，即使酒醉之后都会被惊醒。全词的凄惋情绪至此达到极其沉郁的境地。词的结尾，作者采取了以景结情的方法，展现了一个富于生机的春日景象：晚日染照群峰，花木在露水湿润下闪现生命的光辉。这样的结尾略为改变了沉郁凄惋的情调，词意也清空了。作者有意在表现深沉凄惋的情绪时顿挫抑扬，因而甚得诗人温厚之旨。

　　近世词学家陈洵评周邦彦《丁香结》云："起五句全写秋气，极力逼起'汉姬'五字，愈觉下句笔力千钧。'登山临水'，却又推开，从宽处展步。然后跌落换头'牵引'二字。以下一转一步一留，极顿挫之能事。"（《海绡说词》）张炎成功地学习了周词的这种技法。

清初浙西词风的创始者曹溶的《薄倖·题壁》有云："慢伫想、安排此夜，知入谁家泪眼。"词情颇为凄惋，然而在感怀中饶有顿挫，如结尾"自欢自惜，莫负风亭月馆"，却又自我排解了。这也是学习前人技法的较好的词例。

满庭芳

小 春

晴皎霜花，晓镕冰羽，开帘觉道寒轻。误闻啼鸟，生意又园林。闲了凄凉赋笔，便而今、不听秋声。消凝处，一枝借暖，终是未多情。　　阳和能几许，寻红探粉，也恁忺人。笑邻娃痴小，料理护花铃。却怕惊回睡蝶，恐和他、草梦都醒。还知否，能消几日，风雪灞桥深。

夏历十月的气候有似初春，故称小春，或称小阳春。这正值秋后冬前，因其颇有春意，竟可能诱发某些树木重又开花。宋人欧阳修《渔家傲》云："十月小春梅蕊绽，红炉画阁新装遍。"陆游《闲居初冬作》云："东窗换纸明初日，南圃移花及小春。"人们都很珍惜这短暂的时光。此词题为小春，作者惋惜这一短暂的时光易去，采用衬托的表现方法，将小春季候的特点表述得很富于诗意。词的上阕写秋后的小春景象。初冬时节，我国大部分地区都有霜雾了，甚至还有如羽毛一样轻的薄冰。秋雨连绵的时期过去了，小春的气温回升，光照较多。晨曦使霜花显得分外皎洁，使冰羽消融，虽然感觉有些轻寒，而却似早春二月那样清新宜人。一些花期早过或花期未至的花木往往误以为，这宜人的气候是自己的花期到了，便偷偷地开放几朵。栖息于园林的禽鸟也易于感到新的变化，高兴地啼鸣起来。一切景象宛如春光，园林充满了生机。北宋古文大家欧阳修作有《秋声赋》表述了秋风的凄厉与肃杀："其为声也，凄凄切切，呼号愤发。丰草绿缛而争茂，佳木葱茏而可悦。草拂之而色变，木遭之而叶脱。其所以摧败零落者，乃其一气之余烈。"但是到了小春，突然出现一番新的景象，文人们停辍了凄凉的赋笔，听不到可怕的秋声了。这里词人将小春与深秋作对比，衬托出小春风景的可爱。但是这个季候太短暂，令词人感到惋惜。"消凝"，即伤怀。所感伤的是，花枝借暖开放，并不繁盛，足见对人并非多情。显然这不能怪花枝之无情，它无法摆脱四时运转的命运。上阕的结尾转入抒情，并向下阕的词意过渡，因而上下阕之间词意连接。词的下阕着重表现人们对小春的珍惜。"阳和"，指春天的暖气。《史记·秦始皇本纪》云："时在中春，阳和方起。"小春的阳和尽管很短，得之不易，于是人们在园林里寻花探粉，甚感适意。人们爱惜乍放的稀疏花朵，痴小的女子还为之整理好护花铃。相传唐玄宗天宝初年，宫苑里以红丝为绳，密缀金铃，系于花梢之上，每当雀鸟翔集时，为了保护花枝，则令园吏牵动铃索，以惊起雀鸟。词人设想小春之花保护好了，如果那些已入冬眠的蝴蝶都被惊醒，会使园林热闹起来，但必将给许多小生物带来新的痛苦和不幸，所以还是怕惊醒它们。词意几经转折，在结尾处又将小春纳入季节变化过程，惋惜它很快就会过去。词人叹息，没有多少的时日，一切小春景物都必然为冬日的风雪势力所摧损。唐代京都长安东郊的灞桥是很有诗意的地方，相国郑綮以诗著称：一次有人问他"相国近有新诗否"，他回答说："诗思在灞桥风雪中驴子上，此处何以得之。"（《北梦琐言》

卷七）灞桥风雪，驴子背上，诗人寻觅诗意，产生灵感，而这时的小春景象早已无影无踪了。词人于结尾处又将小春与未来的风雪世界比较，以衬托小春之令人喜悦与留恋。全词两处用衬托，都从四时的变化表现秋后冬前一段美好短暂的时光，体现作者构思的精细和富于变化。

李清照晚年的杰作《永遇乐·元宵》善于在今昔对比中，以昔日中州的繁华，衬托如今的凄苦孤独。姜夔的名篇《齐天乐》咏蟋蟀，以无眠的思妇、"篱落呼灯"的儿女二者情绪的反差，侧笔衬托蟋蟀的鸣叫所引起的不同感受。清代著名浙西词人厉鹗的《齐天乐·秋声馆赋秋声》在上阕的"尽吹入潘郎，一簪愁发"，下阕的"漏断高城，钟疏野寺，遥送凉潮呜咽"，皆以侧笔描述，前者衬托秋声带来的愁绪，后者衬托秋声的凄厉。用衬托可使词意变化，清空有致，避免胶着于词题的常见的弊病。

忆旧游

登蓬莱阁

问蓬莱何处，风月依然，万里江清。休说神仙事，便神仙纵有，即是闲人。笑我几番醒醉，石磴扫松阴。任狂客难招，采芳难赠，且自微吟。　　俯仰成陈迹，叹百年谁在，阑槛孤凭。海日生残夜，看卧龙和梦，飞入秋冥。还听水声东去，山冷不生云。正目极空寒，萧萧汉柏愁茂陵。

会稽（今浙江绍兴）之卧龙山下有蓬莱阁，为吴越国武肃王钱缪所建。南宋孝宗淳熙元年（1174）其八世孙钱瑞礼重修。会稽东南四十里有秦望山，为秦始皇登临以望东海处，有李斯刻石。秦望山与蓬莱阁相对。南宋汪纲《蓬莱阁记》云："蓬莱阁，登临之胜，甲于天下。"远古相传，蓬莱是仙山，在海中，为仙人居住的地方。蓬莱阁临近海边，因以为名。张炎在宋亡后曾有越中之游，参加了《乐府补题》的唱和。当时那种国破家亡的痛感是非常强烈的，词人由于个人的气质，将激切之情以柔婉的方式表达。东晋爱国志士刘琨的《重赠卢谌》诗云："何意百炼刚，化为绕指柔。"表现英雄末路、壮志成虚的沉痛叹息。张炎此词的词意也有这种类似的叹息，而表现形式则更为含蓄与精巧。

　　山东和浙江海边都有蓬莱阁，蓬莱仙山就更虚无缥缈了。词以疑问句起笔，表示怀疑的态度。作者所登临的蓬莱阁是真实的，风月清朗，下临清波浩渺的曹娥江。词人身临此境，借以发挥无神论的思想。他不相信神仙的故事，认为即使山中有神仙存在，那仅仅是闲人而已，实是凡人。江山风月，闲者便是主人，也就是神仙了。宋亡后，张炎本来可以成为隐逸高士的，却浪迹江湖，似乎可笑，实有自适之感。他在人世间很难说清自己是醒者还是醉者，而曾经醉了又醒，醒了又醉，也曾有过隐逸之念：在山中石磴间闲扫落叶。他自认是一狂客，山林的清幽，鹤怨猿惊，也难将他招隐；芳洲之杜若香草，也难将他留住。宋遗民虽然不愿入仕新王朝，他们的态度却是入世的，又自命清高，像爱国诗人屈原一样，形容憔悴地行吟。词的上阕借题发挥，对神仙故事的否定，无疑是对那些隐逸遁世的高士所痛下的针砭。蓬莱阁有丰富的神奇色彩，词人登临之际免不了兴发古今的慨叹。词的下阕转入抒情。蓬莱阁自淳熙重修以来百年有余了，它似乎是南宋历史的见证物。晋人王羲之的《兰亭集序》也作于会稽，但当时曾感人世沧桑的变灭无情，俯仰之间，已成陈迹。张炎临此，更有切身之感：重修此阁的人还在吗？百年瞬间，而今阑槛空存。唐代诗人王湾《次北固山下》的"海日生残夜，江春入旧年"是唐诗名句，词人借用以表现海上见日的景象。在苍茫浩渺的氛围里，不觉神思飞越，产生幻想。卧龙山令人联想到古代隐居而未崭露头角的卧龙人才，其经济之怀，连同美好之梦，飞入秋日的暝色之中，杳不可寻，巧妙地表达了壮志成虚、事业无据的遗憾。下视曹娥江水，澎湃东去，秋日山中清冷，连云雾也无：这能留得住人吗？能有神仙吗？作者再次表示对神仙的怀疑。词的结尾是对历史的感叹。附近的秦望山是秦始皇得意的登临观东海之处，词人联想到功业宏伟的汉武帝，当时有不可一世之慨，而今其茂陵唯有萧森的汉柏使人生愁了。什么东西才是世间永恒的呢？词人并没有也不可能解答。词里含蕴着颇为深刻的思想和激烈的情绪，而却表现得婉曲压抑，真是百炼之刚化为绕指柔了。

化刚为柔是个人意志遭到摧损，感情受到压抑所致，从某方面反映了时代精神。遗民刘辰翁为辛弃疾词集作序说："斯人北来，喑呜鸷悍，欲何为者？而谗摈销沮，白发横生，亦如刘越石陷绝失望。"（《须溪集》卷三）指出辛弃疾词化刚为柔的特点。辛弃疾那些清新婉约的深沉怨抑的作品都具有这样的特点。清初词人也经历了国破家亡之苦难，许多词人在作品里也是化刚为柔的。以粗犷雄伟称著的词人陈维崧，其《琵琶仙》记宿泥莲庵与僧闲话，一改豪放态度："且啜茶瓜，休论尘世，此景清绝"，"有多少、西窗闲话，对禅床、剪烛低说"。这些词意，乍看似消沉，实是词人心底埋藏得很深的强烈情绪以变形的方式表达的。

台城路

寄姚江太白山人陈文卿

薛涛笺上相思字，重开又还重折。载酒船空，眠波柳老，一缕
离痕难折。虚沙动月。叹千里悲歌，唾壶敲缺。却说巴山，此时怀
抱那时节。　　寒香深处话别。病来浑瘦损，懒赋情切。太白闲云，
新丰旧雨，多少英游消歇。回潮似咽。送一点秋心，故人天末。江
影沉沉，露凉鸥梦阔。

姚江在浙江东部，源出四明山，经余姚到宁波，同鄞江汇合后
称甬江。余姚以下即浙东运河东段。张炎作词寄与姚江友人陈文卿，
叙述别情。词的构思颇为奇特，采取对面着笔方法。上阕不言寄意
与友人，却言得着友人之书信，模拟友人语意。词的起笔即说到友
人寄来的信笺。唐代女诗人薛涛在成都百花潭居住，好作小诗，惜
纸幅大，不欲长而有剩，乃请匠人造彩色小笺，时人名为薛涛笺。
词人将信笺反复展读，异常感动。友人大致在信中叙说，许久未载
酒相访，蒲柳之姿已自先衰，只有对故人一缕思念之情难以断折。
晋代大将军王敦晚年甚不得意，每值酒后歌咏曹操的诗句"老骥伏
枥，志在千里。烈士暮年，壮心不已"，以铁如意击唾壶为节奏，唾
壶被敲缺了。词借用这个典故，想见老友晚年意未平的悲愤心情。
唐代诗人李商隐的名篇《夜雨寄北》云："何当共剪西窗烛，却话巴
山夜雨时。"词借以揣测友人在书信的末尾表示其情境如在夜雨巴
山，不堪寂寞，回忆当年西窗夜话的情谊。这些全属虚拟。词的下
阕，好似在与友人对面谈话。他记起在寒冬梅香时节分别之后，因
患病之故，懒得作诗赋情。"太白闲云"，指友人陈文卿，因其自号
太白山人，他有如野鹤闲云一样的自由闲散。唐代初年名臣马周，

年轻时受地方官吏侮辱，在去长安途中投宿新丰，逆旅主人待他比商贩还不如，处境甚为狼狈。诗人杜甫在《秋述》里说："秋，杜子卧病长安旅次，多雨生鱼，青苔及榻，常时车马之客，旧雨来，今雨不来。"后以旧雨比喻老友，新雨比喻新交。"新丰旧雨"借指境况艰难的故人。他曾经与许多杰出的英才交游，而今都断绝了。"回潮"象征念旧之情，而潮声似人之鸣咽，自可想见悲苦之意。杜甫对李白的情谊很深，安史之乱后，他怀念流放远方的李白有诗云："凉风起天末，君子意如何。"（《天末怀李白》）词人借用杜诗之意，表达一点秋心。词的结尾以自由的鸥鸟象征野云孤飞的陈文卿，在秋露凉时，江上仍未见到他的踪影。无论作者拟托友人语意，或是自诉离情，都间接表现了宋亡后遗民生活的凄苦艰难的一个侧面，又实为张炎自己落魄境况的写照。

北宋欧阳修的《踏莎行》抒写离情别绪，词的上阕写自己踏上征途的情形，下阕设想闺中之人对自己的思念。南宋词人刘过的《沁园春·寄辛承旨。时承旨招，不赴》，表述自己因事未赴友人辛弃疾之约，采用侧笔，虚拟他前来赴约而被白居易、林逋和苏轼等诗人留在西湖了。清初词人顾贞观的名作《金缕曲》二首以词代书，寄与流放东北宁古塔的友人吴兆骞。这些词都用对面着笔的技法。

绮罗香

红叶

万里飞霜，千林落木，寒艳不招春妒。枫冷吴江，独客又吟愁句。正船舣、流水孤村，似花绕、斜阳归路。甚荒沟、一片凄凉，载情不去载愁去。 长安谁问倦旅。羞见衰颜借酒，飘零如许。谩倚新妆，不入洛阳花谱。为回风、起舞尊前，尽化作、断霞千缕。记阴阴、绿遍江南，夜窗听暗雨。

张炎论词主张清空，他说："词要清空，不要质实。清空则古雅峭拔，质实则凝涩晦昧。姜白石词如野云孤飞，去留无迹。吴梦窗词如七宝楼台，眩人眼目，碎拆下来，不成片段。此清空质实之说。"（《词源》卷下）他仅欣赏吴梦窗的一首《唐多令》，以为"此词疏快，却不质实"。疏快是作品字面表现得意绪轻松，词语清淡，行文流畅。这样可以克服质实堆垛的缺陷。张炎词是写得清空的，而此词尤为明丽疏快。词题是咏红叶，王沂孙有同调同韵同题之词，可见此题为他们唱和之作。词中寄托了他们个人的某些身世之感。

词围绕红叶之性状与事典而展开摹写与抒情。一些树木，特别是枫树，在秋后遇霜渐呈红色，十分美艳。词的起笔即叙述红叶产生的自然环境：霜冻之时，大多数树木都落叶了，唯有少数的叶色红艳，因时节正值红衰翠减之际，它不会遭到妒忌的。苏轼的《卜算子·黄州定慧院寓居作》词写孤鸿，结句"寂寞沙洲冷"，一本作"枫落吴江冷"。作者借用苏词句意，表明将孤独愁苦之情寄咏于红叶。曾经某次，小船泊岸，流水孤村的荒寒之处，斜阳照在归家的途中，红叶飘零有似落花，可是它却并非花，而是严寒将临的迟凋的叶片。关于唐人的红叶题诗有种种的传说，一说唐宣宗时卢渥赴京应举，偶临御沟，拾得一片红叶，上有诗云："水流何太急，深宫尽日闲。殷勤谢红叶，好去到人间。"（《唐诗纪事》卷五十九）后来卢渥终于有缘得到这位红叶题诗的宫女。词中反用此事典的意义：而今不是在御沟，而是在荒沟，见着一片不是带着美好希望，却是充满凄凉之意的红叶。它不是载着甜蜜的爱情流去，而是载着浓重的愁绪而去。"愁"是全词的情感基调，词的下阕继续深化词意。唐人贾岛《忆江上吴处士》诗云："秋风吹渭水，落叶满长安。"词人暗用诗句之意，表现客寓他乡的羁旅之愁。前人在诗中描述老人醉后的情形有"衰颜借酒"之句，而红叶亦如老人的情形一样，其红颜已非本色，而是衰老的象征，所以很快就会飘零。这些抒写都寄托了词人的迟暮之感。"洛阳花谱"指北宋欧阳修的《洛阳牡丹记》。欧公云："尝谒钱思公于双桂楼下，见一小屏立坐后，细书字满其上。思公指之曰：'欲作花品，此是牡丹名，凡九十余种。'"（《洛阳牡丹记·花品序》）唐人喜爱具有富贵气象的牡丹，而牡丹以红色为主，以洛阳特盛。红叶虽色似牡丹，却不愿也不可能跻身于洛阳名花之中。它坚贞不屈，孤高自洁，当其飘坠之后，还可为知者和亲者在樽前回风起舞，然后粉身碎骨化作缕缕美艳鲜红的霞绮。词的结尾突然换意，追忆红叶早年盛日，绿遍江南，夜雨落在叶片上的细碎声音，那是比衰红时更有诗意了。词中描摹物的性态，极为自然贴切，字面明丽，使用了一些有关事典，并融化前人诗意，词语设色淡雅，善用虚字呼应，因而有疏快之致。

同时代的词人蒋捷的小词亦多疏快之作，如其《一剪梅》的"一片春愁待酒浇。江上舟摇。楼上帘招"；其《燕归梁》的"我梦唐宫春昼迟。正舞到、曳裾时"。张炎词比起吴文英的《唐多令》"垂柳不萦裙带住，漫长是、系行舟"，则是疏快之中含蓄能留，而无轻滑之失。词人各有所长，梦窗之词质实，张炎之词清空；我们绝不能以为疏快之作优于秾密之词，这还得就具体的作品所达到的艺术境界而论。清代词人的疏快之作颇多，如常州词派领袖张惠言的《木兰花慢》咏游丝之词有云："是春魂一缕。销不尽、又轻飞。

看曲曲回肠。愁侬未了。又待怜伊。东风几回暗剪。尽缠绵、未忍断相思。除有沉烟细袅。闲来情绪还知。"都有学习张炎的某些痕迹，虽然张惠言对玉田词不是很称许的。

甘　州

赋众芳所在

看涓涓、两水自东西，中有百花庄。步交枝径里，帘分昼影，窗聚春香。依约谁教鹦鹉，列屋带垂杨。方喜闲居好，翻为诗忙。　　多少周情柳思，向一丘一壑，留恋年光。又何心逐鹿，蕉梦正钱塘。且休将、扇尘轻障，万山深、不是旧河阳。无人识，牡丹开处，重见韩湘。

《山中白云词》卷三收入此词，词后有《庆清朝》词序云："韩亦颜归隐两水之滨，殆未逊王右丞辋黄泞。余从之游，盘花旋竹，散怀吟眺，一任所适。太白去后三百年，无此乐也。"《甘州》所赋众芳所在，当是韩氏庄园。词言"两水自东西"，即韩氏"归隐两水之滨"。元代初年陆辅之《词旨》卷上云："蕲王（韩世忠）孙韩铸，字亦颜，雅有才思，尝学词于乐笑翁（张炎）。一日，与周公谨父买舟西湖，泊荷花而饮酒杯半。公谨父举似亦颜学词之意，翁指花云：'莲子结成花自落。'"张炎与韩铸交游，并为之讲授词学，其赋韩氏庄园，借以称赏韩氏隐逸之雅趣。

张炎用《甘州》调作词甚多，起句皆佳，如"记玉关、踏雪事清游"，"记天风、飞佩紫霞边"，"记当年、紫曲戏分花"，"过千岩、万壑古蓬莱"，"见梅花、斜倚竹篱边"，"听江湖、夜雨十年灯"。赋韩氏园之起笔，描述东西两水围绕之滨，有百花繁盛的众芳所在。这猝然而起，又极为自然，气势奔走，点明词题，词意的表达确切稳健。作词于起结之处最为重要，张炎说："作慢词，看是甚题目，先择曲名，然后命意。命意既了，思量头如何起，尾如何结，方始选韵，而后述曲。"（《词源》卷下）由于此词起笔稳健，全词较为疏快，顺势而下，赞赏庄园之清新雅致。这里花木茂盛，枝枝相覆盖，叶叶相交通。小径通幽之处，帘影掩留，百花的异香氤氲于窗外。寂静之中听得女子教鹦鹉学语，看见成排的房屋遍植垂杨。这以一二景物的描述着重表现景物所营造的环境氛围。上阕结句转入赞美庄园主人的闲情逸致。主人虽然闲居，却忙于作诗，而作诗又正是闲情的表现。词的下阕继续称赞主人。韩铸青年时代也如张炎一样是贵家公子，也有词人周邦彦的情怀和柳永之艳思，但现在情随事迁，转而留恋丘壑园林，闲度岁月，看透了权势纷争与人世沧桑。《后汉书》引姜太公《六韬》曰："取天下如逐鹿，鹿得，天下共分其肉也。"后因称国家分裂之时，竞争天下为逐鹿。初唐魏徵《述怀》诗云："中原初逐鹿，投笔事戎轩。"传说古代郑国有一位樵夫，击毙一骇鹿，以蕉叶覆藏，恐人发现；后来他忘记藏鹿之处，竟以为是梦境。这寓人之得失如梦。词用这两个事典，意在暗示宋元之际的历史巨变，遗民以隐逸方式退出了政治斗争。在韩氏庄园里桃李盛开，又使词人联想到晋代潘岳的故事。潘岳字安仁，任河阳县令时，于县中遍种桃李，传为美谈。他丰姿美仪，出外时甚为妇女们爱慕，以果掷之，盈车而归。词人叹息，这里虽然遍种桃李，却不是晋时的河阳，而主人也不必以扇障面，也无妇女为之掷果了。这暗示旧日的艳冶生活早已过去。结句用唐代韩湘成仙的故事。韩湘是传说中的八仙之一。《太平广记》卷五十四载，他是韩愈的侄儿，性疏狂，不好读书，于初冬季节令牡丹开花数色，每朵有一联诗。韩愈甚为惊奇，花片上有"云横秦岭家何在，雪拥蓝关马不前"之句。韩愈不解其意，后来谪贬潮州，途中至蓝田关遇风雪，与韩湘相逢，乃悟花上之诗。词人以韩湘借指众芳所在主人韩铸，现在他们在牡丹开处重见，也有似当年韩文公风雪蓝关之情境了。作词的起笔陡健，对全词的情调与气势甚有影响，所以宋人特别重视。如苏轼的《水调歌头》的"明月几时有，把酒问青天"，辛弃疾的《永遇乐》的"千古江山，英雄无觅，孙仲谋处"，他们的起笔都是很有气势的。清初朱彝尊的登临怀古之作如《百字令·度居庸关》的"崇墉积翠，望关门一线，似悬檐溜"，《消息·度雁门关》的"千里重关。凭谁踏遍。雁衔芦处"，两词的起句都是陡健的。

清平乐

候蛩凄断。人语西风岸。月落沙平江似练。望尽芦花无雁。

暗教愁损兰成。可怜夜夜关情。只有一枝梧叶，不知多少秋声。

关于此词的本事，据汪砢玉《珊瑚网·名画题跋》云："姑苏汾湖湖天居士陆行直甫（辅）之所作，行直有家妓名卿卿者，以才色见称，友人张叔夏为作古词赠之，所谓多情因为卿卿是也。后二十一载，行直以翰林典籍致政归，作此《碧梧苍石》，复为其宗人冶仙话旧，因记忆叔夏之赠，则张公卿卿皆杳隔尘世矣。"陆辅之为《词旨》之作者，张炎曾为其讲授词学。陆辅之生于宋末，居于吴中，少承家学，工诗文词，有家妓卿卿善歌。张炎赠卿卿之词作于至元三十一年（1294）。

宋人词中赠歌妓者甚多，一般都极力描摹她们的姿容、服饰，赞美她们的歌声舞态，或表现与她们的爱恋之情，往往落入艳科的范围。此词如果没有关于其本事的记述，我们很难确定它是赠歌妓之作。当时张炎约四十七岁，陆辅之二十余岁，卿卿应是妙龄的歌妓。张炎在友人家中作词，称赞歌妓卿卿，作者因艰难的生活处境，使此词摆脱艳科路径，词旨雅正，在写法上避实就虚，全从虚处着力，词意极为含蓄隐微。词的上阕是作者听卿卿歌唱时的感受，将歌声以可感知的鲜明形象描摹出来，使用勾勒性的词语加以必要的说明或提示，因而词意虚化后甚为朦胧。"蛩"，即蟋蟀，秋日鸣声最盛。唐代诗人白居易《禁中闻蛩》诗云："西窗独暗坐，满耳新蛩声。"南宋词人姜夔《齐天乐》里描绘其鸣声是"凄凄更闻私语""哀音似诉"。这是凄苦断续之声，有似人在江岸西风中低低地诉说离情。古代琴曲中有《雁落平沙》，相传为明代戏曲家朱权所作，但他很可能是根据传统琴曲改制的。它先以静缓的节奏和清丽的泛音描绘宁静安详的境地，示意秋江的风情，继以雁群鸣叫呼应之声表现生命活力的喜悦；最后月落平沙，澄江似练，归于和谐宁静。整个曲调给人以肃穆而又富于生机的感受。这与前者凄苦断续的低诉之声形成对照。如果说"月落沙平江似练"是写的实景，那么下句"望尽芦花无雁"则可知是摹写歌声有似琴曲，因而并不见落雁。词的下阕抒情。"暗教愁损兰成。可怜夜夜关情"，《珊瑚网》引作"可怜瘦损兰成，多情因为卿卿"，原词表明为卿卿而作，很可能作者结集时做了改动，致使词意模糊。南北朝文学家庾信，小字兰成，常有乡关之思，作有《愁赋》。庾信之愁以表现流落北方的憔悴之情态，张炎却借以表现卿卿的歌声令人爱慕，引起相思之愁，以致夜夜难以忘怀。按照当时文人士大夫的私人生活习惯，在花间樽前对歌妓流露一点爱慕之情是正常的，是为舆论所允许的，并不被视为放浪行为。词的结尾，语涉双关。宋人欧阳修在《秋声赋》里描绘对秋声的感受："初淅沥以萧飒，忽奔腾而砰湃，如波涛夜惊，风雨骤至。"童子开门视之，夜间"四无人声，声在树间"。词的表面是写从一枝梧桐树叶而感知秋声，实际暗寓卿卿像一枝梧叶给人带来了不知多少的秋声，惹起了多少的愁绪。词的上阕描绘歌声，下阕抒情，都不正面着笔，避开抒情对象，因而是在虚处着力，词意扑朔迷离，形式上则更为摇曳生姿了。

清代词学家周济评周邦彦《浪淘沙》云："空际出力，梦窗最得其诀。"（《宋四家词选》）朱彝尊《静志居琴趣》中也常用虚写的方式表述暧昧的情事，如《浣溪沙》的"桑叶阴阴浅水湾，更无人处竹回环。飞来一片望夫山"。这是属于虚处得力的。

长相思

赠别笑倩

去来心。短长亭。只隔中间一片云。不知何处寻。　　闷还搴。恨还瞋。同是天涯沦落人。此情烟水深。

张炎《好事近·赠笑倩》有云："水调数声娴雅，把芳心偷说。……佯撚花枝微笑，溜晴波一瞥。"笑倩是民间歌妓，她的歌声娴雅，而且常带微笑，十分可爱。大约张炎在宋亡后曾与她相识，有一段情事，但很快又分别了。《长相思》正是赠别之作。词人与歌妓之间，由于歌词的联系，如果偶然相识，易为知音。民间歌妓虽然加入了乐籍，沦落风尘，人身自由受到限制，但她们的情感却是自由的。在封建社会中词人与歌妓之间的爱情关系，不可能受到社会法律的保护，十分脆弱，而却有真实的情感。这首赠别之词，上阕叙说长亭离别之情，下阕抒写相交之情。晋人陶渊明的《归去来兮辞》，《文选》作《归去来》，意谓将要归去或归去之前，"来"表示祈使语气。词中"去来"即将去之意。"去来心"即将要离去的心情。古人赠别时都相送于长亭。秦汉时十里置亭，谓之长亭，后来五里又为一短亭。庾信《哀江南赋》云："水毒秦泾，山高赵陉；十里五里，长亭短亭。"小令的表现方式是可以跳跃以求凝练的，所以这首词仅叙述将别的心情和短长亭，其包含的是难分难舍的情形。别离的心情是痛苦的，相送一程又一程，不知送过了几个长亭和短亭。他们的离别不是很遥远的，两地相隔仅有一片云，那么是可能经常想见的了，但事实并非如此。由于种种原因，他们别后是不可能再见了，甚至无处可以寻觅踪迹。人世的变化太大，而歌妓的命运是不可能自己掌握的，如柳絮飘萍一样，词的下阕描述笑倩别时的情态。她烦闷恼恨，颦眉瞋目，情绪激动，表现了一种真挚沉厚的情感。她是为再见无因而愁闷，为情感未得到充分满足而恼恨，一点也不掩饰自己的心情，愈显得个性鲜明，真诚可爱。唐代诗人白居易在浔阳江头曾遇见一位歌妓，"老大嫁作商人妇"。她弹毕琵琶，令贬谪江南的诗人非常激动，发出"同是天涯沦落人"的感叹。张炎借用此诗句。他飘零江湖，过着清苦的遗民生活，笑倩则是沦落风尘的女子，他们不幸的命运极为相似，能够真正地相知相怜。结句"此情烟水深"，将上阕离别之意与下阕相怜之情结合一起，说明他们的情谊是很深的。"烟水"，即烟波之意，指雾霭苍茫的水面。柳永的名篇《雨霖铃》抒写别情有"念去去、千里烟波，暮霭沉沉楚天阔"。情如烟水，意谓情虽深而又如烟水之渺茫，给人留下无尽的遗憾。这首小令虽然短小，而意境却是丰富的，颇能表达一种特殊而细致的情感，结句的绾合尤为精妙。

近世词学家陈洵评周邦彦《庆宫春》词云："前阕离思，满纸秋气。后阕留情，一片春声。而以'许多烦恼'一句，作两边绾合，词境极深化。"（《海绡说词》）清人厉鹗的《摸鱼儿》上阕写芜城清明，下阕追忆西湖清明，结尾的"天涯自哂"使两条线索绾合一起。可见合拢的技法用于结尾，常能产生绝佳的艺术效果。

临江仙

怀辰州教授赵学舟

一点白鸥何处去，半江潮落沙虚。淡黄柳上月痕初。迟观情悄悄，凝想步徐徐。　　每一相思千里梦，十年有此相疏。休休寄雁问何如。如何休寄雁，难写绝交书。

赵与仁，号学舟，宋宗室燕王昭德九世孙。宋末为临安（今浙江杭州）判官。宋亡后其生活发生巨变，同遗民一样十分清苦。至元三十年（1293）张炎见到他时"形容憔悴，故态顿消"（《忆旧游》词序），可见已到穷愁潦倒的地步了。后来大约经不住新王朝的威胁利诱，他终于又出山到辰州任教授之职。张炎本来与赵学舟是芳邻，而且命运相似，结下深深的情谊，曾多次作词相唱和。当其任辰州教授之后，张炎怀念友人时对其接受新王朝之职颇有责难，因而词中使用了春秋笔法。《春秋》为古代编年体史书，相传孔子据鲁史修成，叙事尚简，以用字为褒贬。后来文学作品中凡具褒贬之义者称为春秋笔法。

　　词的起句以白鸥象征友人。白鸥是自由飞翔于江海之上的水鸟，赵学舟等人于元代初年漂泊江湖与白鸥相似。但是，现在这一点白鸥飞去了，江湖之上好像荒凉了——潮水退去，唯见一片空旷的沙岸。词意由此转入对友人的思念。当淡黄的新月爬上柳梢，很富诗情，自远处瞻眺，不见友人踪影。在暗中回忆时尤想见友人步履从容，徐徐漫步的情态。这是念旧之情。词的下阕即寓以春秋笔法。张炎在杭州，与辰州相隔千里之遥，感到有些悲凉。十年来他们一直交往甚密，情谊深厚，而今却疏远了。这疏远不仅是两地之遥，而更为重要的是价值观念的相异，在人生道路上分路扬镳了。汉代苏武留居匈奴海上，牧羊自食，传说他将书信系于雁脚以传寄故国，后遂以雁指代书信。词人感到心情矛盾，本拟寄雁传书以相问候近况，然而又作罢了。作者自设问，自解答：不寄书信，是难写绝交书。东汉朱穆有《绝交论》，而最有影响的是晋人嵇康的《与山巨源绝交书》。嵇康和山涛在政治上与旧王朝深有联系，入晋以来，山涛仕为尚书吏部郎，他向新朝举荐嵇康，嵇康表示与故人断绝交谊，以示自己不屈之节，自认为"不堪流俗，而非薄汤武"（《三国志》引《魏氏春秋》）。张炎很不赞成友人的选择，也不准备去指责，所以感到难写绝交书。这深寓了一种贬义，由此可见张炎对新王朝的政治态度了。

　　宋词中的少数政治批判作品，如辛弃疾的《摸鱼儿》、陈亮的

《念奴娇·登多景楼》、文及翁的《贺新郎·游西湖有感》，都很巧妙地采用了春秋笔法。清初吴伟业的《贺新郎·病中有感》对自己入仕于清王朝深感自责："脱屣妻孥非易事，竟一钱、不值何须说。"还有朱彝的《百字令·登居庸关》的"当年锁钥，董龙真是鸡狗"，都继承了词中春秋笔法的优良传统。

壶中天

　　绕枝倦鹊，鬓萧萧、肯信如今犹客。风雪荷衣寒叶补，一点灯花悬壁。万里舟车，十年书剑，此意青天识。泛然身世，故家休问清白。　　却笑醉倒衰翁，石床飞梦，不入槐安国。只恐溪山游未了，莫叹飘零南北。滚滚江横，呜呜歌罢，渺渺情何极。正无聊赖，天风吹下孤笛。

　　张炎自至元十七年（1280）到大都，至元二十八年（1291）南归，客寓北方十有余年。这期间他曾参加书写金字《藏经》，谢绝了元王朝的赐官，仍回归江南。他是否为了猎取功名或准备投靠新王朝而去大都呢？这在当时和后世都有人怀疑，以致张炎感到难以说清。此词是抒写其北游归来的感慨，备述归来穷愁潦倒的状态，表明自己清白的政治品格。他对其苦况与难言之隐，采取嘲讽方式，又自我宽解，善于从反面着笔，造成词意的拗转。这应是张炎自号乐笑翁对遗民生活采取的一种乐观态度。

　　三国时曹操的《短歌行》有云："月明星稀，乌鹊南飞；绕树三匝，何枝可依。"张炎北游归来依旧浪迹江湖，感到有似无枝可依的倦鹊一样，未料到鬓发萧萧犹客寄天涯，而又难以适应现实生活的残酷。古代诗人屈原为了表示自己的高洁，曾在《离骚》里说："制芰荷以为衣兮，集芙蓉以为裳。"后世常以荷衣视为隐逸高士之服。风雪里着破旧的粗衣，立家四壁，一点寒灯相伴，这是惊人的贫穷情况。词人一生转辗江浙，其生活中的"万里舟车，十年书剑"的行迹只能是北游。他的家世与新王朝曾结下深仇，北上燕台绝非不甘遗民的寂寞而去投靠。其初心与清白唯有青天可鉴，没有必要向世人作更多的解释了。张炎对北游之事避而不谈，影响着后人对他的评价，但在此词里是以抒情表明了其态度的。词的下阕，词意拗转。过变的"却笑"，表示词人从另一角度来认识现实的处境。唐人李公佐的传奇小说《南柯太守传》记述游侠之士淳于棼梦游槐安国，满足了功名富贵的愿望，惊醒之后却发现原来是梦，仍躺在大槐树下的蚁穴之旁。词人嘲笑自己似醉倒的衰翁，倒在石床上，无法进入槐安国；但是这本是梦境，功名富贵皆是虚的，又何必嘲笑自己无能作南柯之梦呢！这是矛盾的。词人表示平生最爱闲游溪山，常恐游兴难尽，所以飘零大江南北正是游览的机会，就不必哀叹穷苦了。"莫叹"亦表示词意的转折。这是处逆为顺，自我安慰。此两处都属拗转的笔法。戴表元《送张叔夏西游序》言其飘零落魄之际，"意色不能无沮。然少焉饮酣气张，取平生所自为乐府词自歌之，噫呜宛抑，流丽清畅，不惟高情旷度，不可袭企，而一时听之，亦能令人忘去穷达得丧所在"。词中的"呜呜歌罢，渺渺情何极"正是词人陶醉于艺术中的自我解脱方式。词的结尾，词人正当无聊之际，忽闻天空孤笛之声，词意突然离开现实情景，以渺渺哀愁之笛表示一腔悲苦之情，却又是对自我宽解的否定了。总之词人的心情是极其矛盾复杂的，尽管试作自我宽解，而并未改变现实境况。这反而使我们见到一种真正的深沉的悲苦。此词在认识张炎思想及生活态度方面是应为我们重视的。

　　陈洵评周邦彦《大酺》云："玩一'对'字，已是惊觉后神理。'困眼初熟'，却又拗转。而以'邮亭'五字，作中间停顿，前后周旋。……然后以'怎奈向'三字钩转。"（《海绡说词》）张炎此词正是运用了拗转的技法。清初词人陈维崧《水龙吟·秋感》上阕的"夜来几阵西风，匆匆偷换人间世。凄凉不为，秦宫汉殿，被伊吹碎。只恨人生，些些往事，也成流水"，其中"不为"和"只恨"，都是用于拗转的，使词意曲折变化。

无名氏

雨中花

改冯相三愿词

　　我有五重深深愿。第一愿、且图久远。二愿恰如雕梁双燕。岁岁得、长相见。　　　三愿薄情相顾恋。第四愿、永不分散。五愿奴哥收因结果，做个大宅院。

　　此词题为"改冯相三愿词"，见于《能改斋漫录》。南唐冯延巳曾为宰相，故称冯相。他有一首《长命女》词是为士大夫家之家妓所写的祝酒词。其词云："春日宴，绿酒一杯歌一遍，再拜陈三愿。一愿郎君千岁，二愿妾身常健，三愿如同梁上燕，岁岁长相见。"这首《雨中花》采用了冯词的结构和陈述方式，而内容和意义全然不同了。宋人吴曾引述了两词后评论说："味冯公之词，典雅丰容，虽置在古乐府，可以无愧。一遭俗子窜易，不惟句意重复，而鄙恶甚矣。"（《能改斋漫录》卷十七）其实三愿词与冯延巳其他作品比较起来是很平庸的，五愿词则比冯之原词高明。吴曾对五愿词的鄙薄，仅仅反映了一般文人雅士对俗词的憎恶态度。北宋以来市民的游艺场所瓦市在都市里逐渐出现，相应地出现了专业的民间艺人和通俗文艺作者。这首《雨中花》可能就是这些作者为民间歌妓们写的，供她们在瓦市或酒楼茶肆演唱，表达她们脱离风尘的愿望。作者将她们从良的愿望分为五重来表达。"重"即"层"之意。"五重"即分为五个层次来说明其愿望的具体要求。
　　词以"我"作第一人称的表述方式，表达风尘女子的愿望。这

"深深愿"表明是她们深思熟虑、长期以来所热烈追求的。很多风尘女子都不愿过那种朝秦暮楚、供人玩赏的生活，她们盼望着有一个正常而稳定的家庭生活，所以"且图久远"是她们首先得考虑的基本之点。冯词的"如同梁上燕，岁岁长相见"为最后的愿望，此词借用其意，仅作为第二层愿望。岁岁双双和谐相处，有"燕燕于飞"之意，希望建立协调的家庭关系。第三愿则是对男子提出的要求。"薄情"取其相反之义，即指所信赖的多情男子，希望得到他的顾惜、爱怜。实际生活中风尘女子从良后居于妾媵地位，大都得不到真正的同情和怜爱，总是遭到人们的贱视。所以这层愿望或担心是很有必要一再申明的。"第四愿、永不分散"，这也有应予强调的意义。曾有许多女子从良之后，又被遗弃甚至惨死的。宋人笔记中就有关于这类不幸故事的记述。"永不分散"即意味着永远不被遗弃。以上四愿——"图久远""长相见""相顾恋""永不分散"，初看时它们意义相似，"句意重复"，但它们却是从不同的角度提出的要求，其间有联系又有区别。作者熟悉风尘女子的生活和思想，了解她们的愿望，所以能真实地反映出她们对于从良问题的周到细致的考虑，以期不会受人欺骗而至选择失误。第五愿是最深的一层，是全部愿望的关键所在，即希望做个普通家庭的女主人，而不是姬妾之类。"奴哥"，对年轻女性的昵称，这里是自称，"收因结果"，别本作"收园结果"，宋元俗词，意即为收场、结果。"宅院"也是宋元俗词，义同宅眷。如柳永《集贤宾》写一歌妓不满足于与所恋男子"偷期暗会"，要求"和鸣偕老"，说："待作真个宅院，方信有初终。"这表明风尘女子希望真正从良，结为正常婚配对偶，成为自由的普通人家的女主人。"大宅院"就是指妻而非妾了，这个差别很要紧，故特言之。将五愿合并而观，则她们是要求建立一个正常的、长久的、美满幸福、自由和谐的家庭。这是所有女性最合理的最朴素的人生要求。

　　歌妓们唱着五愿词，希望樽前席上有人能理解她们的善良愿望，使她们能寻觅到可以依托的男子拯救她们脱离风尘。这首通俗歌词的作者仅仅表达了歌妓们的主观愿望。正因为她们失去了这许多平常却又宝贵的东西，才苦苦地歌唱和追求。词的另一方面则深刻地反映了她们不幸和痛苦的精神生活。虽然宋代也确有风尘女子从良而得以实现"五重深深愿"的，但这样幸运的例子真是太稀少了。当我们认真读懂这首词，并认识了其现实意义之后，是绝不会感到"鄙恶甚矣"的。

无名氏

水调歌头

平生太湖上，短棹几经过。如今重到，何事愁与水云多。
拟把匣中长剑，换取扁舟一叶，归去老渔蓑。银艾非吾事，丘
壑已蹉跎。　　脍新鲈，斟美酒，起悲歌。太平生长，岂谓今
日识兵戈。欲泻三江雪浪，净洗胡尘千里，不用挽天河。回首
望霄汉，双泪堕清波。

南宋高宗建炎四年（1130），金兵灭北宋不久，又大举渡江，南
宋政权面临严重威胁。这年初，江浙重要城市大都被金兵攻陷，兀
术的大军直犯都城临安（今浙江杭州），宋高宗赵构从明州（今浙江
宁波）逃往海上避难。国脉如丝，危在旦夕，全国都处于惊恐不安
之中。南宋军民，在民族存亡之际，奋起阻击金兵，掀起了抗金救
国的热潮，但是民众的爱国意志和行动一再被赵构与秦桧统治集团
阻挠和压抑，以致韩世忠等爱国将领还在金兵未能全退之时即遭到
罢职。统治集团在战争中所表现的软弱矛盾的态度，曾激起了人民
的义愤。这首词就是于建炎四年由一位不知名的爱国志士题于苏州
吴江长桥的。它真挚地表达了对于国势的忧患和被压抑的爱国情感。
因为它体现了民众一种普遍的情绪，所以在社会上广泛流传。

在金兵侵扰江浙时，富庶美丽的苏州，被金兵焚掠。词以触景
生情起笔，迅即展开主题。作者自述生长于太湖地区，太湖的支流
吴江，曾是他驾着轻舟短棹多次经过的地方。建炎四年春以后，当
他重到时便有无限的愁绪涌上心来。作者是触景生情的，但却有意

略去眼前所见苏州一带被焚掠后的惨象。因为词是题在吴江长桥上的，现实的景象是如此明显，无须描述，身临其境的人一望而知。本来愁绪的起因也是极其清楚的，而作者却故意以为不知。这样略去关于现实景象的描写，使作品的社会背景被淡化了，词意深沉而含蓄。既然愁绪如太湖的水云一样纷沓屯聚，作者试图消解它：隐居江湖。长剑为古代男子佩饰的防身之物，借以表示具有建功立业的壮志。从国势与现实来看，或者由于作者个人遭遇的不幸，这种争取功名的志愿只得放弃了，因而准备将藏在匣中的长剑——可能还"霜刃未曾试"（贾岛《剑客》），用来换取小舟，以便成为烟波钓叟而退避社会了。这隐伏了一位志士报国无路的最大悲哀，使千丈霓虹志如云烟一样消散。也许他曾做过种种努力，在严酷的现实中证明了功名是无望的。汉代凡吏秩比二千石以上授给银印青绶，绶带为系印之用，以艾草染为青色，故银青又称银艾，为功名禄位的标志。悟到银艾与自己无缘，因而作者感到枉费曾去努力争取的苦心，尤其是使胸中深思远虑的谋略竟失时成空。北宋诗人黄庭坚《题子瞻枯木》的"胸中元自有丘壑"，本指画家的布局构思，后来借指为思虑深远之意。南朝刘义庆《世说新语·自新》引周处语云："年已蹉跎，终无所成。"词上片结句便是合用这两层意义，较为含蓄地表现了困顿失时的英雄末路之悲。这种悲痛的真正意义在词的下片里得到充分的表达。因此结句很巧妙地起到了承上启下的联结词意的作用，使词的意脉不致中断。

"脍新鲈，斟美酒"与上片的"短棹几经过"相照应：作者是在舟过吴江饮酒之时抒发胸臆的。词的过变将上片的词情逐渐推向高潮。鲈鱼，头大巨口，体扁鳞细，背苍腹白，以之为脍，味极鲜美，为江南水乡佳肴。晋代名士张翰就曾因思江南莼羹鲈脍而弃官命驾东归的。因此面对鲈脍美酒乃是人生适意之事，然而抒情主体却由于郁结的愁绪借此引起慷慨的悲歌。"悲歌"是全词主旨所在。作者所悲的是生不逢时与回天无力。北宋建国以来努力争取一个和平与安定的社会环境，到了北宋后期"太平日久，人物繁阜；垂髫之童，但习鼓舞；班白之老，不识干戈"（《东京梦华录序》）。的确，百余年来的社会升平，除边地而外，人们已不知道什么是战争了。公元1127 年，金人的大军渡过黄河，北宋都城陷落，徽宗与钦宗父子被俘，这就是历史上的靖康之变。它使升平环境中的人们懂得战争的残酷无情。如果说靖康之难的战争灾祸尚未殃及江南地区，而南宋初年的金兵大举南下，则使江南人民深受其苦了。"兵戈"，别本异文为"干戈"。干为古代的盾，戈为戟，借指兵器或战争。生长于太平之世的人们不识干戈，而当战争之际则会陷入可悲的地位。当然这不应由百姓负责，百姓只能痛恨自己生不逢时而已。这是时代的悲剧。杜甫《洗兵马》诗云："安得壮士挽天河，净洗甲兵长不用。"这是希望得天之助，使天下太平。词的作者是很现实的。他不把希望寄托于虚幻的天力，而是正视现实。"三江"指太湖的支流吴淞江、娄江和东江。"胡尘"即指金人发动的侵略战争。他希望用三江之水洗净胡尘，意即动员江浙人民起来抗金救国，抵抗侵略，收复北方故土。这表现了汉族民众在民族危亡之际的坚贞而强烈的爱国主义精神。但在现实中，这种愿望不可能实现。由于时代的悲剧与个人无力之感，词人无比悲愤。结句他仰望长空高处，痛告苍天，让悲愤的情绪化成热泪滴入吴江的清波之中。这是一种失望、痛苦、无可奈何的复杂情绪，而却蕴藏着爱国的、激烈的、感人的心声。

　　此词以直抒胸臆的方式，表达了南宋初年志士们被压抑的爱国思想情感。词的情感真挚热切，主旨明显而词意并不粗率，结构完整而意脉清晰，实是一篇佳作。它出现在南宋初年，应是南宋豪放词的先声。当词史上论述张元幹、张孝祥和辛弃疾等人的豪放词时，是不应忽略此词的。据说在绍兴年间，此词流传到禁中，宋高宗想寻访其作者，丞相秦桧出黄榜招之，但终无结果。作者既已对南宋统治集团愤慨之极而归隐江湖，他又岂能以己之清白换取可耻的功名！

无名氏

眉峰碧

蹙破眉峰碧。纤手还重执。镇日相看未足时，忍便使、鸳鸯只。　　薄暮投村驿。风雨愁通夕。窗外芭蕉窗里人，分明叶上心头滴。

这首民间词在北宋甚为流行。相传词人柳永少年时代得到此词，书写在墙壁上，反复琢磨，后来终于悟出了作词的方法（见《词林纪事》卷十八引《古今词话》）。北宋后期徽宗皇帝也认为"此词甚佳"，还很想知道它的作者（见王明清《玉照新志》卷二）。这都足见其影响之深远了。

由于宋代都市经济的发展，商品流通领域扩大，商贩往来各地，流民和客户增多。许多人为了营生都抛家别子，奔走风尘，因而在通俗文学中羁旅行役已成为重要主题之一。此词便是市井之辈抒写羁旅行役之苦的，但并未直接描述旅途的劳顿，而是表达痛苦的离情别绪。在某种意义上，这种离别之苦比起劳碌奔波是更难于忍受的。当初与家人离别时的难忘情景，至今犹令抒情主人公感到伤魂动魄。"蹙破眉峰碧，纤手还重执"是与家人不忍分离的情形。从"镇日相看未足时"一句体味，很可能他们结合不久便初次离别，所以特别缠绵悱恻。"蹙破眉峰"，是妇女离别时的愁苦情状，从男子眼中看出；"纤手还重执"，即重执纤手的倒文，从男子一方表达，而得上句映衬，双方依依难舍之情，宛然在目。其中当有千言万语，无可诉说，只以两个表情动作交代出来，简洁之至，亦深刻之至。

柳永《雨霖铃》词的"执手相看泪眼，竟无语凝咽"，盖于此脱胎。以下"镇日相看未足时，忍便使、鸳鸯只"，是男子在分别即时所感，也是别后心中所蓄。这两句词令人想起白居易《长恨歌》所叙述的"缓歌慢舞凝丝竹，尽日君王看不足。渔阳鞞鼓动地来，惊破霓裳羽衣曲"和柳永《西施》所评说的"正恁朝欢暮宴，情未足，早江上兵来"，虽事有小大之殊，人有平民君主之别，其情之难堪，却无二致。所同的是欢情未足而变故突生，所不同的体现在此词中的"相看"二字：写"未足"者仅此，不借外物增饰助情，一心只在眼前这个"人"；不专从男方一己之"未足"落笔，而是写两个人互相看不够，新婚夫妇浓情蜜意如画。这是平等的爱情，平民的爱情，比君王的那种宠幸有本质的不同，以朴素无华的语言表出也是恰如其分。——正是此"时"，"鸳鸯"分手了。南朝陈代的徐陵在《鸳鸯赋》中曾说过："天下真成长合会，无胜比翼两鸳鸯。"而现在鸳鸯不双而"只"。"使"字下得好，谁为之？孰令致之？也是南北朝作家的庾信有诗云："青田松上一黄鹤，相思树下两鸳鸯。无事交渠更相失，不及从来莫作双"（《代人伤往二首》），真是慨乎言之，在男主人公心中，也当有这样的叹恨了。

离别的情形是抒情主人公在旅宿之时的追忆，词的下片才抒写现实的感受。因为这次离别是他为了生计之类的逼迫忍心而去，故思念时便增加了后悔的情绪，思念之情尤为苦涩。"薄暮投村驿，风雨愁通夕"，一方面道出旅途之劳苦，另一方面写出了荒寒凄凉的环境。旅人为赶路程，直至傍晚才投宿在荒村的驿店里。一副寒碜行色表明他是社会下层的民众。在这荒村的驿店里，风雨之声令人难以入寐，离愁困扰他一整个夜晚。"愁"是全词基调，紧密联系上下两片词意。风雨之夕，愁人难寐，感觉的联想便很易与离愁相附着而被强化。"窗外芭蕉窗里人"本不相联系，但在特定的环境氛围中，由于联想的作用，作者便以为雨滴落在芭蕉叶上就好似点点滴滴的痛苦落在心中。此种苦涩之情，令人伤痛不已。结尾两句既形象，又很有情感的分量。在上片结句词情达到高峰之后，又出现了一次高峰，词意充实，词情不衰，结构美妙而完整。文人词中也常将雨声与愁苦之情相联系，如温庭筠的"梧桐树，三更雨，不道离情正苦。一叶叶，一声声，空阶滴到明"（《更漏子》），李清照的"梧桐更兼细雨，到黄昏、点点滴滴。这次第，怎一个、愁字了得"（《声声慢》）。但民间词的"分明叶上心头滴"，所表达的情感却更为强烈：雨水滴在叶上，也滴在心头；更进一步体味，雨水分明不是滴在叶上，而是滴在心头。"分明"的幻觉是情感过于强烈所造成，在句中起着非常有力的表现作用。这结句即与唐宋文人作品比较，也可称之为名句。

　　这首小词将羁旅离情表达得充分完满。作者以自我抒情的方式倾泻真挚强烈的内心情感，按照情感发展的顺序一气写下，善于层层发掘，直至人物内心世界的深层。作者能切实把握富于特征性的细节，整个艺术表现手法朴素而简洁。这些成功的艺术经验可能也是柳永曾经悟到的。

无名氏

青玉案

咏举子赴省

　　钉鞋踏破祥符路。似白鹭、纷纷去。试盝幞头谁与度。八厢儿事，两员直殿，怀挟无藏处。　　时辰报尽天将暮，把笔胡填备员句。试问闲愁知几许？两条脂烛，半盂馊饭，一阵黄昏雨。

　　北宋后期贺铸的《青玉案》（凌波不过横塘路）词，写梅雨时节的闲愁情绪，字面优美，流传甚广。这首词当是社会下层文人的作品，它用贺词原韵描述举子应试时狼狈可笑的情形，题为"咏举子赴省"。看来作者对于举场生活很有体验，可能是曾屡试不中者，因而对应试举子极尽嘲讽之能事。

　　宋代科举考试制度规定，各地乡试合格的举子于开科前的冬天齐集京都礼部，初春在礼部进行严格的考试，考试合格者列名放榜于尚书省。这次称为省试。省试之后还得由皇帝亲自殿试。此词写举子参加省试的情形。词的上片写考试前的准备阶段。祥符县为北宋都城开封府治所在地，祥符路借指京城之内。宋制三年开科，头年地方秋试后，各地举子陆续集中于京都。"钉鞋踏破祥符路"，写省试开始时，举子们纷纷前去，恰好雨后道路泥滑，他们穿上有铁钉的雨鞋，身着白衣，攘攘涌向考场。"踏破"和"白鹭"都有讥笑的意味，表现慌忙和滑稽的状态。"盝"，音禄，小匣，"试盝"即文具盒之类的用具。"幞头"为宋人通用头巾，以藤织草巾子衬里，用纱作表，再涂以漆，加上条巾垂脚，形式多样。举子们雨天里携着试盏，戴着不合适的幞头，形象实在有点可笑。宋代的考试制度非常严密，"凡就试，唯词赋者许持《切韵》《玉篇》，其挟书为奸，及口相受授者，发觉即黜之"（《宋史·选举志》）。所以举子进入考试之时须经搜查，看看有无挟带。"八厢儿事"即许多兵士，"直殿"指朝廷侍卫武官。进入考场之时，既有许多兵士搜查，又有两员朝廷武官监督，弄得"怀挟无藏处"，根本无法作弊了。可怜这些举子本来才学粗疏，考场管理之严，就更使他们无计可施了。然而科举考试又是士人唯一的入仕之路，许多士人仍然怀着侥幸心情进入了考场。

词的下片写举子在考场中的困窘愁苦之态。"凡命士应举，谓之锁厅试"（《宋史·选举志》）。举子进入考场之后立即锁厅考试，自朝至暮，一连数日。作者省略了许多考试的细节。"时辰报尽天将暮"，时间一点点过去，困坐场屋的举子一筹莫展，文思滞钝，天色已暮，只得敷衍了事，"把笔胡填备员句"。据北宋王辟之《渑水燕谈录·贡举》云："本朝引校多士，率用白昼，不复继烛。"天黑前必须交卷。他大约一整天都无从下笔，临到交卷前便只好胡乱写上几句充数。这两句写出举子考试时无可奈何的心情和困窘情状。贺铸词中的"试问闲愁都几许。一川烟草，满城风絮。梅子黄时雨"（《青玉案》），为全词最精彩的部分，表现了词人的闲情逸致，很有诗意，贺铸因此赢得"贺梅子"之称。作者套改贺词以表现考场中的"闲愁"。其实哪里是闲愁，而是困苦难受之情："两条脂烛，半盂馊饭，一阵黄昏雨。"宋代考场中，到日暮一般再点两条蜡烛以待士子。考生考试既不如意，头昏眼花，饥肠辘辘，面对暗淡将尽的烛光和难咽的馊饭，苦不堪言。若是小园闲庭或高楼水榭，徙倚徘徊之时，"一阵黄昏雨"倒能增添一点诗情雅趣。可是举子们此时还有什么诗情雅趣，黄昏之雨只能使心情更加烦乱、更感凄苦了。在备述举子奔忙、进入考场、考试情况等狼狈困苦的意象之后，结句忽然来一笔自然现象的描写，好似以景结情，补足了举子们黄昏时所处的难堪氛围。这样作结，颇有清空之效，留下想象余地，且很有风趣。

这首词嘲讽那些久困场屋、才学浅陋而又热衷科举的士人，用夸张手法描绘出举子赴省试的狼狈可笑形象。这些举子好像后来吴敬梓在《儒林外史》中写的情形一样，可笑而又可怜。他们屡试不第，是科举考试制度下的牺牲者。多次的失败麻木了他们的思想，扭曲了形象和性格，他们是值得同情的人物。从这首小词里，可以看到呻吟在封建制度重压之下不幸士人的可笑又可怜的形象。宋代文人词缺乏讽刺幽默的传统，而且题材范围也比较狭窄。这首民间词使我们耳目一新，见到一种特殊的题材和特殊的表现方法，可惜这类作品保存下来的真是太少了。

无名氏

踏莎行

　　殢酒情怀，恨春时节。柳丝巷陌黄昏月。把君团扇卜君来，近墙扑得双蝴蝶。　　　笑不成言，喜还生怯。颠狂绝似前春雪。夜寒无处著相思，梨花一树人如削。

　　南宋末年赵闻礼编选的宋人词集《阳春白雪》，顾名思义收的是文人雅词，但也混入了少数流行于民间的无名氏作品。此词即其中之一。词写市井女子赴密约时的期待心情。它当时在市民群众游乐之处由歌妓演唱，其艺术效果一定是很好的。

　　在赴密约之时，女主人公的心情是抑郁而苦闷的。词起笔以"殢酒情怀，恨春时节"表现出她的情绪非常不好。这应是因他们爱情出现了波折或变故而引起的。"殢酒"是苦闷无聊之时以酒解愁，为酒所病；"恨春"是春日将尽产生的感伤。"情怀"和"时节"都令人不愉快。"柳丝巷陌黄昏月"，是他们密约的地点和时间。市井青年男女都习惯于"月上柳梢头，人约黄昏后"（欧阳修《生查子》）。宋代都市里的坊曲街衢，俗称巷陌或坊陌。这些街头巷尾柳枝掩映之处，当黄昏人稀正是约会的好地方。从约会的地点，大致可以推测女主人公属于市井之辈，如果富家小姐或宦门千金绝不会到此等巷陌之地赴约的。这样良宵好景的幽期密约，本应以欢欣的心情期待着甜蜜的幸福，然而这位市井女子却是心绪不宁，对于约会能否成功似乎尚无把握。于是在焦急无聊之时，想着测试一下今晚的运气。古代女子习用金钗或绣鞋当卜钱来占卜吉凶休咎，有时蟢子、灯花、乌鹊等物也会带来某种预兆。这些方法很简便，她们也很相信。"把君团扇卜君来"，即用情人赠给的团扇来占卜。古代女子携着团扇可作障面之用。它既为情人信物，用来占卜可能最灵验。民间的占卜方法千奇百怪，多种多样，从词中所述，可见她是用团扇来扑一物，以扑着预示约会的成功。非常意外，她竟在近墙花丛之处扑着一双同宿的蝴蝶，惊喜不已。词情到此来了一个极大的转折，女主人公的心境由苦闷焦虑忽然变得开朗喜悦起来。下片顺承上片结句，表现其新产生的惊喜之情。

市井女子性格直率，热情奔放，无所顾忌。所以当其喜出望外之时便颇为失态："笑不成言，喜还生怯。颠狂绝似前春雪。""双蝴蝶"的吉兆使她喜悦，她感到有趣而可笑，甚至难以控制喜悦的笑声。这预兆又使她在惊喜之余感到羞涩和畏怯，而畏怯之中更有对幸福的向往。于是她高兴得不知手之舞之，足之蹈之也，自己也觉得有似前春悠扬飘飞的雪花那样轻狂的状态了。这几句为我们勾画出一位天真活泼、热情坦率的女子形象，显示出其个性的真实面目，也表现了市井女子的性格特征。但占卜的吉兆并不能代替生活的客观现实，仅仅反映了主体的愿望，虚无难凭。随着相约时间的流逝，预兆并未得到证实，因而词的结尾出现了意外的结局，而又是现实生活中真实的情形：情人无端失约了。这个结局好似让女主人公从喜悦的高峰突然跌落到绝望的深渊，对她无疑是又一次精神打击，也许意味着幸福梦想的彻底破灭。作者善于从侧面着笔，用形象来表达。春夏之交的"夜寒"，说明夜已深了，她一腔相思之情有似游丝一样无物可以依附，说明那人负心失约了。梨树于春尽夏初开花，这里照应词开头提到的"恨春时节"。现在她已不再"颠狂"了，站在梨树下痴痴地不忍离去，似乎一时瘦削了许多，难以承受这惨重的打击。结句含蓄巧妙，深深地刻画出心灵受伤的女子的情态。民间的作者生活在冷酷的社会现实中，他们的作品反映了生活的真实。这不幸的结局虽属女主人公的意外，未如所愿，但却符合生活的真实。这首小词只写了一位市井女子恋爱过程中的一个细节，贵能充分展开，以一波三折的方式反映了她对爱情幸福的大胆追求和痛苦失望，真实地传达出封建社会下层妇女的不幸。全词脉络颇为隐伏而仍有线索可寻，词情的发展变化突然而又具有合理性。这些都足以表现民间词所达到的较高的艺术水平。

无名氏

千秋岁令

想风流态，种种般般媚。恨别离时太容易。香笺欲写相思意。相思泪滴香笺字。画堂深，银烛暗，重门闭。　　似当日、欢娱何日遂。愿早早相逢重设誓。美景良辰莫轻拌，鸳鸯帐里鸳鸯被。鸳鸯枕上鸳鸯睡。似恁地，长恁地，千秋岁。

这首俗词是以男性第一人称的叙述方式，表达市井青年对爱情的大胆追求和对幸福生活的向往。在艺术表现上很具民间作品真率质朴的特点。

上片表现男子对女子的相思之情。他难忘当初欢会时对她的印象。词以表示心理活动的"想"字突然起笔，直接进入抒情。关于女性形象，作者没有具体描绘，只突出了她给人体态风流的印象，真是"从头看到脚，风流往下跑；从脚看到头，风流往上流"（《金瓶梅》）。在他的主观感受中，其体态"种种般般"，无一不取悦于人，无一不具有女性的魅力，特别的"媚"。从其印象中间接地表现了市井女性妖娆的外貌与多情的内在心性相结合的特点。接着，作者又用一个表示心理活动的"恨"字转入对别后相思的叙述。正因为珍惜当初的欢会，更感而今相思之苦，所以后悔"别离时太容易"，惋惜相聚时间的短暂。"香笺欲写相思意，相思泪滴香笺字"两句，反反复复，道尽相思之痛苦，眷恋之深情。他本想在信纸上备写相思之意，但却泪湿信纸，字迹模糊，思绪烦乱，不能写下去了。上片结句补叙了痛苦相思的原因："画堂深，银烛暗，重门闭。"

大约她还是富人家的女子，自分别之后，其画堂深远，门院重重，鱼雁难传，相见无因，所以即使写下满纸相思也于事无补。这几乎让人陷于绝望了。下片过变"似当日、欢娱何日遂"，承上启下，一方面补足上片结句相见无因之意，感念后会难期，另一方面又由感念后会难期，决心大胆追求，充满对未来幸福的遐想。于是作者继之再以表示心理活动的"愿"字使词意转折，改变愁苦的情调。"恨别离时太容易"还有一层意义，即当时忘记了以相互的誓约来保证今后的欢会。因而，他唯一的愿望就是"早早相逢重设誓"，一定要海誓山盟，郑重其事。他们的相逢虽有某些困难，但据以往的经验来看又是有可能的。由于他心性太急，思念情切，希望相逢的日期愈早愈好。他甚至连誓词的内容都拟好了。这誓词表现他们对未来爱情生活的憧憬，可分为三层意思：第一，"美景良辰莫轻拌"，要珍惜美好的青春时光，决不要虚掷年光，轻易分离。"拌"，舍弃之意。第二，要像鸳鸯一样结为亲密配偶。"鸳鸯帐里鸳鸯被。鸳鸯枕上鸳鸯睡"，这两句四次重复"鸳鸯"两字，给人留下特深的印象。"鸳鸯"的意象在民俗中是象征情侣或夫妇的，所以民间常在卧室用品上绘织其图像。帐、被、枕都绣着鸳鸯，他希望他们就像鸳鸯那样在浓厚的合欢氛围中享受甜蜜幸福。这两句和上片表示相思的句子都采用重复连锁的修辞手段，最有民间文艺的特色。第三，还希望甜蜜的爱情生活长长久久。末尾的"千秋岁"以应词调名。"千秋万岁"为我国古代的祝词，此处意为幸福的生活长久永远，绵绵无尽。

北宋以来，新兴市民阶层随着都市经济的发展而出现，市民的反封建意识首先通过新的伦理观念表现出来，而尤其明显地反映在男女爱情观念的变化上。这首词赞美了市井青年男女蔑视礼法，克服困难，争取爱情婚姻自由的愿望和要求。我们应该相信，这样美好而合理的愿望是可能实现的。

这首词写得俚俗，表现得情感率直，其内容也属桑间濮上之类，文辞不雅驯，然而却曾是北宋朝廷掌管音乐的机构大晟府所演唱的歌词之一。宋徽宗政和七年（1117）二月，邻邦朝鲜的使臣请求宋王朝赐给雅乐及大晟府乐谱歌词，得到了徽宗皇帝的允许。大晟府习用的歌词在我国早已不传，有幸在朝鲜《高丽史·乐志》中保存了宋词一卷，即当年宋王朝所赠的大晟府歌词，其中就有这首俚俗的《千秋岁令》。它为我们留下了值得探究的历史文化线索。

无名氏

檐前铁

悄无人，宿雨厌厌，空庭乍歇。听檐前、铁马戞叮喈，敲破梦魂残结。丁年事，天涯恨，又早在心头咽。　　谁怜我、绮帘前，镇日鞋儿双跌。今番也、石人应下千行血。拟展青天，写作断肠文，难尽说。

这首流行于北宋社会的无名氏词，非常强烈地表现了一位妇女的悲愤。她为了争取爱情幸福付出了重大代价，结果陷入了痛苦不幸的深渊，无人怜念，造成终身难言的悔恨。这首词是她感天动地的呼声。

词一开始描绘了一个凄凉孤寂的抒情环境，将女主人公置于凄风苦雨、阒寂无人之夜，形象地表现其在现实中的不幸情况。"厌厌"本是形容人的气息微弱，这里用来状写夜雨绵绵似断若续，也似人的气息厌厌，是从愁恨人的心中感觉出来，暗中关合。"空庭"应"无人"，"乍歇"应"雨"。姜夔《八归·湘中送胡德华》词"庭院暗雨乍歇"，用语相同。姜词是为友人送行而作，先着此一景语，可以引逗映衬"抱影销魂"之情；此词则为自己鸣哀抒恨，衬以一个孤独愁惨的环境。铁马即以薄铁制成小片，串挂檐间，风起则玲琮有声。虽然宿雨乍歇，但风却吹得凄厉，这是由"铁马戞叮喈"而知。铁马叮喈之声，惊醒残梦。作者不用"惊醒"而用"敲破"，更为生动，似乎还包含人生梦境破灭之意。庭院空寂、宿雨乍歇、铁马叮喈，它们所构成的寒夜凄苦之境都是在残梦惊破之后才清楚地感觉到的。这种情况下，不幸的女子是难以入寐的，现实处境唤起了她对往事的痛苦回忆。以上所写的是特定的抒情环境，以下便展开对其不幸命运和痛苦之情的抒写了。

作者不可能在一首小词里正面地叙述其不幸的具体经过，因此采用侧笔去表达其痛苦的情绪。这样的歌词更会使听众或读者产生丰富的联想，引起情感共鸣的作用。因而词在涉及她的不幸经过时只透露了"丁年事，天涯恨"。"丁年"即一个人的成年的时候。"天涯恨"即温庭筠《梦江南》词的"千万恨，恨极在天涯"，又即《古诗十九首》"相去万余里，各在天一涯"之意，表示远离之恨。显然，她是在青春美好之时，便被情人负心地抛弃了，因而无比悔恨。那"丁年事"为她种下不幸之因，使她丧失了人生许多宝贵的东西。寒夜梦醒之后，阵阵悔恨又在心中生起。"心头咽"三字很有表现力，喻难言之苦，唯有自己在心里暗暗哭泣。

词的下片紧接着表达难言的痛苦情绪。而今她无人怜念，这种悲惨境况在词开始所描述的抒情环境中已间接反映了：凄凉孤寂，绝无一点家庭的温暖。"鞋儿双趿"即趿脚叹恨之状。"谁怜我、绮帘前，镇日鞋儿双趿"，即是诉说自己极度的悲痛悔恨，且竟无人可怜她在帘前整日地捶胸趿脚。这种情形已非一次，每当她记起丁年之事，就会爆发出最大的悲痛。"今番"即当雨歇风厉、空庭梦破、回忆往事之时。这时的悲痛远非捶胸趿脚所能表达得了的。悲痛之大，"石人应下千行血。拟展青天，写作断肠文，难尽说"。作者连用了石人、血泪、青天、断肠这四个意象。"石人"即石头人。石人无知无情，也为我的恨事感动泣下，流下的不是泪，而是血，而且至"千行"之多。乐府诗《华山畿》只说到"将懊恼，石阙昼夜题（啼），碑（悲）泪常不燥"，已经是出奇的想象。这里的语言强烈得多，说明感情的强烈，又反映出悲恨的强烈。《乐府诗集》收《华山畿》二十五首，紧接着的一首又云："别后常相思，顿书千丈阙，题碑无罢时。"这里是"拟展青天，写作断肠文，难尽说"。以青天作纸，以石人的千行泪血为墨，也写不尽断肠之事。并不是说这首词是袭用《华山畿》的意境。本来人情所同，思路有走向一处去的，何况民间文学作品口耳相传，自有一种潜流散于四方，播于千载，因此构思接近或相同自在情理之中。这些夸张的比喻并不给人以失真之感，相反是更深刻地表达了其情感，而密集的悲伤意象使这种情感更强烈感人。词结尾的那不幸女子的呼声，使词情达到高峰，感人肺腑，撕裂人心。我们可以猜测，这位女子的悲痛可能不止于一般的被遗弃，其中隐藏着更大的冤情或罪恶。

　　我国文学中自来有一种至情的作品，表现强烈、真实、诚挚的情感。这篇充满血与泪的文字应是至情的作品。真情感人之下，一切文字的表现技巧和华美的词藻都显得黯然失色了。它震撼着人们的心灵，使人无暇顾及其艺术之工拙。

无名氏

南乡子

　　帘卷水西楼。一曲新腔唱打油。宿雨眠云年少梦，休讴。且尽生前酒一瓯。　　明日又登舟。却指今宵是旧游。同是他乡沦落客，休愁。月子弯弯照几州。

　　《京本通俗小说》由缪荃孙于 1915 年刊行，共收宋人话本小说七篇，其中《冯玉梅团圆》一篇，宋代民间说书艺人的入话引用此词后云："这首词末句，乃是借用吴歌成语。吴歌云：'月子弯弯照几州，几家欢乐几家愁。几家夫妇同罗帐，几家飘散在他州。'此歌出自我宋建炎年间，述民间离乱之苦。只为宣和失政，奸佞当权，延至靖康，金虏凌城，掳了徽、钦二帝北去。康王泥马渡江，弃了汴京，偏安一隅，改元建炎。其时东京一路百姓，惧怕鞑虏，都跟随车驾南渡，又被虏骑追赶，兵火之际，东逃西躲，不知拆散了几多骨肉。往往父子夫妻，终身不复相见。"入话说明了此词的历史背景，词应是当时民间流行的作品。明代褚人获《坚瓠集》庚集卷二以此词为明初瞿佑作，当误。词和民歌都表现南宋初年中原人民身经靖康之难，流落他乡的凄苦情感，但抒情角度和表现方式却是各不相同的。民歌是从宏观的角度出发，感叹人间的欢乐与愁苦、团聚与飘散的不平现象，暗寓家庭幸福的破灭。词是从个人感受出发，试以自我宽慰方式排解流落他乡的愁苦，但实际上流露出更深沉的悲伤。

　　词的抒情与环境氛围的描写是紧密结合的，随着词意的发展，逐层深入地揭示主题思想。全词两阕,每阕由两个意群组成。上阕第一个意群"帘卷水西楼。一曲新腔唱打油",叙述抒情主体在江楼唱起流行小曲。临江的楼上,卷帘高歌,可以视为闲情逸致的表现。从结句所引用的吴歌句子,表明所唱的是凄苦忧伤的民歌。从诗歌的形式来看,它是可以算作打油诗的,被配上新的民间曲调在社会上流行。作者之所以要唱这支民歌,恰恰是因为能引起他的共鸣,毕竟他也是飘散他州的中原北人。第二个意群"宿雨眠云年少梦,休讴。且尽生前酒一瓯",词意向愁苦情绪发展,作者希望以沉醉来忘却对往事的回忆。云雨喻男女之欢爱,"宿雨眠云"已属年少轻浮荒唐之事,现在人到中年,强制自己忘却已往快乐的日子。词的历史背景已暗示作者的家庭承受了北宋灭亡的灾难。"兵火之际,东逃西躲",留下这劫后余生的人,他不愿再唱情歌,而要借忧伤的民歌发泄心中的愁苦。因其已无后顾之忧,不必考虑身后之事,只需在生前痛饮了。"瓯",陶器,为唐宋以来民间深底碗之称。饮酒以深底之碗,可想见饮者之粗豪气概了。词至此表明"水西楼"乃市井酒楼,词人正是在此饮酒高歌的。词下阕的第一个意群"明日又登舟。却指今宵是旧游",词情转而开朗,却又有着人生虚无之感。作者已经不断舟行,在经此镇市时,晚上饮酒于小西楼。晋人王羲之《兰亭集序》云:"固知一死生为虚诞,齐彭殇为妄作。后之视今,亦犹今之视昔。"这种人生虚无思想是生前痛饮的理由,在人生希望破灭之后,他已不愿正视现实了。最后一个意群"同是他乡沦落客,休愁。月子弯弯照几州",这表明作者是沦落他乡之客,应是逃难于江南的中原人民。在酒楼偶然遇到的同饮者,他们的遭遇也是同样的,以酒浇愁,相互劝慰。虽然两位北客相劝"休愁",但结句所引吴歌则又给予了否定。吴歌忧伤凄凉的歌词正表达了他们流落愁苦之情。

　　读完全词，我们才知道这位民间词人飘散他乡、夜泊江头，在酒楼与同病相怜的北客共饮，相互慰藉，试图以旷达的态度来排解人生的苦难。但是，休讴年少梦，痛饮一瓯，他只不过是以消极虚无思想冲淡内心痛苦。这种排解方式貌似超然物外，不为情累，而实际上却是无效的。这样的沦落客在月子弯弯所照之处，不知还有"几家飘散在他州"！吴歌和这首《南乡子》词共同反映了 12 世纪之初的中原人民在国破家亡之后流离失所的苦难遭遇。这样的作品不是无病呻吟的，其真挚的情感和表现的生活真实，获得了永久的艺术生命，让我们不忘记过去人们所经历的颠沛流离的苦难。

白 朴

白朴（1226—1306 以后），初名恒，字仁甫；后改今名，字太素，号兰谷。原籍隩州（今山西河曲一带），后随父寓真定（今河北正定），又徙南京汴梁（今河南开封）。蒙古军灭金后，元世祖中统初被荐于朝，再三逊辞。宋亡之次年卜居建康（今江苏南京），年八十许卒。著有《天籁集》。

朝中措

燕忙莺乱斗寻芳。谁得一枝香。自是玉心皎洁，不随花柳
飘扬。　　　明朝去也，燕南赵北，水远山长。都把而今欢爱，
留教后日思量。

元代至元十七年（1280）正值南宋灭亡，元朝统一中国之初。这年白朴五十五岁，定居建康（今江苏南京），不久前曾北返真定（今河北正定）。他在北方流寓期间作有《水龙吟》赠歌妓王氏，又作有《木兰花慢》赠歌妓宋寿香。这首《朝中措》无词题，从下阕词意推测，当是离燕前夕为某青楼女子而作。

词的上阕，作者称赞青楼女子高洁凝重的品格，采用比喻的手法。莺燕在诗词中一般借指女性，但也有借指男性的，如宋人周邦彦《瑞龙吟》的"定巢燕子"与《忆旧游》的"旧巢更有新燕"。此词首句的"燕忙莺乱"也指男性，他们像燕与莺一样在春色浓时忙忙乱乱地寻芳选胜。燕与莺寻找花丛柳枝所为栖息之所，正如男性在青楼寻花问柳一样。也许他们可以觅到普通的花柳，而那最美最香的一枝却不能得到。"谁得"表示反问，意为没有谁能得到。这说明她色冠群

芳，高不可攀。她的高洁是由内在品质决定的。唐代李白的《怨情》有"花性飘扬不自持，玉心皎洁终不移"之句，表现女性的纯洁坚贞。"玉心"即皎洁如玉之心，绝不同于一般的浮花弱柳、冶叶倡条，心性驰荡，随风飘扬而不能自持。显然这是一位有个性而自尊心强烈的女子。古代文人对青楼女子的赞美，大都侧重于色艺，格调高者亦止于情意的描写，而赞美其高洁则似乎不伦不类，因其职业的特殊性是难以保持高洁的。元人的观念与传统文人有相异之处，例如白朴深为爱赏的女伶天然秀，《青楼集》里即称赞她"丰神艳雅，殊有林下风致"，"人咸以国香深惜，然尚高洁凝重"。无论这位青楼女子的实际品格和心性如何，在词人的感受中她是高洁的。此词的妙处在于省略，即在上下阕之间略去了具体的情事，如他们的相识、相互的爱恋等细节，充分利用了小令形式的凝练与跳跃的特点，有意使词意模糊，使人难以追寻其线索。词的下阕忽然直抒离情别绪，结构颇奇特，给读者留下许多想象的余地。下阕所暗示的时间正是现实的今夜的欢爱，而明朝的离别总是缠绕心头。为此词人感到有些惆怅，而又试图排解。他们的欢爱是不易的，明朝分别之后，天南地北、山遥水长，也许永无相见之期。"燕"，指我国古代燕国故地，在今河北北部及辽西南部；"赵"，指战国赵国故地，在今河北西部及山西北部；词中借指北京真定等地。为了不将遗恨留给将来，他们执着于现实，留下最美好的回忆。这里也略去了具体情事，表达了一种颇为新颖的现实的对待感情的观念，甚有元人洒脱的风致。

元人朱经《青楼集序》云："我皇元初并海宇，而金之遗民若杜散人、白兰谷、关已斋辈，皆不屑仕进，乃嘲风弄月，留连光景，庸俗易之，用世者嗤之。三君子心，固难识也。"从这首小词，我们可见到白朴对待生活的一种态度，其中自有他对生命意义的理解。

今释澹归

今释澹归（1614—1680），俗姓金，名堡，字道隐，法名性因，浙江仁和（今余姚）人。明崇祯十三年（1640）进士。清军破桂林，落发为僧，住韶州（今广东韶关）丹霞寺。著有《遍行堂集》。

风流子
上元风雨

东皇不解事，颠风雨、吹转海门潮。看烟火光微，心灰凤蜡，笙歌声咽，泪满鲛绡。吾无恙，一炉焚柏子，七碗覆松涛。明月寻人，已埋空谷，暗尘随马，更拆星桥。　素馨田畔路，当年梦、应有金屋藏娇。不见漆灯续焰，蔗节生苗。尽翠绕珠围，寸阴难驻，钟鸣漏尽，抔土谁浇。问取门前流水，夜夜朝朝。

农历正月十五日为上元节，夜晚为元宵，是我国传统的一大节日，民间有盛大的灯会来庆祝。这日的风雨必然给佳节带来阴愁的气氛，而作者此词是在清初特殊历史条件下写的，唯以悲哀为主，情感色彩浓重。词人为明崇祯庚辰（1640）进士，中进士数年后，明王朝覆亡了。清兵攻破桂林，他便削发为僧，法名澹归，隐居于广东韶州丹霞寺。当时金堡正是中年，此后古佛青灯又度过了三十余年岁月。这首词作于其晚年，艺术上已达到成熟的高境，而且表现出内心情感的波澜。

起笔紧扣词题，写出上元节气候的异常现象。"东皇"即传说中的东方青帝，乃司春之神。"海门"，即海口，司春之神不理解人间之事，将风雨倒吹海门潮，以致有元夕之阴雨。这必然给人们造成节日不愉快的心情，为全词定下基调。因风雨之故，元夕灯会也显得异常冷清。作者还由于特殊的心情，见到微弱稀疏的烟火，犹如蜡炬烧残，心字成灰；听到隐约断续的笙歌，好似人在哽咽，泪水湿了罗巾。这是联想所致，实际情形可能并非如此，但却反映了内心悲苦之情，以之观物，故有是感。"吾无恙"是一个转折，欲从悲苦情绪中自我解脱。整个社会在上元似乎都陷于悲苦之中，作者以为自己则是超脱尘俗的。说"无恙"实是自我嘲讽，意味着国亡后的偷生苟全，过着闲静的生活：香炉里焚烧着柏树子，发出浓郁的香气；煮茶品茗，尝试卢仝所说的七碗茶。唐代诗人卢仝《走笔谢孟谏议寄新茶》云："一碗喉吻润。两碗破孤闷。三碗搜枯肠，唯有文字五千卷。四碗发轻汗，平生不平事，尽向毛孔散。五碗肌骨清。六碗通仙灵。七碗吃不得也，唯觉两腋习习清风生。"煮茶的水声，古人以为有如松涛。宋人苏轼《汲江煎茶》云："茶雨已翻煎处脚，松风忽作泻时声。"作者对于焚香煮茶的僧人生活，暗中感到惭愧和悲伤，所以设想：如果明月来相寻，他已如埋葬于深山空谷，无从寻找了。"暗尘随马"当是指明亡的战争。"星桥"本是传说中银河的鹊桥，北周诗人庾信《七夕》有云"星桥通汉使"。现在战争之后，星桥拆去，无法通汉使了。经过战争和国难，自己与旧王朝失去了联系。这两个隐喻里包含着国家灭亡后的悲哀和绝望。

　　词的下片紧接上片所寓的亡国之痛，而继之表现个人家庭在历史巨变中所遭到的不幸。关于素馨花，宋人吴曾说："岭外素馨花，本名耶悉茗花，丛脞么（幺）麽，似不足贵，唯花洁白，南人极重之。以白而香，故易其名。妇人多以竹签子穿之，像生物，置佛前供养。又取干花浸水洗面，滋其香耳。"（《能改斋漫录》卷十五）素馨花开遍的田间路上，作者曾有一段美好生活的回忆。"当年梦"便点明是在回忆往事。"金屋藏娇"用汉武帝作金屋以贮阿娇故实，比喻家有娇美之姬妾。这已成了当年的梦，而今梦醒了，一切都不存在。作者遂由感旧的情绪而引起伤今。"漆灯"乃为亡人照明之用。春秋时，吴王阖闾夫人墓周围八里，"漆灯照烂如日月焉"（《述异记》）。"蔗"即甘蔗。现在梦醒后，见不到漆灯再明，也不见甘蔗生的幼苗，非常晦涩地叙述了妻妾失散亡故、子嗣断绝的严酷现实，表现了家破的情形。国亡家破竟是如此紧密地联结一起，词人因而对人生感到了绝望。削发为僧，隐埋空谷，正是这绝望心情的反映。从前豪华富贵的珠围翠绕的生活像短暂的时光一样很快逝去，而今心事迟暮，行将就木，更不知今后有谁能洒酒祭扫孤坟了。"钟鸣漏尽"语出《三国志》卷二十六，田豫说："年过七十而以居位，譬犹钟鸣漏尽而夜行不休，是罪人也。""抔土"指坟茔。"浇"即酹酒而祭之意，宋人戴复古妻《祝英台近》词云："不相忘处。把杯酒、浇奴坟土。"作者以艰涩之语补足了现实的痛苦心情，表现出晚年的孤寂悲凉。可见这位僧人，尘俗之念尚未尽净，而仍有情感的波澜。词情至此，已将悲伤的情绪推到了高潮。结尾处以虚拟的方式，又让词的情绪低落下去，而表现得却更缠绵了：悲伤之情像门前流水一样，夜夜朝朝，无有断绝。

全篇以"上元风雨"为题，逐步展开了对国亡家破后悲伤情感的抒写，历史的内容深蕴而丰富，曲折地表达了明末志士隐微而深厚的爱国情感。作者难忘的不幸遭遇和积蓄的怨恨，在沉埋多年之后突然在元宵风雨时触发，因而词情痛切感人。词中用了大量的冷僻事典和词语，使词意晦涩难解，而几个对句特别工稳贴切，结构绵密完整，这些都说明作者在艺术上的苦心经营。无论就思想还是艺术而言，此词应是清初词坛的佳作。可惜金堡的作品在清初遭禁毁后，流传的很少。

叶小鸾

叶小鸾（1616—1632），字琼章，又字瑶期，江苏吴江（今苏州）人。叶绍袁、沈宜修之第三女，自幼聪慧，善诗词书画。聘于江苏昆山张氏，未嫁而殁。有《返生香》集，一题《疏香阁遗集》。

谒金门

情脉脉。帘卷西风争入。漫倚危楼窥远色。晚山留落日。

芳树重重凝碧。影浸澄波欲湿。人向暮烟深处忆。绣裙愁独立。

作者是一位有很高文艺修养的才女，可惜她未嫁而殁。她常在词里表现女子的青春的苦闷，低沉而细微。这首小词已显示了其令人窒息的生活环境，预兆一个年轻生命的枯萎。

词的起句是全篇的基调。"情脉脉"即含情不语之状。古代有良好教养的闺秀是不宜外露自己强烈的情感的，脉脉不语是对情感的压抑。作者在其《虞美人》词里曾叹息"顾影浑无伴"，流露了对情爱的渴求。此词中的"情"也属这种性质，既无明确的对象，而又有强烈的追求，矛盾而痛苦。所以作者极力表现环境对人性的禁锢和内心丰富的情感。这一切都以细致之笔逐层展开。从"帘卷"而可知主体是在深闺之中，若是不卷帘，则一点新鲜的空气也不会放入。"西风"点明季候，它往往带来悲凉之感，引起悲秋的心理。"漫倚危楼"暗示从室内到室外，室外的空间也是狭小的，被高楼栏杆所限。"危楼"即高楼。漫无目的去倚栏是无聊的精神状态。凭栏远眺可以舒展内心的郁结，但主体仅仅是"窥远色"。"窥"是从缝隙里探看，或暗中观察。这正体现深有教养的大家闺秀的举止有度。远处的景象是没落的，晚山欲留落日而势不可能，因而这远眺并不能给人愉悦的印象。下阕的过变描写近景，上下阕之间连接紧密，词意连贯。"芳树"指花木，它们在落日的余晖中映成浓重的碧绿色，其倒影映入澄明的水面如晕染一般特别鲜泽。"湿"字用得工巧而夸张，是丰富的联想所致。对景物的细致观察与描写，正表现主体在极寂静的环境中的无聊的心态。晚山落日的景象是很短暂的，一切景物迅即都笼罩在暮烟暝霭之中。由"落日"到"暮烟"，词描写了时间的变化与景色的更换，表现技巧是很纯熟的。"人"，即抒情主体，对着茫远、模糊、暗淡而又神秘莫测的暮烟深处，对着它"忆"。"忆"的具体对象被省略了，也许根本无具体对象，只是一种渺茫的思忆与追求。"忆"与词的首句"脉脉"相照应。脉脉不语，实是在思忆，而这又是不宜明白地表达出来的。如果是对欢乐的留恋，或是对美好时光的回味，或是对未来幸福的憧憬，思忆就将是令人愉快的。然而词中的女主人公的思忆却是苦涩的，因为她本来就未体验过生命的美好，而只感到难以忍耐的青春时期的苦闷。结句"绣裙愁独立"形象地深化了词意，描绘了一位大家闺秀愁怨而孤独的可怜形象。她在暮色渐浓时仍独自高楼倚栏，脉脉不语，让"忆"与"愁"慢慢销蚀着年轻的生命。

这首小词的词意优雅，表现工巧含蓄，婉约空灵，可见作者高度的文学才华。我们亦由此看到封建制度、封建礼教，以及传统文化的消极因素对青年女子的损害。正因作者是受到深厚的传统封建文化环境的熏陶，无力摆脱层层的怪圈，无法改变个人的命运，只有在压抑中死亡，失去了人生应得到的幸福。如果从传统词题着眼，此词可归入闺怨的题材，然而其意义绝非一般闺怨所能包含的。

贺双卿

贺双卿（1715—?），女，字秋碧，江苏丹阳（今属江苏镇江）人。年十八，嫁金坛（今属江苏常州）周氏子。夫暴姑恶，双卿受虐待劳瘵而死。双卿凤慧，能诗词，多自伤生活遭遇之不幸，哀婉动人。无纸墨，诗词悉以粉笔、芦叶书之。后人辑有《雪压轩词》。

凤凰台上忆吹箫

寸寸微云，丝丝残照，有无明灭难消。正断魂魂断，闪闪摇摇。望望山山水水，人去去、隐隐迢迢。从今后，酸酸楚楚，只似今宵。　　春遥。问天不应，看小小双卿，袅袅无聊。更见谁谁见，谁痛花娇。谁望欢欢喜喜，偷素粉、写写描描。谁还管，生生世世，夜夜朝朝。

关于此词的本事，清人史震林说："邻女韩西新嫁而归，性颇慧，见双卿独春汲，恒助之。疟时坐于床，为双卿泣。不识字，然爱双卿书，乞双卿写《心经》，且教之诵。是时将返其夫家，父母饯之，召双卿，疟弗能往。韩西亦弗食，乃分其所食，自裹之遗双卿。双卿泣为《摸鱼儿》词云（词略），以淡墨细书芦叶，又以竹叶题《凤凰台上忆吹箫》。"（《西清散记》卷三）双卿的《摸鱼儿》题为"谢邻女韩西馈食"，《凤凰台上忆吹箫》则是为别韩西而作的。在双卿的生活中，也许只有这位女友才真正同情她，使她暂时感受到人间的一点温暖。因此，与女友的分别使她堕入了绝望的深渊。

起笔写薄暮景象：天空一点即将飘散的微云，一丝落日的余晖，时有时无，忽明忽灭，却又难以遽然消失。这是种没落的景象，与词人病中的特殊感受有关。日薄西山，气息奄奄，它使词人联想到生命之火即将熄灭。女主人公正为疟疾所苦，恶寒恶热，在死亡线上挣扎，所以觉得神魂消断，生命像油灯将尽，微弱的光焰闪闪摇摇。描述病情之后，继写与女友离别的凄苦场面。"望望山山水水，人去去、隐隐迢迢"，化用唐人杜牧《寄扬州韩绰判官》诗"青山隐隐水迢迢"句，谓友人渐行渐远，山水相阻，后会难期。下文悬揣别后的痛苦。刚离别的第一个夜晚固然是"酸酸楚楚"，但凭着生活经验来判断，今后的心情也不会好起来。

过变很突然的一个短句"春遥"，表示了一种绝望的心情：美好的春天太遥远，不容易等待。当人们在世间有怨难诉时，总是以无可奈何的心情举首问天，希望有一个主持公道的至高权威。"问天不应"是弱者绝望的痛苦。"袅袅"，纤细柔弱之状。纤柔的小小双卿是备受压迫欺凌的弱者，苍天竟毫无恻隐之心，完全不可怜她。故下文便分三层来倾诉自己在人世间的孤苦无告：有谁疼爱怜惜我那像花一样娇弱，当然也像花一般美的病躯呢？少女时代偷着画眉傅粉，欢欢喜喜，天真无邪的往事已一去不复返，再也没有了重温的希望。今生今世，日日夜夜，无尽的病苦，更有何人照料？这些都表明她完全失去了一位妇女应有的正常的生活权利，人生对她太不公平。连着三个问句，将全词悲怨而压抑的情绪逐步推向了高潮。后人辑双卿之作为《雪压轩词》，正像南宋人辑朱淑真诗词为《断肠集》一样，仅此命名即象征着她们的不幸。在冷酷而愚昧的环境里，我们的女词人确实就像被积雪压死的一朵柔弱的小花。

此词以使用日常口语见长，自然而絮絮地诉说，非常细腻地表达出作者内心的抑郁悲苦。宋代女词人李清照之名作《声声慢》连续使用了七对叠字，被词家推为绝唱。双卿此词却用了二十二对叠字，更可谓穷极工巧。这表现了作者艺术技巧的高度纯熟，也显示了汉语的特殊与美妙。一连串的叠字造成了回环、柔婉与绵延的艺术效果，很有感染力。读了这首词，只要是有同情心的人，都会为女词人在封建社会的残酷折磨下所发出的哀吟而一洒堕睫之泪。

惜黄花慢

孤 雁

碧尽遥天。但暮霞散绮，碎剪红鲜。听时愁近，望时怕远，孤鸿一个，去向谁边。素霜已冷芦花渚，更休倩、鸥鹭相怜。暗自眠。凤凰纵好，宁是姻缘。　　凄凉劝你无言。趁一沙半水，且度流年。稻粱初尽，网罗正苦，梦魂易警，几处寒烟。断肠可似婵娟意，寸心里、多少缠绵。夜未闲。倦飞误宿平田。

贺双卿是清初一位很不幸的女词人。雍正十年（1732），年十八，嫁与樵家子周某。周某长双卿十余岁，极为暴虐，其母——亦即双卿的婆婆也十分凶恶。双卿貌美而多才，性情柔顺而体弱，在夫家终因不堪虐待，劳瘁至死。这首词咏"孤雁"，据说双卿"暮时左携帚，右挟畚，自场归，见孤雁哀鸣投圩中宿焉，乃西向伫立而望。其姑自后叱之，堕畚于地。双卿素胆小，易惊，久疾益虚损，闻暗响即怔忪不宁，姑以此特苦之，乃为《孤雁》词"（《西青散记》卷二）。古代诗词里有不少咏孤雁之作，但像这样婉曲地寓写封建制度及封建礼教重压之下一位普通劳动妇女之悲惨命运的作品却不经见。清代词论家陈廷焯说："读竟令人泣数行下。"（《白雨斋词话》卷五）可见它具有很强的艺术感染力。

词的开始描绘了一个美丽的黄昏。远处是碧色的晴空，晚霞如剪碎的罗绮一般红艳而鲜明。在这背景下出现的孤雁与环境是很不协调的。作者似有意如此布局，以示它的出现很不适宜：给美丽的黄昏染上几分凄凉。"听时愁近，望时怕远"二句，写出了作者看见孤雁时的特殊心情，因怕它的哀鸣而愁它飞近，因同情它的孤零无依而怕它飞远。这孤雁却也似在凄苦徬徨，不知飞向何处是好。至此，作者正面接触词题，而着重抒写孤雁的凄苦徬徨的心理。在古代民间词中以鸟类为题材的作品往往用拟人化的方法，使它与作者对话，如敦煌曲子词《鹊踏枝》的灵鹊和宋代无名氏的《御街行》的孤雁，写人与它们直接对话，以特殊的方式表达了人的情绪。双卿也采用了这种拟人化的方法，而与孤雁相互对话。为何徬徨呢？孤雁说，水渚的芦花丛已盖上了寒霜，无法在那里生活了，不需要鸥鹭等辈来可怜，自己已习惯孤眠，仙鸟凤凰高不可攀，不可能与之结为好的姻缘。这就是它依然孤独地离开芦花渚的原因，但今后的去向又颇难定。通过自诉，孤雁的高傲性格和不幸身世已表达出来了。词的过变与上阕紧密衔接，词意不断。作者听了孤雁的自诉，甚表同情，她以处逆为顺、自我忍受的人生哲理来相劝，劝它最好默默无言，只要有维持生命的最低生活条件——一沙半水便忍耐地度日了。这反映了作者的人生态度。孤雁再次诉说苦衷：稻粱已没有了，只有几处寒烟，还经常担心弋者网罗的捕捉，伶仃孤苦，胆战心惊，所以只得离开那个贫乏而险恶的环境。现在我们对于孤雁的徬徨可以理解了：它留恋故地，情意牵连，但不得不离去，而又走投无路，到了一种绝望的困境。"婵娟"此指情意牵连之状，出自南朝文人江淹《去故乡赋》"情婵娟而未罢，愁烂漫而方滋"。结果这只孤雁的命运更悲惨了。入夜后它飞得太疲倦，"哀鸣投圩中"，不择地而落下，谁知误宿在荒野平田。这里竟连"一沙半水"也没有，它必将因困倦饥寒而死去。词的结尾虽未写出这层意思，但已经暗示这悲剧的必然了。

　　此词的寄托之意是较为明显的。孤雁的贫困险恶环境，凄苦徬徨的心情，因走投无路而误宿平田的悲剧命运，这些正是作者自己一生的写照。它以咏物方式和拟人方法表现出来生动形象，词意细腻婉约，而且层层深入。前人从儒家"温柔敦厚"的诗教观点来理解此词，认为词旨"悲怨而忠厚"（《白雨斋词话》卷五），这是误解。事实上词中的悲怨之意已达到惊心动魄的程度，它是普通贫苦女性身陷绝境的最后的呼声。我们可以想见，作者双卿终如这只孤雁一样在"平田"结束了悲苦劳瘁的一生。

顾景星

顾景星（1621—1687），字赤方，号黄公，湖北蕲州人。自幼颖悟，时称为神童。晚明贡生，明亡后归隐。清康熙十八年（1679）举博学鸿词科，因病不试，杜门息影。著述甚富，有《白茅堂集》。

柳梢青
题边庭夜宴图

班超老去，文姬归晚，一样天涯。帐外云山，尊前明月，膝上琵琶。　　长城高隔中华。费版筑、秦家汉家。一片金筋，数声玉笛，几阵黄沙。

词人为题《边庭夜宴图》而作，此图及作者已不可详考，据词的上阕所描述，它当是在边境军幕里举行夜宴，以庆贺出使异域者的归来。东汉明帝永平十六年（73），班超出使西域，他在西域三十余年，官至都护，封定远侯。年老归国，至洛阳，随即病卒。东汉末年，蔡邕之女蔡琰，字文姬，于战乱中为乱兵所掳，再嫁匈奴左贤王，生二子，居留匈奴十二年。曹操念蔡邕无后，遣使以金璧赎归。词人借古代班超和蔡琰晚年归国之事，意在表现出使者归来的荣耀，但"老去"和"归晚"又似对出使者皓首始归的叹惋。当他们返汉之时，在边地也曾举行过盛大的庆祝宴会。图中所绘的情景略相仿佛。班超立功西域，宣扬了汉帝国的国威；蔡琰被俘身陷匈奴，是汉帝国的耻辱。这二者归来的性质是不同的，词人有意牵连一处，其态度颇为暧昧，带有一种嘲讽的意味。此调形式特点全在上下阕后半各有三个四字的对句鼎足，并列意象，不加说明，让读者去体会它们的含义。词人仅平淡地再现了边地图像：营帐外有高耸的云山，表明是在边境；举杯望明月，表明在夜宴；琵琶的演奏，表明是在歌舞庆祝。这里没有对盛大场面和宴乐氛围的热烈表现，而是异常冷静地描述，显然词人是无意于祝颂的。

作者在下阕忽然由画面而兴发对历史的感叹，转入抒情。长城是中华文明的象征，远在春秋战国时，各国为了互相防御，在险要之地修筑长城。秦统一中国后为了防御北方匈奴的南侵，将秦、越、燕三国北边长城修缮相连为万里长城，此后汉代又加筑过。长城使中华的汉族和北方的少数民族分隔，战争仍然不断。历史上的北朝、元朝和清朝都以北方民族入主中原，长城在事实上没有起到应有的作用。关于这层意义，作者并未发挥，词意深蕴。结尾的鼎足对句，貌似写实，实为虚拟，因为乐音与起落的风沙在图画中是见不到的。所以筚声、笛音和风沙的意象超越了现实的画面，表现为作者对边地的想象。筚是汉代流行于西域一带的乐器，以竹为之。唐代诗人岑参《胡筚歌送颜真卿使赴河陇》云："君不闻胡筚声最悲，紫髯碧眼胡人吹。"笛是汉族的古乐器，李白《塞下曲六首》"笛中闻《折柳》，春色未曾看"，意谓笛吹《折杨柳》之曲，而边地却不见春天。这两种乐音在边地响起，似意味着长城内外民族的融合，朔风掀起几阵黄沙，无疑又使边地显得苍茫和凄凉了。

此词的艺术表现简洁朴实，词意深刻而又扑朔迷离，作者对两组对句的处理表现了艺术技巧的精熟。作者是明代诸生，入清后拒不出仕，隐遁江湖。在这首题画词里，作者微妙地表现了民族意识，而对历史的必然有一种无可奈何的感伤，以弦外之音流露。在清初文字狱盛行之时，我们是可以理解的。

陈维崧

陈维崧（1625—1682），字其年，号迦陵。江苏宜兴人。清康熙十八年（1679），召试博学鸿词，由诸生授检讨，参加修《明史》，越四年卒。有《湖海楼词集》传世。

师师令
汴京访李师师故巷

宣和天子，爱微行坊市。有人潜隐小屏红，低唱道、香橙纤指。夜半无人莺语脆，正绿窗风细。　　如今往事消沉矣。怅暮云千里。含情试问旧倡楼，奈门巷、条条相似。头白居人随意指，道斜阳边是。

此词为陈维崧"汴京怀古"十首之一。作者中年家遭变故。饥驱四方，于康熙八年（1669）曾短期流寓北宋故都汴京（今河南开封），词即作于此期间。自南宋以来，宋徽宗与汴京名妓李师师的故事便盛传民间，凡到汴京的文人每多记起这段传说并去寻访李师师遗迹。据历史文献记载，宣和元年（1119）九月，蔡攸劝徽宗说："所谓人主，当以四海为家，太平为娱。岁月能几何？岂徒自劳苦！"徽宗"纳其言，遂微行都市，妓馆、酒肆，亦皆游幸"（《续资治通鉴长编拾补》卷四十）。北宋灭亡之前夕，靖康元年（1126）正月，钦宗御笔圣旨，籍没李师师等"曾祗应倡优之家"的家财（宋汪藻《靖康要录》卷一）。可见李师师确属"祗应"过皇帝的。南宋时流传的传奇小说《李师师外传》和话本《大宋宣和遗事》都很详细地记述了徽宗与李师师的遗事（当然，作了一些夸张和虚构），宋人笔记里也记述了一些传闻。此词上阕，便主要是依据传说追溯徽宗微行游幸李师师家的风流韵事。

宣和，为徽宗年号（1119—1125）。当时李师师以小唱技艺在汴京红极一时，徽宗亦为之倾倒，竟微行坊市，数幸其家。"有人"二句摹写师师初见徽宗的情态，她隐于小屏后，约略映出红装。这显示师师非同市井一般庸下妓女。尤其她轻声低唱，"纤指破新橙"（周邦彦《少年游》），更令徽宗意荡魂销。南宋张端义《贵耳集》卷下："道君（徽宗）幸李师师家，偶周邦彦先在焉，知道君至，遂匿于床下。道君自携新橙一颗，云：'江南初进来。'遂与师师谑语。邦彦悉闻之，隐括成《少年游》云：'并刀如水，吴盐胜雪，纤手破新橙。'后云：'严城上，已三更。马滑霜浓，不如休去，直是少人行。'李师师因歌此词。"按《少年游》确为周邦彦所作，但这则本事却纯属附会。当然，陈维崧作词时不必深考，他只是联想到当年许多风流遗事。由"纤手破新橙"，作者又联想到徽宗留宿的情况，并对此作了富于诗意的描述。"夜半无人莺语脆"乃由白居易《长恨歌》"夜半无人私语时"化出。"莺语"，喻师师之娇语如莺声之脆溜，暗示其承欢之意。"绿窗"借指娼家。"正绿窗风细"，写皇帝不在宫中而是宿于娼家了。上阕虽然正面描述宣和遗事，但却隐含了对封建帝王的嘲讽之意，而对师师则是有所同情的。她本来就是不幸的风尘女子，北宋灭亡，她并没有什么责任，何况她后来又被抄没家产而流落到江南去卖艺了。

过变作者以"如今往事消沉矣"的深沉感叹由怀古转到伤今。以下便着重发挥"往事消沉"之意。第一层，以"暮云千里"的没落渺远景象，表示往事淹没在历史的苍茫之中，这使词人产生无限惆怅的意绪。第二层，以师师故居之无从寻访辨识，暗寓繁华衰歇、青春难驻的人生虚无之感。"含情"既有对李师师怜惜与同情之意，而且还带有文人的自命风雅。关于李师师故宅遗址，明代开封地方文献《如梦录》记云："大梁驿，原是宋时小御巷风铃寺故基，徽宗行幸李师师之处，僭称师师府。"故址在今开封馆驿站路北。宋以后，开封几经兵火与大水，北宋故都面貌已不复存。词人匆匆寻访李师师故巷而难以辨识，这更增加了"往事消沉"之感。最后一层意义在于说明汴京的人们已不知道这段往事，历史早已被人们忘记了。按理说，"头白居人"是最熟悉地方掌故的，而他们也无法确认这位古代名妓的故居究在何处，只好随意指点。结尾"道斜阳边是"五字，将"往事消沉"之意表达得淋漓尽致。而整个下阕突出了历史的沧桑与人世的虚无之感，使词的思想达到了一个哲理的高度。在艺术表现上，又较为空灵而含蓄，余意不尽，发人深思。

高 鹗

高鹗（约 1738—约 1815），字兰墅，号研香，别署红楼外史，汉军镶黄旗人。祖籍辽宁铁岭，清军入关后，徙居北京。乾隆六十年（1795）进士。历官内阁中书、典籍、侍读、江南道监察御史，官至刑科给事中。以小说名家，今传一百二十回本《红楼梦》，后四十回即由高鹗续补。亦能诗词，有《高兰墅集》《月小山房遗稿》。其词多儿女之情，秾丽缠绵，近乎《花间集》。又曾撰《吏治辑要》。

金缕曲

不见畹君三年矣。戊申秋隽，把晤灯前，浑疑梦幻。归来欲作数语，辄怔忡而止。十月旬日，灯下独酌，忍酸制此，不复计工拙也。

春梦年来惯。问卿卿、今宵可是，故人亲见。试剪银灯携素手，细认梅花妆面。料此夕、罗浮非幻。一部相思难说起，尽低鬟、默坐空长叹。追往事，寸肠断。　　尊前强自柔情按。道从今、新欢有日，旧盟须践。欲笑欲歌还欲哭，刚喜翻悲又怨。把未死、蚕丝牵恋。那更眼波留得住，一双双、泪滴珍珠串。愁万斛，怎抛判？

高鹗作的词只有几十首，以稿本流传。这首《金缕曲》是真实地抒写其私人生活中一件感人的事，亦可见出作者杰出的艺术才能和极其放宕的个性。戊申为清乾隆五十三年（1788），高鹗正是盛年，又过后七年才考中进士。关于畹君，从高鹗戊申同时作的《南乡子》，可知她属于"杨枝"（即柳枝）一类人物，当是风尘中女子；

"今日方教花并蒂"，显然那次相会已了却夙愿。然而他们很快就分别了，所以高鹗写《金缕曲》时感到无比的辛酸，而让真情直率地流露，完全不计工拙，却成了至情的文字。

词写当晚与畹君相会的情形。他们已三年不见，偶然重逢时惊喜不已，抑制不住心情的激动。作者起笔直接写出"相对如梦寐"的感慨。"春梦"是美好而成空的，三年来不知有过几多的春梦，而且已经习惯。这说明别后的绵绵相思之情。偶然的重逢使人怀疑仍如一场春梦。为了证实并非梦境，首先是亲自相问，再挑灯携手，仔细辨认故人妆面。正如宋人晏几道所写的"今宵剩把银釭照，犹恐相逢是梦中"（《鹧鸪天》）。他们相见时"携素手"，说明曾经是很亲密的；"细认梅花妆面"暗示畹君依然妩媚姣好。"罗浮"，山名，在广东境内，风景优美，为道家第七洞天。南朝谢灵运《罗浮山赋》序云："客夜梦见延陵茅山，在京之东南。明旦，得《洞经》，所载罗浮山事，云茅山是洞庭口，南通罗浮。正与梦中意相会。"后遂以罗浮借指意中之梦境。作者辨认体察的结果，完全证实了并非虚幻之梦。既非梦境，而现实的场面更是难堪的，别后的许多事情的变化，一时难以诉说。词意发展到对现实情景的描述。"一部相思"表现别后复杂情形的出现，也许需要用一部长篇小说才能写清楚的，太多了，太复杂了，因而无从说起。双方似乎都能理解这点，没有必要从头到尾再说下去。畹君更是"尽低鬟、默坐空长叹"，这很生动地表现了她当时的痛苦、悔恨与内疚的难言之情。缅怀往事，使她柔肠寸断，难以控制内心的悲痛。这间接反映了风尘女子不幸的命运。

词的下阕继续描述畹君复杂的精神状态。她不愿再去追溯往事，当时是谁的过错很难说清，也无法挽回，因而在樽前努力克制悲伤的情绪。她大胆而真切地坦露心声："道从今、新欢有日，旧盟须践。"显然别后变化很大，高鹗已另娶妻而有新欢了，但他又曾和畹君有过山盟海誓。可以理解，封建婚姻不是建筑在双方的爱情基础上，婚姻的缔结总是出于各种社会利益的考虑，而真正的爱情常常是在合法的婚姻之外的。作者在词里更多的是描写畹君的心情，以表现她的一片真情和他们之间的相互知心。虽然他与新欢相处的日子会很长的，但也应实践旧盟，以了却一段相思之债。这个愿望由畹君提出是十分不容易的，表现了她勇敢地追求幸福，为此愿付出牺牲，而且义无反顾。畹君的形象在我国诗词中确属罕见，其热情直率是很可贵的，尤其是在封建礼教的束缚下。她当晚意绪纷乱，情感复杂。作者以"欲笑欲歌还欲哭，刚喜翻悲又怨"极其细致生动地表现了她再也不能抑制自己的情感了，要让它充分地发泄，在知己面前毫不掩饰自己纯真的个性。唐代诗人李商隐的《无题》诗有"春蚕到死丝方尽"之句，以表现真挚缠绵的爱情，作者借用"未死蚕丝"以喻难忘的旧情，它而今全被牵动了。古代多以珍珠比喻女性晶莹的眼泪，珠泪成串则极言流泪之多，如敦煌曲子词《天仙子》"泪珠若得似真珠，拈不散。知何限。串向红丝应百万"。畹君终于忍不住满眼泪水，似落下串串珍珠。这晶莹的泪是因悲伤还是幸福而落，很难判断，而确是发自内心的真情。人在过分幸福欢悦时也会流泪的，何况他们相聚之不易，而后会则更难期了。这次的相会虽然幸福，结果必然留下新愁。斛为古代量器，十斗为斛，南宋以来改为五斗为斛。"愁万斛"极言愁之多而难以衡量，且难以忘掉。上下两阕的结尾，互相呼应，很强烈地表达了作者的辛酸与痛苦。

高鹗以辛酸之情写下此词，整个情事都充满了悲伤的气氛，表现了情事的不幸，尤其是畹君的不幸。作者顺着当时意识的流程，采取线性的叙述方式，写得真情感人，描摹女性特定环境下的心理状态非常细致而真实。词中叙述角度的反复转换，自然工巧，体现出作者高度的艺术表现能力，文字不求工而达到了极工的境地。词中的情事反映了作者无视封建礼法的束缚，大胆地追求爱情幸福，而且也暗示了各种传统社会力量给这情事笼罩着的阴云，因而在欢聚时总是有痛苦辛酸之感。在词中，作者有意省去了某些艳情的描述，达到了艳而不亵的境界，保持了基本情调的统一，艺术效果非常突出。

梁启超

梁启超（1873—1929），字卓如，号任公，又号饮冰室主人，广东新会人。清代光绪十五年（1889）举人。参加戊戌变法，政变后流亡日本，晚年讲学于清华学校。著有《饮冰室合集》。

贺新郎

　　昨夜东风里。忍回首、月明故国，凄凉到此。鹣首赐秦寻常梦，莫是钧天沉醉。也不管、人间憔悴。落日长烟关塞黑，望阴山、铁骑纵横地。汉帜拔，鼓声死。　　物华依旧山河异。是谁家庄严卧榻，尽伊鼾睡。不信千年神明胄，一个更无男子。问春水、干卿何事？我自伤心人不见，访明夷、别有英雄泪。鸡声乱，剑光起。

1898 年戊戌政变失败后，梁启超逃亡日本，主办《清议报》，又主办了《新民丛报》，继续向民众鼓吹维新自强，奋起救亡，反对封建专制主义。1902 年，他在《三十自述》中说："呜呼，国家多难，岁月如流，眇眇之身，力小任重。……此后所以报国民之恩者，未知何如？每一念及，未尝不惊心动魄，抑塞而谁语也。"他的忧国忧民的心情在这年春天作的词里得到了曲折而深刻的表达。

作者虽流亡海外，却热切眷念祖国。词的起笔融化了南唐后主李煜《虞美人》"小楼昨夜又东风，故国不堪回首月明中"之意。这非常切合当时环境，而且运用得极为自然，尤以"凄凉到此"表现了个人独特的情绪。只有离别家国，身在天涯的游子才可能产生一种难以忍受的凄凉之感。这凄凉的感情里包含着几多的失望、痛苦和悲愤。它们远远超越了个人的不幸，表现出作者对国家和民族命运的关注。此词的内容涉及了国家现实的重大问题，而词这种抒情体式又自有其特殊的要求；因此作者多用历史事典，使词意曲折幽隐，但熟悉其历史文化背景的读者还是可以理解的。"鹑首赐秦"，意指清末统治者的愚蠢、昏庸和软弱，以致将祖国河山任随西方列强割取。"鹑首"，乃十二星次之一，与十二辰中的未相对应，古以为是秦国疆土的分野。汉代张衡在《西京赋》里曾说：天帝召见秦缪公，于宴会上使用钧天广大之乐，九奏万舞，当其沉醉之时便以鹑首分野之地赐予了秦国。古代的天帝与末代的封建统治者何其相似，他们都是不管人间或民众的苦难的。在作者的想象中，清王朝已将中国弄到日暮途穷了：辽阔的大地上，但见落寞荒凉的景象，一片黑暗，烽火不熄，胡骑纵横。阴山，绵亘于内蒙古境内，与兴安岭相接，汉代的匈奴常据此以扰边境。唐代诗人王昌龄《出塞二首》诗有云："但使龙城飞将在，不教胡马度阴山。"当时的中国既无雄才大略的汉武帝，也无龙城飞将李广，以致八国联军可以恣意横行。"汉帜拔，鼓声死"，《史记·淮阴侯列传》谓"拔赵帜，立汉赤帜"，此处反用其意，军中旗帜被敌人拔去了，战鼓沉寂无声了，这不意味着国家危在旦夕吗？词的上阕极其概括地描述了中国危亡的态势，在结句里将它推到了极致。字里行间流露着对封建统治者祸国殃民的斥责，而且是义正词严的。

词的下阕抒写词人痛苦的心情与自我激励的意志。词的过变处以感叹的方式总结上阕的词意。东晋之初，过江的士大夫们，相聚于新亭时曾叹息："风景不殊，正自有山河之异。"他们感慨今昔，相视流泪。词的作者也有这种类似的感觉是很自然的，但是他却不愿像失败的弱者那样新亭泣泪，而是奋起救国之志。北宋建国之初，宋军攻取南唐，兵围金陵（南京），南唐使臣徐铉使宋，请求撤兵。宋太祖赵匡胤说："天下一家，卧榻之侧，岂容他人鼾睡耶！"（岳珂《桯史》）作者借用这个典故，意在表示：不容许西方帝国主义割据中国，必与西方列强，势不两立。"一个更无男子"句，语本后蜀花蕊夫人《述国亡诗》，诗云："君王城上竖降旗，妾在深宫那得知？十四万人齐解甲，更无一个是男儿！"世传此诗乃花蕊夫人蜀亡后入宋太祖后宫，太祖问而作者。梁启超也坚信炎黄子孙总有一个血气的男子，在庄严卧榻之侧是不容敌人鼾睡的。这当然是他的以身自许。如果这样的仁人志士多了，中国就有希望。但他确又痛苦地感到"力小任重"。词意至此，由昂扬激烈忽转低沉感伤。南唐词人冯延巳的《谒金门》名句"风乍起，吹皱一池春水"，中主李璟戏问他："吹皱一池春水，干卿何事？"这本是一则词坛佳话，作者借用它表示矛盾的心情：国家民族的命运与个人何干，个人又有何能力去改变它吗？这种矛盾所引起仁人志士的内心痛苦与困惑是很深刻的。所以作者婉曲地透露了个人的伤心情绪，而且并不愿让那些听他热烈的演说和读他锋锐的文章的国民所知道。他的伤心有似清初写《明夷待访录》的黄宗羲。《周易·明夷》："箕子之明夷。"此意谓箕子有明德而逢纣之恶，乃以明为暗。黄氏当易代之际，自感不遇，又不欲仕，因以"明夷"为其政治论著之名，"明夷"似亦有"明遗"之意，谓自己乃明代遗民也。梁启超对《明夷待访录》的著者深表理解，有壮志难酬、英雄失意之感。他在日本时，曾有缘与华商之女何蕙珍相识，相互爱慕，而却谢绝了她以红巾翠袖为之一揾英雄泪。在全词结句里，作者克服了矛盾的心理，以拯救国家民族的命运为己任，对现实的困难处境采取了积极的态度：闻鸡起舞。

东晋时祖逖与刘琨，相勉为国效力，磨砺意志，半夜听到鸡叫，便立刻起身舞剑，以锻炼建立事功的本领。梁启超在 1900 年作的《纪事二十四首》有云："猛忆中原事可哀，苍黄天地入蒿莱。何心更作喁喁语，起趁鸡声舞一回。"可见他在日本时，报效祖国之志是一贯的，尽管他尚未找到正确的革命道路。也许正因为这样，他才感到特别的凄凉与孤独。

此词受辛派词人的影响甚为明显，具有豪放的意度和悲壮激烈的情调，但却无粗率叫嚣之失。它是作者精心结构的，词意曲折深沉，最善于融化事典，点铁成金，在艺术上达到了纯熟精美的境界，是清末的特定环境下的杰出的爱国词篇之一。

赵 熙

赵熙（1867—1948），字尧生，四川荣县人。清光绪十八年（1892）进士，授编修。辛亥（1911）秋四川保路运动时，为京官代表。辛亥革命后在四川各地书院讲学。词集有《香宋词》传世。

婆罗门令

一番雨滴心儿醉。番番雨便滴心儿碎。雨滴声声，都妆在、心儿里。心上雨、干甚些儿事？　　今宵滴声又起，自端阳、已变重阳味。重阳尚许花将息，将睡也，者天气怎睡？问天老矣，花也知未？雨自声声未已，流一汪儿水，是一汪儿泪。

词有序云："两月来蜀中化为战场，又日夜雨声不绝，楚人云：'后土何时而得干也！'山中无歌哭之地，黯此言愁。"这为理解此词留下重要线索。1916年5月四川宣告独立，8月初护国军领袖蔡锷因病离四川赴日本就医，滇军将领罗佩金任护理四川督军兼省长。罗佩金违反蔡锷意愿，贯彻黔军军阀唐继尧控制四川的军阀割据政策，引起了滇黔军阀与四川军阀的混战。1917年3月罗佩金布置以武力解决第二、四两师；4月派出各路军队分别攻打川军刘存厚、钟体道，自夏至秋战火蔓及全川，而成都尤为各派军阀争夺之中心。赵熙此时在家乡荣县，秋初阴雨连绵，为蜀中化为战场而忧虑，遂有"皇天淫溢而秋霖兮，后土何时而得干"（宋玉《九辩》）之感。词人无处歌哭，即写下此词以寄愁。显然，这愁不是一般的个人闲愁，但在词中作者却有意地隐去了现实背景，仅淡淡地抒写阴雨声中的愁苦情绪，全词围绕听雨而展开。

　　词的上阕泛写一般的雨声。久旱时一次大雨，如降甘霖，听到这种雨滴声会令人喜悦陶醉。"番番雨"指阴雨连绵不绝，听淫雨淅沥之声则会令人感到苦闷感伤而如心碎一般。文学作品往往将自然的雨声作为某种社会性的象征，因而写大雨和阴雨是否与川中的社会现实有某种联系便引人联想了。"雨滴声声，都妆在、心儿里"，雨声全部装在心里。这里词意确实有了一个转折，将雨声的自然性，暗转为社会性。结句是对上句的否定，词意又出人意料地转折，"心上雨、干甚些儿事"，这里表达的意思是：个人的情绪对社会现实不会发生影响和作用，流露出在动乱年代里孤独的心情和无所作为之感。

　　上片写雨滴声使人心碎，就词来说，是在"蓄势"，为下片的展开作铺垫。"今宵滴声又起"，承上面又深入一层，直写现实。就气候而言，端午时已经炎热，到九月重阳时便阴冷了。但这一年的气候是反常的，从端阳以来气候便不冷不热，甚至有似深秋。作者作词时正值农历七月初，即感已如深秋重阳的气候。这与入夏以来阴雨连绵有关，又显然借指自端阳至七月初的"两月来蜀中化为战场"之事，蔓延不断的军阀混战与连绵的阴雨似乎结成一气。因而作者听到雨滴声就联想到无休止的战乱及它给四川人民带来的苦难。由气候近似重阳便联想到重阳虽然多雨，而也有晴时，天公也似乎怜惜秋花，让它略为将息，而不是将它迅猛地摧损。但现在天公竟不像往年那样，而是让人不得安宁，雨滴声没有停息。愁苦深重的人听到雨滴声便心儿欲碎，因而无法安眠。"者天气怎睡"从词序来理解，这应是语带双关的，它暗示了军阀混战使人不能安宁。作者的思路愈来愈奇，遂因天气坏不能入睡而责问天公。"天若有情天亦老"是唐代诗人李贺《金铜仙人辞汉歌》的名句,词人反用其意,指责天公已老,全无惜花之情,不许花将息。词人却有惜花之意,故问花知不知天公老了,竟如此糊涂无情。这一连串奇妙的联想都形象而真实地表达了词人纤细的愁苦情绪。全词的结尾就将词旨表达得甚为清楚了:不停息的雨滴声,自然在庭前蓄积了不少的雨水,它确是词人的泪水。这里雨与词人的愁苦融混为一,有力地表达了"无歌哭之地,黯此言愁"的现实感受。

此词语言的特点最为突出,全以寻常口语入词,"儿"字起修饰作用,构词相同的词语多次出现,形成全词语言风格的特色。此词在构思上也是细腻纤巧的,因而形成与骚雅苍劲不同的另一种风格,更具柔细的特点,在词史上属于模拟宋代女词人李清照风格的"易安体"。赵熙学"易安体"是很成功的。他之所以采取如此柔细含蓄的表达,是因为"无歌哭之地",不便于直抒胸臆、慷慨言事。

甘 州

寺 夜

任西风、吹老旧朝人,黄花十分秋。自江程换了,斜阳瘦马,古县龙游。归梦今无半月,蔬菜满荒丘。一笠青山影,留我僧楼。　　次第重阳近也,记去年此际,海水西流。问长星醉否?中酒看吴钩。度今宵、雁声微雨,赖碧云红叶识乡愁。清钟动,有无穷事,来日神州。

1916年中秋,赵熙从成都由水路经彭山、青神、乐山,再改由陆路返回荣县,农历八月下旬抵家,重阳前夕在荣县某寺院内写成此词。词以"寺夜"为题,抒写一年来多难多变的生活感慨。自辛

亥革命后，赵熙每以遗老自居，故自称"旧朝人"，且年已五十，更
有衰迟之感。词的开始极写秋日衰残景象，以表达"旧朝人"的心
境。又以黄花晚节自喻，虽然无可奈何地在西风中渐入老境，却也
有自许自负的意味。"自"为领字，词意转折，追叙归程情形。"江
程换了，斜阳瘦马，古县龙游"，在顺序上有些错乱，造成词意恍惚
迷离；本意应是在古县龙游，由江行改换陆行，骑着瘦马，踏上征
途。龙游，古县名，隋置，明代废，即今四川乐山。本来抵家已非
梦境了，而归来十余日仍觉似梦，反映出在乱世中惊惶不安的心
理。赵熙故家老屋边原有空地，自回家以来便常种瓜菜。他离家后菜园
荒芜了，归来十余日则蔬菜已种满。这间接地流露出他在故家所感
到的亲切与适意。上阕的结尾落到词题"寺夜"上来，说青山如笠，
十分可爱（孙觌《崇仁县》诗"万山攒拥天一笠"，以笠形喻山），
遂在山寺僧楼留下了。不说"我留"而说"留我"，显得富有情致。

　　我国民俗以农历九月九日为重阳节，相传于此日登高可以避灾。
词的过变"次第重阳近也"，上承前片"西风""十分秋"，并由此展
开对去年此际的回忆。辛亥革命之初，我国正是多事之秋。1913 年
10 月，袁世凯迫使国会选其为正式大总统，窃夺革命成果。四川的
熊克武、杨庶堪等在重庆发起讨袁之师，且旋即失败。时赵熙寓居
重庆遗爱祠侧礼园（重庆鹅岭公园），因其在川东、川南弟子中多革
命党人，而且他曾对讨袁运动表示同情与支持，四川督军胡景伊以
为赵熙是谋主，急令逮捕，后经蒲殿俊函告梁启超营救才免于难。
1914 年春，赵熙避难返回故乡。1915 年 8 月袁世凯组织鼓吹帝制，
并于此年宣布复辟帝制。"去年此际，海水西流"，即暗指复辟帝制
之事。"海水西流"，在中国是属反常的，作者用以暗喻当时历史的
反动倒退现象。也是去年此际，他曾意气慷慨，"问长星醉否？中酒

看吴钩",表示了对现实的忧虑和义愤。长星为彗星之属,光芒直指,长二至十丈,但不常见。以长星喻浩然正气之士,显然又为自喻。他举酒浇愁,似醉还醒。吴钩乃古兵器,形似剑而刃弯曲,唐诗中多提及,如杜甫《后出塞五首》"少年别有赠,含笑看吴钩"。但这里赵熙是用南宋爱国词人辛弃疾《水龙吟·登建康赏心亭》的"把吴钩看了,栏干拍遍,无人会、登临意",表现出英雄无用武之地的感叹。"度今宵"是词意又一转折,由追忆去年而转到对现实的描写。至此,完全点明作词的具体时间地点,将近重阳的一个夜晚,在家乡山寺僧楼。这个晚上特别凄凉寂寞,触动作者满怀愁绪。尤其苦恼的是,一片乡愁唯有深秋的碧云红叶才能理解。其未表明的意思是:它们都是自然之物,不会理解人的情感,因而实际上没有人懂得他的乡愁。他的乡愁是什么呢?作者并未明白地表述,只在结尾作了暗示。看来这一夜,作者心绪不宁,并未安眠,山寺已敲响晨钟了。这年之初,蔡锷率讨袁的护国军入蜀,但因病很快离去,次年四川便陷入军阀战乱。"有无穷事,来日神州",则已预料到了神州天地即将发生的灾难,尤其是当时的四川。作者忧愁的正是国事维艰,而又感到个人的衰迟无能。词里深刻地表达了一个动乱时代的旧文人的痛苦烦乱的心理。

赵熙有深厚的艺术修养,其词骚雅苍劲自成一体。论者以为其词风与苏轼、辛弃疾和陈维崧相近,但我们就此词而言,它却无豪放词那种粗率的习气,对于词语较为注重雕饰,词意的表达较为含蓄甚至趋于晦涩,努力追求优雅的诗意效果。所以它很难归于豪放词,而自有独特的风格。近世词家叶恭绰以"苍秀入骨"(《广箧中词》卷三)来评此词,则是最为确切的。

附　录

怎样读宋词

　　宋王朝（960—1279）在中国历史上存在了三百二十年。这段时期的文学以词为极盛，其艺术成就亦最突出，因而被誉为"时代文学"。词调今存八百余调，其中百分之八十是由宋人创制的。宋代词人一千四百余家，词存二万余首。宋词的作家作品的数目与唐诗相比约是其一半，若与宋诗相比则相差更大。这是因为词体文学样式的"调有定格，字有定数，韵有定声，法严而义备"（宋荦《瑶华集序》），故创作起来比诗困难得多。它是倚声而作的，要求作者精通音律，否则便可能遭到"不当行"之讥，而那种不谐音律的作品就被视为"句读不葺之诗"（李清照《词论》）了。所以像这样精巧严密、讲究格律的文学体裁能有如此众多的作家作品，在世界文学史上都是值得注意的文学现象。

　　在中国文学史上的几种时代文学之中，宋词的解读是较困难的，因词体比其他的时代文学更为细腻、婉曲、深隐和微妙，确如清人查礼说的"情有文不能达、诗不能道者，而独于长短句中，可以委宛形容之"（《铜鼓书堂词话》）；王国维亦以为"词之为体，要眇宜修，能言诗之所不能言，而不能尽言诗之所能言"（《人间词话》）。宋词是我国珍贵的文学遗产，它距我们约一千年，词乐散佚了，背景模糊了，历史线索散乱了，语言环境变迁了。我们解读宋词必须具备一定的相关的知识，这包括阅读历代词学家关于宋词研究概况、词学、词史的著述，以及其他词学文献。这样，我们对宋词的渊源、体制、内容、发展过程、重要词人和词籍等就会有基本的认识了，但在具体阅读作品时，可能仍会感到许多困惑，不仅初学者如此。我们将宋词视为一个整体，它与唐五代词比较，显然较为细致深刻，甚至有许多晦涩难解的作品，因而自有特色。关于宋词的解读，我在这篇小文里不拟重复一般的词学专著的论述，仅从个人研治的经验，表述一些自以为切实的意见，这样或许对读者更有启发意义。

（一）词体的性质。中国古代凡与音乐相结合的文学称为音乐的文学。词是产生于唐代的配合通俗的流行的燕乐的歌词。它与古代音乐文学的相异之处是"以词从乐"，以音乐为准度而改变了"以乐从诗"的状况。词的形式是长短句，但它不同于古代的杂言体，因为此种长短句是按照燕乐曲——词调的规定有独特的字数、句数、分片、用韵、平仄的严密格律，它是律化的。从音乐文学的观点来理解词体，它是流行音乐的歌词，由女艺人——歌妓在花间樽前以小唱的方式表演，使受众赏心悦目，析酲解愠，满足美感的需要。在这种场合，人们是不愿意以严肃的态度来接受政治教化的，总是喜爱听到歌妓语娇声颤地歌唱文学的永恒主题——爱情。所以宋词在本质上是属于艳科，继承了唐五代的传统。在宋词的发展过程中，虽然经历了北宋中期苏轼的改革和南宋以来的复雅运动，但艳科的性质并未根本改变；所以词体在宋代因托体甚卑，始终被排斥于正统文学之外。我们明白了词体的性质，在解读宋词时便没有必要从恋情词或抒情之作中挖空心思去发掘重大的社会意义或政治寄托，也没有必要从诗歌政治教化的观点来推尊词体，或者以曲解的方式认为它们是符合古代诗人之旨的。这样，我们便可摆脱诸种传统词论的影响而见到宋词的真实面目。

在宋代以后，词乐散佚，通行的曲谱无一幸存。南宋姜夔的《白石道人歌曲》虽然保存了其十七首自度曲旁谱，亦难复词乐之原貌。词体早已丧失了音乐文学的性能，成为纯文学而不能付诸歌喉了。然而词又是中国古典韵文文体之一，当其音乐性丧失之后，宋人倚声填词所形成的声韵格律却有辙可寻，有法可依；这已由清初词学家作了总结，编订为《词律》和《词谱》。当我们现在吟诵宋词时，仍能感到声韵和谐优美，而且每一词调各有声韵的特点。我们现在解读宋词，必须具有一定的词律知识，学会辨识每一词调声情的特点。词的格律比格律诗（近体）复杂得多，给作者带来的束缚与限制也愈多，但正因如此它便愈益形式精巧，变化多样，艺术表现力特强，故为中国格律诗体中之完美者。例如《玉楼春》，此词七言八句，全是合诗律的句子，貌似仄起七律，但它是用仄声韵，而且分为上下两片，其中竟有五个仄起律句的字平仄全同，末两字皆为仄声，造成重复回环，声韵低沉，音节急促的声情特色。它自成一体格律，异于七律，也异于其他词调。这就是诗词之别。其他的词调或不用律句，甚至用怪异的拗句，句子长短参差，更具词体特色。如果我们对此有一定的认识，习于吟诵玩索，将会有助于从艺术形式上把握宋词。

（二）创作的历史线索。唐诗除极少数的无题诗而外，一般是有诗题的，这就留下了诗人创作时的历史线索，使我们可由此去追寻作品的主旨。宋词则大多数作品无词题，特别是小令，这造成作品线索的隐伏。我们解读宋词时，以选择现代词学家的宋词别集笺注本为宜，有助于了解某些历史背景、词的本事、创作的环境。这些可从查阅注释和参考文献而得，于此我不多述。我以为在解读时最感困惑的往往是判断某词的抒情对象和具体的时空，而对它们判断的失误便可能导致理解上的迷乱。

宋词是音乐文学样式，在小唱盛行之时，许多词人应歌妓之求，即兴挥毫，制作新词以付演唱，或者竟是专供歌妓演唱而作。这些词一般是模仿歌妓的语气，此为代言体，表述她们之思想情绪以取悦于男性受众。柳永的代言体如《定风波》《迷仙引》《锦堂春》《少年游》等，其抒情对象是明显的，表达市民女性的离情别绪；但如《满江红》：

> 万恨千愁，将年少、衷肠牵系。残梦断、酒醒孤馆，夜长无味。可惜许枕前多少意，到如今两总无终始。独自个、赢得不成眠，成憔悴。　　添伤感，将何计。空只恁，厌厌地。无人处思量，几度垂泪。不会得都来些子事，甚恁抵死难拚弃。待到头、终久问伊看，如何是。

此词抒情主体为男或女是有歧义的。我以为它是代言体的词，因"伊"并非专指女性的代词，"酒醒孤馆"亦非只是男性的生活，民间歌妓即有此生活情形，而关键在主体思念的"年少"，它在宋词中是指男性青年的，故可断定此词为应歌之作。宋人词话有许多是记述词之本事的，说某词是词坛的一则佳话或词人的一个艳遇故事。这虽为我们解读时提供了线索，但是很不可靠，可能是出于附会而编造的。例如苏轼的《卜算子》传说是为邻女超超而作，《贺新郎》传说是为杭州歌妓秀兰而作，凡此前人已有辨析。我们切莫轻信词话的误导，必须深入理解文本并参考文献而作出判断。宋词的恋情之作，因为其抒情对象基本上是歌妓或其他婚外的女子，于是构成甚为暧昧的关系。作者有意隐去抒情对象，以在一定的程度上保留自己的隐私，这就造成我们难作实质性的判断。北宋名臣如晏殊、范仲淹、欧阳修、王安石、司马光等都有艳词，其对象模糊，让人不易猜测。南宋词人吴文英的恋情词写得最多最好，近世学者提出这些词是其为"去姬"——被遣逐的妾——所作，又有词学家以为吴文英的恋情词是写给他的两个妾，一是苏州的，一是杭州的。我曾考辨过吴文英的情事，以为其苏州的恋人为民间歌妓，杭州的则为某贵家之妾。这样便可能对梦窗词作出不同的评价。可见，我们解读一首词时，判断其抒情对象是具首要意义的。

当我们去进一步理解词意，则主体创作的特定时间与具体空间便成为必不可少的线索。词人深知一首小词的容量非常有限，又力图将思想情感通过形象较为生动地展开。因此，作者在叙事、抒情或写景时总是选择一个具体的空间表达瞬间的感受，它是现实生活中的一个小点。我们须从文本辨析其具体环境与时间，但作者常将现实与往昔、抒情与叙事、幻觉与景物，交互混杂，于是造成重重迷障。李清照的名篇《一剪梅》其抒情环境是室内或津渡，时间是白昼或夜晚，这即是很费考究的。我以为此词的抒情环境是西楼的深秋之夜。词中的"兰舟"为理解全词的紧要之处。若以为"兰舟"即木兰舟，为什么女主人公深夜要坐船出游呢？为什么当其"独上兰舟"时要"轻解罗裳"呢？"兰舟"当是借指床榻。女主人公解衣将眠，闻北雁南归，此时西楼月满，引起一片离愁。作品中留下特定时空的线索是我们解读时的重要依据。当对某词的抒情对象与特定时空有所判断时，便易于理解作品的主旨了。

（三）宋词的艺术表现。中国的音乐文学和古典格律诗发展至宋代已积累了丰富的艺术经验，宋词对此皆有所继承，又有创新。宋词的艺术表现方法和手段多种多样，我于此仅就有助于解读作品的几种略谈。

句法。词体的形式是律化的长短句，句子的构成自由而多变，句法与诗体相异。周邦彦《渡江云·春词》过变的"堪嗟"，姜夔《月下笛》过变的"凝伫"，它们都是两字句，独立完整，承上启下，表示词意的转折。李清照《声声慢》的起三句"寻寻觅觅，冷冷清清，凄凄惨惨戚戚"，连用七对叠字，语意贯串，表现失落与感伤的情绪逐渐加深。陆游《钗头凤》的两结"错错错"和"莫莫莫"每字意义独立，一再重复，表示悲痛与悔疚的强烈情感。宋词中最具特色的是突破句与韵的界限，形成意义丰富、绵密完整的长句，例如：

> 倚危亭。恨如芳草，萋萋刬尽还生。念柳外青骢别后，水边红袂分时，怆然暗惊。（秦观《八六子》）

> 黯凝伫。因念个人痴小，乍窥门户。侵晨浅约宫黄，障风映袖，盈盈笑语。（周邦彦《瑞龙吟》）

> 落日楼头，断鸿声里，江南游子。把吴钩看了，栏干拍遍，无人会、登临意。（辛弃疾《水龙吟》）

> 杜郎俊赏，算而今、重到须惊。纵豆蔻词工，青楼梦好，难赋深情。（姜夔《扬州慢》）

传统词学所讲的句法，尚值得我们细细琢磨。

虚字。某些表示主体意向、情事转折或语意连接的字，在传统词学中称为"虚字"，例如：任、看、正、待、乍、怕、总、问、爱、奈、以、但、料、想、更、算、况、怅、尽、嗟、凭、叹、将、应、若、莫、念、甚。它们在词中作领字使用，连接意群，转换词意，可使词的意脉连贯，空灵多姿。柳永的名篇《八声甘州》使用了"对""渐""叹""想"，周邦彦《兰陵王》使用了"曾""又""愁""渐""念"，张炎的《解连环》使用了"怅""正""料""想""怕"。这样，全词意脉清晰，章法严整，因而成为典范之作。我们善于抓住虚字在作品中的意义和作用，由此去理解作品的内容层次，词意便会渐渐显露出来。

　　结构。词体有单调、双调、三叠、四叠，常用的双调分为上下两片，体制结构与诗体相异。单调如《十六字令》《忆王孙》《如梦令》《望江南》等是点式结构，表述主体短暂单一的某点情绪。长调作品因体制增大，结构趋于复杂，除通常的上片写景、下片抒情，或上片感旧、下片伤今，此外还有情景交互、今昔混杂、幻觉与现实叠合、反复曲折等情形。宋代被誉为"当行"的词人如柳永、秦观、周邦彦、李清照、姜夔、吴文英、张炎，他们作品的结构都是谨严精整的。我们在分析结构时，自然应了解时空的关系、叙述的层次、词意的转折变化等等，但最关键的是找到词人的勾勒之处。勾勒本是国画技法术语，指画叠石分山时，在周边一笔，以使画面清晰。周邦彦《大酺》咏春雨之作，过变的"行人归意速"使我们可知此词是抒写旅途的感怀；《瑞龙吟》第三片首句"前度刘郎重到"，表明词是故地重游的感旧之作；《浪淘沙慢》上片结句"经时信音绝"，表明词是抒写别后的思念之情。这些都是勾勒之处，可使我们找到全词的主旨，但勾勒之处在词中的位置是不固定的，需要我们善于寻找。

　　（四）宋词的文化意义。词之为时代文学，虽然因体性的局限，不可能像宋诗那样反映广阔的社会现实生活而获得重大的意义，但仍有不少言志遣怀、登临怀古、感时伤世或歌颂升平的题材，也有表达林泉逸兴、善良祝愿、情操高尚、人格伟大的作品，尤其当汉民族国家处于危难之时，词人发出了悲壮激烈的时代强音，汇为一股振奋人心的爱国思想的潮流。凡此种种，我们都易于认识，亦易于见到它们深刻的意义。在宋词里，估计最少有百分之六十的作品都属艳科，即涉及恋情的。我们对于这部分作品应当怎样认识呢？我以为应从文化的意义去理解。爱情是文学中的永恒主题，各个时代的人们都赋予它以特定的内容与色彩，因此我们可见到那个时代人们情感的一般历史，还可见到一种很真实的时代精神。宋人相信"人生自是有情痴，此恨不关风与月"（欧阳修《玉楼春》），时常流露"天涯地角有穷时，只有相思无尽处"（晏殊《玉楼春》）的想念，表现"衣带渐宽终不悔，为伊消得人憔悴"（柳永《蝶恋花》）的执着，流连"杏花疏影里，吹笛到天明"（陈与义《临江仙》）的情致，当壮志未酬而期待"红巾翠袖，揾英雄泪"（辛弃疾《水龙吟》）。自然，宋人多在小词里赞赏女性的形态之美，大胆地描述男欢女爱，表现心灵的颤动，歌颂甜蜜的幸福。正因宋人在词里写出了个体生命的真实，服从了心的规律，它才成为时代文学。在艳科题材里，作者流露了真实情感，于是往往不自觉地表现了主体的精神品格。因此这类作品就其品格而言，是存在各种等级的。宋词里许多描绘女性形体之美的作品，在两性的精神生活等级里是属于极浅表的层次。一些描述男欢女爱的作品，表现单纯的性爱，被人们视为淫词，而且认为它们的品格最低下。当然，情欲是个体生命的自然力的表现，但情欲的对象却是一种外在的社会存在，因而要获得它会受到种种社会因素的限制。人们在追求与实现情欲的过程中需要战胜阻碍，克服困难，由此展现个人的本质力量。如果没有表现主体的尽善尽美的理想追求，那么是不可能进入更高的精神生活层次的。宋人许多春愁闺怨与离别相思之作，虽然表达了对礼法的蔑视，想要冲破传统道德观念的束缚，争取爱情自由，但他们往往并不坚决，没有付出最大的代价，结成的是苦涩的果实，留下了永生的遗憾。他们幽会时总是"落絮无声春堕泪，行云有影月含羞"（吴文英《浣溪沙》）；他们注定缘悭，"东风恶。欢情薄。一怀愁绪，几年离索"（陆游《钗头凤》）；他们魂牵梦萦，再见无因，"系我一生心，负你千行泪"（柳永《忆帝京》），只得以"两情若是久长时，又岂在、朝朝暮暮"（秦观《鹊桥仙》）作为慰藉；他们往往辛酸地饮下人生这杯苦酒，"到头难灭景中情"（吴文英《定风波》），未了今生，亦不希望于来生，因为"欲将恩爱结来生，只恐来生缘又短"（晏幾道《木兰花》）。从这里可见到古人曾经遭受过的压抑与不幸。

词为艳科，这是词体文学所产生的社会环境与它传播的文化条件所决定的，表明它就体性而言最适于表达爱情题材，而且是宋词题材内容的基本情形。宋人思想的活跃与欲望的增强，尤其受到新兴市民思潮的影响而有鲜明的个体生命意识，这在词体文学里表现得鲜明而深刻。人们争取恋爱自由，努力冲破禁锢人性的精神枷锁，坚信爱情具有至高无上的权力与不可抗拒的力量，而且试图为情欲恢复名誉，也就是为个人恢复名誉。从这一意义而言，我们对宋词中大量流露真性情的恋情之作应予肯定，针对具体的作品作具体的分析与评价。

（原刊于《中华活页文选［教师版］》2016 年第 6 期）

怎样读清词

在中国词学史上，清代是词学的复兴时期，再度呈现了词体文学创作的繁荣局面。自宋王朝灭亡之后，词体文学亦随之衰歇了。这表明某种文学样式之成为时代文学必与其特定的文化条件、家国情感和社会审美有着密不可分的关系。然而词体在衰歇了几百年之后，于清代初年竟获得新的活力而复苏，重又出现一派旺盛的生机。此种现象是文学史上罕有的奇迹。自1644年入关，清朝历经二百六十八年间，词人与作品的数目，至今难以确切统计。近世词学家叶恭绰编《全清词钞》收入作者三千余人，选入作品八千余首；陈乃乾编的《清名家词》，收入一百名家。近年南京大学中文系《全清词》编纂研究室普查估计，清词作者有一万人以上，这大约是宋词作者的十倍，清词总量更是难以预估，为我国一宗巨大的文学遗产。清人曾为此感到骄傲与自豪，如邓汉仪说："词学至今日可谓盛矣。"（《十五家词序》）蒋景祁说："国朝文教蔚兴，词为特盛。"（《刻瑶华集述》）王昶说："方今人文辈出，词学亦盛于往时。"（《国朝词综序》）近世学者梁启超在总结清代学术成就时，深感"前清一代学风，与欧洲文艺复兴时代相类甚多，其最相异之一点，则美术、文学不发达也"（《清代学术概论》）。他于清代诸种文学，只肯定了词的成就，认为"以言夫词，清代固有作者驾元明而上"，即肯定清词的成就超越明代和元代而可上继两宋之盛。现代词学家们基本上同意梁氏的论断，如《清词史》的著者严迪昌说："继元明两代词风日趋萎靡之后，清词振颓起衰，艳称'中兴'。'老树春深更著花'，一代清词以其流派纷呈、风格竞出的空前盛况，为词的发展史谱就了璀璨而丰硕的殿末之卷。"（《老树春深更著花——清词述略》）清代词体文学的复兴是在新的特定的历史文化条件下产生的，它绝不是宋词的重复。文学如同历史一样在本质上是不能重复的，有时仅会出现貌似的重演。事实上词体文学的性能在清代已发生了极其重大的改变。

词实即配合唐代以来新兴燕乐的歌词。这种新燕乐是印度系音乐经西域传入中原而发展起来的。它节奏明快、旋律复杂、曲调优美、表情热烈，所以深受唐宋时期各阶层民众欢迎。为燕乐曲调谱写的通俗歌词也在朝廷教坊、瓦市勾栏、歌馆酒楼、花间樽前，广泛流行传唱。词是唐宋的音乐文学。宋词中有不少典雅之作，语意艰深，句读不葺，有乖音律，不能付诸歌喉，是纯文学的作品；但就宋词整体倾向而言，它与音乐的关系始终没有分离。南宋灭亡，新的音乐文学——曲，在元朝统治阶级的倡导与支持下迅即取代了词的地位。可以肯定，词体在入元以后即与音乐的关系断裂了。清代词人们敢于正视词体已成为纯抒情诗体的现实，而且发现词体有"能言诗之所不能言"（《人间诗话》）的特殊功能，于是使它适合新的社会审美需要，重建新的规范。所以我们看待清词，应如现代词学家龙榆生说："固当以意格为主，不得以其不复能被管弦而有所轩轾也。"（《近三百年名家词选》后记）词体音乐性的丧失即意味着其原有的通俗性和娱乐性随之消逝。这种情形下，如果作者仍遵循传统创作的故径，以通俗的语言、男欢女爱的情调和香艳的格调去作词，必然是新的文化氛围中的读者所难以接受的。因此清人鉴于明词之失，提倡"雅正"的旨趣，发起尊体运动，批评词为"小技""小道""诗余"之说。清初浙西词派的词人们，从理论上将词体渊源直接与《诗经》《楚辞》连接起来；又因词曾是音乐文学，于是将它与儒家制礼作乐和政治教化联系起来，使它跻身于正统文学之列。清圣祖晚年"右文兴治"的成绩斐然，他未忽略以朝廷的名义支持词学复兴的热潮。康熙四十六年（1707），圣祖皇帝于万机之暇，特命儒臣编成了《御定历代诗余》一百二十卷。在御制序里，圣祖皇帝主张以儒家圣人孔子论《诗经》的"思无邪"为标准来读词，以为词符合儒家精神并有助于世教民彝。继而于康熙五十四年（1715），儒臣奉命修纂了《钦定词谱》四十卷，圣祖又御制序言。这是中国文学史上官方第一次表示对词体的承认，自此词体荣耀地进入正统文学领域，结束了长期以来的附庸地位。词体音乐性的丧失，曾给词的创作带来实际的困难，即无音乐的准度以作为倚声填词的依据。从韵文的角度而言，词体是中国古典韵文文体之一，其声韵格律的经验是可以从唐宋词作品中总结整理的。明代学者曾意识到重建格律的意义，如张綖和胡文焕等均着手整理词律和词韵，但所拟之图谱与韵书甚为粗疏，讹误百出，难以为据。清代严绳孙批评云："今则音亡而欲存其言，于寻章摘句之末犹不能尽合，至凌夷舛谬，以渐失唐宋之旧。三百余年来，寥寥数公之外，词几于亡。虽欲不亡，而放失滋甚，是诸作谱者之罪也。"（《词律序》）康熙二十六年（1687）万树的《词律》刊行，稍后王奕清等整理的《词谱》问世，清初有沈谦的《词韵略》流行，后来戈载完成了《词林正韵》，这样作者填词有了新的声韵准度，建立起词体格律规范，促进了创作的繁荣。因此，词体的纯文学化、典雅化和格律化是清词发展的重要内部因素，并赋予词体以新的性能。

　　由于社会审美的变化和词体性能的变化，清词具有不可重复的历史内容和独创的艺术特色，晚清词家文廷式认为"词的境界，到清朝方始开拓"（《全清词钞序》引），朱祖谋认为"清词的独到之处，虽宋人也未必能及"（同上）。这都是极其切当的经验之谈，表明清词确有很高的艺术价值。然而，它至今尚是一个亟待开发的学术园地。

宋词为时代文学，它建立了词体文学的范式，摘取了光荣的桂冠。清词的成就当然不能与宋词的辉煌相比，以致梁启超、文廷式、朱祖谋、叶恭绰等关于清词的宝贵意见未引起现代词学家的重视。此外由于研究清词确实存在许多困难，例如资料浩繁而又散乱，作家作品众多而令人望洋兴叹，清人的词论与近世学者的定评造成的格局不易突破。关于 20 世纪八十年间（1912—1992）词学研究的统计数据表明：词学研究论著 12702 项（包括论文、著作、校注、选本等），清词研究论著 1446 项，约占总数的 1/10；而关于王国维一人的研究论著为 458 项，约占清词研究总量的 1/3。（以上统计数据参见王兆鹏《昌盛与萧条：本世纪词学研究格局中的清词研究》，1995 年 4 月清代词学研讨会会议论文）从中可见 20 世纪清词研究的萧条冷落，研究力量的薄弱，研究格局的失衡。清词创作的繁荣与研究现状的冷落，形成强烈的反差，这自然有很复杂的文化原因。20 世纪 90 年代以来，唐宋词研究热潮渐趋衰退之后，词学家们开始注意清词这个冷清的角落，计划开发这个新的学术园地。1995 年 4 月在上海华东师范大学召开了清代词学研讨会，二十余位当代词学研究者对清词研究进行了探索，确定了专题研究计划，着手搜集整理清代词籍，将编纂《清词总目》。我们可以预期，清词研究将吸引许多研究者的投入，将出现一个研究热潮，必定会取得可喜的成就。现在怎样读清词，不仅是古典文学爱好者感到困惑的问题，也是研究者有待认真考虑的问题。我曾在拙著《中国词学史》里以一半的篇幅论述清代词学理论批评，最近再次涉猎清词的过程中，关于怎样读清词的感悟尤深，愿略述一得之见：

（一）清代词学复兴是创作与理论并行的，而且创作受理论的指导最为显著。清代词派纷呈，每一词派皆有自己独特的理论，甚至形成严重的门户之见。清词繁荣的同时，清人词论也臻于前所未有的高度。如果我们冷静地检验清人词论，不难发现它们的偏颇与局限，以致妨碍了创作的正常发展。浙西词派提倡"雅正"，取径于姜夔和张炎，流于内容空虚，词旨枯寂。阳羡词派从另一角度复雅，以为词的功能应"为经为史"，或"存经存史"，取径于苏轼与辛弃疾而流于粗率叫嚣。常州词派则以寄托论词，试图隐晦地表达微言大义，欲续香草美人的绪余，缘诗人之义，庶几有补于国。刘熙载主张"论词莫先于品"，强调"人品"即是"词品"。陈廷焯以"沉郁"论词，追求单一的风格。况周颐标举"重、拙、大"为作词原则。这些词论虽然各自异趣，但基本上都是从儒家文学教化观念推导而出的，是词体成为正统文学之后不可避免的现象。这些词论都偏离了文学的本位，不恰当地使词体肩负拯救封建王朝的使命。近世和现代某些词学家在肯定这些词论的同时，特别推崇相应的词作。然而我们读这类作品时会直觉地感到它们并不美，亦不令人喜爱，仅是一个雅正精巧的空壳，并无跳荡的生命活力。我常常发现，只有在创作与理论分离的地方，才存在特具艺术魅力的佳作，而且它不一定是著名词人广传的篇章，有许多竟在二三流的词人集中见到。清代真正的词人是深知词体新具抒情文体的诸多优长，他们善于以这较自由的、声韵谐美的文学样式，表达士人在特殊历史和动乱社会中复杂而细腻的情感。他们服从内心的规律而不屈从于僵硬的理论框架。每个时代的读者都有自己富于时代色彩的审美观念，回归文学艺术的根本，我们才会在丰富的清词遗产中发现有价值的东西和我们喜爱的作品。

（二）清人编的本朝词选集甚多，如曾王孙与聂先选编的《百名家词钞》、孙默的《国朝名家诗余》、王昶选编的《国朝词综》和《国朝词综二集》、黄燮清选编的《国朝词综续编》、丁绍仪选编的《国朝词综补》、邹祗谟与王士禛选编的《倚声初集》、蒋景祁选编的《瑶华集》、顾贞观与纳兰成德选编的《今词初集》、谭献选编的《箧中词》等等。现在较流行的清词选本不多，常见的有陈乃乾汇辑的《清名家词》，1936 年初版，1982 年上海书店影印；叶恭绰编的《全清词钞》，1975 年中华书局初版，1982 年再版；龙榆生选编的《近三百年名家词选》，1956 年上海古典文学社初版，多次再版。龙榆生的选本最为普及，选者以"意格"和"寄托"为选词标准，深受传统词学观念的影响，很难体现清词的真实面目。《全清词钞》旨在"以词存人"，虽力图反映清词全貌，但遗珠甚多。《清名家词》所收一百家词人之作，可供研读之需。读选本最易为选家主观倾向所误。在尚无适应我们时代需要的和最能体现清词艺术特色的选本出现时，我们读清词最好读《清名家词》，从中去发现真正优秀的词人和名篇佳作。我们可以相信，不久将有种种特色的清词选本问世。读者会从新的选本读到更多闪烁艺术光辉的作品。

（三）清词所开拓的境界或清词的独到之处，它们究竟是怎样的？词学界对此尚少真切的和全面的理论认识，更少较为具体的阐述，这固然与研究得不够深入有关。我们若要认识清词的独特的内容和艺术表现方式，只有从它与宋词异趣之处去寻求。明清之际士人无可选择地接受了江山易主的残酷现实，他们怀着故国之思与个人前途的考虑，带着耻辱的、悔疚的与惶恐的心理入仕清朝。这种复杂而辛酸的情感在词作里以隐微的方式表现出来，如"眼前万事如流水。闺中也洒英雄泪"（曹溶《菩萨蛮》），"脱屣妻孥非易事，竟一钱不值何须说"（吴伟业《贺新郎》），"君看满眼江山，几人流涕，把莓苔扫"（朱彝尊《秋霁》）。清代自鸦片战争以后更是中国历史上多灾多难之时，词人身遭乱世，每感人生无常："晋代碑沉，辛家店废，遗础埋秋月"（周寿昌《百字令》），"酒边休唱念家山，还是兵戈满眼路漫漫"（蒋春霖《虞美人》）。词人更多的是在作品中抒写个人身世不幸，表现出落魄放纵、痛苦绝望的情感，失去了唐宋文人风流儒雅的气度，如"人生何必定多情，且潦倒、短衣射虎，学蓝田李广"（陈维崧《击梧桐》），"最薄断推才子命，难消第一团圞福"（彭兆荪《满江红》），"才也纵横。泪也纵横。双负箫心与剑名"（龚自珍《丑奴儿令》）。清代词人的恋情词对象有的不再是歌妓，而是秘密的非法的婚外对象。如朱彝尊有一卷《静志居琴趣》，"静志"即其妻妹冯寿常的字，词集十分细致地叙述了他们秘密相恋的过程。龚自珍有一卷《无著词》，佛家以不执着尘染为"无著"；词人反用其意，在词卷中纯写艳情，当与其"丁香花公案"的轶事有关。王国维《人间词》中的"对面似怜人瘦损，众中不惜搴帷问"，"当时草草西窗。都成别后思量"，"一霎钿车尘，道旁依约见天人"等，绝非比兴寄托所能解读的。它们遗下情事的蛛丝马迹，像谜一样尚待破译。清代词人承袭传统的言志、抒情、应酬、写景的种种题材而外，也开拓了某些新的题材。顾贞观的《金缕曲·寄吴汉槎宁古塔以词代书》、项廷纪的《阮郎归·吴门寄家书》、宋翔凤的《高阳台·七夕后一日代柬》、陈维崧的《戚氏·柬程村文友》、郭麐的《沁园春·寄伯生》，以词代替书简，这是宋人所无的。清初王士禛、邹祗谟、董以宁均有描述"秘戏"的词，郭麐还有一首《红娘子·古秘戏钱》，此种题材也是宋词绝无的。此外如汪懋麟的

《满江红·读〈货殖传〉戏作》，非一般读史之作，以《货殖传》为题，表现都市商品经济大潮对传统观念的破坏，词人嘲讽之余又深感自我价值之失落。黄景仁的《金缕曲·观剧，时演〈林冲夜奔〉》，观剧是宋以后词中才出现的题材，体现了特定的时代文化氛围。清词中常可发现纯叙事的作品，而且描述极其细致，例如陈维崧的《彩云归·簸钱》，描述侍儿们簸钱游戏的全过程，写得生动有趣，没有抒情成分。朱彝尊的《金缕曲》（枕上闲商略）大胆地描述元夕趁全家外出观灯的机会，与妻妹偷情的过程，甚富戏剧性情节。龚翔麟的《澡兰香》描述作者以金钱买通某家侍儿，得以偷窥小姐沐浴的详细情形。这三例，可见清人发挥了词体叙事的潜能，确能言诗之所不能言。宋人有大量的应歌之作，表现一般的离情别绪；而宋人言情之作为追求优雅的美感效应往往回避了现实的关系。这都深刻地反映了作者的人格与作品的分离。清词因是纯文学作品，社会化途径极为狭窄，仅局限于僻小的文化圈内流传。作者没有以假我的形态出现于作品之中，而是以坦诚的方式表现赤裸的自我。如果骤读清词，我们会为这种坦诚感到惊异。例如吴伟业在入清后重见吴中歌妓，不是风流自赏，而是恳切地表示：“薄幸萧郎憔悴甚，此生终负卿卿”（《临江仙·逢旧》）。宋人所羡慕的杜牧似的风流，相形之下是虚伪可鄙的。纳兰成德的悼亡词里表达对亡妇的悔疚：“当时领略，而今断送，总负多情”（《青衫湿·悼亡》）。其名篇《金缕曲·亡妇忌日有感》诚恳地抒写了自己处在旧情与新欢之间的矛盾心情：“我自终宵成转侧，忍听湘弦重理。”他欲告诉她，在续弦之后仍痛苦地思念着她。高鹗与情人畹君别后三年又于灯夜相见，他作的《金缕曲》转述畹君之意：“尊前强自柔情按。道从今、新欢有日，旧盟须践。欲笑欲歌还欲哭，刚喜翻悲又怨。”他们敢于正视三年后的婚姻现状，而又实践旧日的盟誓，得以重温旧梦。周星誉的《洞仙歌》抒写与一位歌女的离情，他坦率地表示："无计赎珍珠，待说成名，可知道甚时能够。"这位穷书生本盼望荣华富贵才有能力为所爱者赎身，但他对此感到杳然无期，不愿说些甜蜜的谎言。必须有平等的意识与相互的理解，相爱的人们才可能有坦率真诚的情感，任何企图掩饰或回避现实关系的华美词语都会是虚伪的。以上枚举的词例虽然是片面的，但可启发我们去发现清词的艺术境界。

宋词建立了词体文学范式，它体现了词与时代文化诸要素的和谐统一，根据一定的前提组织起来，并服从文学内部发展原则的支配。每种文学建立了范式之后，后来的作者是很难超越的。这有一种文化发展的规律，如美国文化学家怀特说："在范式完成以前和以后工作的人们较少——通常极少——赢得荣誉的机会。那些由于偶然的降生而使他们处于金字塔的斜面上的人们没有机会去赢得授予那些偶然降生在金字塔顶端的人们的成功和名声。"（《文化科学——人和文明的研究》）清代词人处在词体文学范式的顶峰期后，他们虽然做出了艰苦的努力，在内容与艺术表现方面均有其不可替代的意义。然而就其整体倾向而言，尤其是与宋词的辉煌比较而言，则它的创新意义便有很大的局限了，因而难以夺取与宋词相等的荣誉。这正与宋诗难以超越唐诗的情形极为酷似。

清代词学复兴的历史内容丰富，清词的资料浩繁，清词的艺术特色显著，当我们试作理论的概括与评价时，每感目迷五色，难识真面。清词已引起了我们的兴趣，有待我们去作艰苦的探索与开拓。

（原刊于《古典文学知识》1996 年第 1 期）

略谈词体文学的性质与创作

我是从事中国古代文学专业工作的，以研究词学为主要方向。因专业的关系，曾对诗词格律及古典诗词的吟诵问题进行过长期的探讨。我以为凡研究中国古典诗词的学者都应该懂得诗词格律，也应会作诗填词，否则其研究始终不可能进入真正的艺术境界。我作的词较多，但必须有灵感时才作；近年亦偶尔写些律诗，尤喜七律。我自新历史时期以来便与许多民间的诗友交往，常常读到他们的诗词作品，这使我发现真正的诗词作者在民间，他们学会了古典诗词格律，将诗词创作视为生命的一部分，从某一方面在弘扬中华优良的传统文化。我与许多诗友的交往之中，常常发现很多人诗作得比词更好，而且往往有以诗为词的倾向，表明有的诗友对词体文学的性质和创作的特殊性尚未充分认识。我谨于此谈谈几点认识，以与诗友们切磋，亦希望有助于广大诗词爱好者对古典格律诗词的艺术欣赏。我所谈论的仅属一得之见，敬祈诗友们和读者的教示。

一 关于词体文学的性质

词是中国古典韵文文体之一，它兴起于盛唐时期，当时被称为曲子，或曲子词，在北宋也称为长短句，通常被称为词，意为歌词。这种新兴的歌词属于中国音乐文学形式之一，音乐文学是其基本的性质。

词体的产生与隋唐燕乐的兴起有着密切的关系。燕乐即用于宴飨之乐，具有世俗性质，不同于宗庙祭祀和朝廷礼仪之乐。自公元 4

世纪之末，中国北方相继建立北魏（386—534）和北周（557—581）等北方少数民族政权，它们通过丝绸之路而与西域和中亚进行文化与经济的交流，引入了印度系音乐（胡乐）。隋代初年西域的龟兹乐在诸种音乐中的地位日益显著，终于形成以龟兹乐为主的流行音乐，它成为俗乐——新燕乐的主体。这种新燕乐在音阶、调式、旋律、节奏、乐器和风格等方面，皆异于中国传统的散缓、低沉、单调的音乐，故为当时朝廷及社会广大民众所喜爱。盛唐时朝廷教坊使用的乐曲属于流行的燕乐系统，崔令钦记录的三百二十四教坊曲名，其中如《南天竺》《毗沙子》《苏合香》《狮子》《女王国》《团乱旋》《柘枝》《曹大子》《婆罗门》《菩萨蛮》《胡醉子》《穆护子》《绿腰》《何满子》《安公子》等四十余曲属于胡曲。词学家龙榆生说："吾人既知自隋讫宋，所用乐器及所有乐曲，并出胡戎，骎假而代华夏之正声。旧曲翻新，代有增益。"（《词体之演进》）唐代天宝十三载（754）朝廷将大乐署常用乐曲十四调二百二十二曲中的《苏罗密》《舍佛儿胡歌》《须婆粟特》《婆罗门》等六十佛曲改为中国名，使之适应中国习俗。这更可证实新燕乐经过本土化形成了新的俗乐。《教坊记》和《唐会要》仅记录了朝廷教坊和大乐署常用的乐曲名，没有记下歌词。这些乐曲大都是器乐曲，文人们尝试为这些曲子谱写歌词，由此产生了一种新体音乐文学形式——曲子词。它创作时所依据的乐曲是为词调。教坊曲被唐五代用为词调的有五十四曲，唐宋词用为词调的有一百六十八曲。宋人改旧声为新声的乐曲和新创的乐曲，它们作为词调也属这个系统。

　　隋唐燕乐歌词是以音乐为准度的文学，因而属于音乐的文学，简称音乐文学。"音乐文学"是中国新文化运动以来出现的新概念，概括了中国文学史上凡与音乐存在密切关系的文学。词学家胡云翼于 1926 年出版的《宋词研究》里，第一次提出音乐文学，他说：
"以音乐为依归的那种文体的活动，只能活动于依附产生的那种音乐
的时代，在那一个时代内兴盛发达，达于最活动的境界。若是音乐
亡了，那末随着那种音乐而活动的文学，也自然停止活动了。凡是
与音乐结合关系而产生的文学，便是音乐的文学，便是有价值的文
学。"这为认识词体性质开拓了一条新的道路。1935 年朱谦之在《中
国音乐文学史》里系统地讲述了中国音乐文学的发展过程，关于音
乐与诗的关系，他说："真正的诗，在最显著的意义上，都是音乐
的，是以纯一语言的音乐为作品之生命的。"1946 年词学家刘尧民在
《词与音乐》里以为词与音乐的关系是最密切的，只有词才是真正的
音乐文学，他说："倚声填词的先乐后诗的办法，不惟使音乐自由地
发挥它的特色，而诗歌却并不为着模仿音乐而受音乐的拘束，却反
得到音乐的标准，确定了诗歌构成的路向。"词体在中国文学中与其
他音乐文学——《诗经》《九歌》、汉魏乐府诗和唐代声诗——的相
异之处在于其他的音乐文学是先有词，再配以乐，词体是先有音乐
而配以歌词。因而词体是以词从乐的，即宋人所总结的"先撰腔子
后填词"（《侯鲭录》）和"先定音节乃制词从之"（《碧鸡漫志》）。以
词从乐，这样依据乐曲的曲拍或音节而填写长短句形式的歌词，宋
人以为是"倚声制词"，故称填词。由于词是倚声而制的，不同的词
调（乐曲）则出现不同体制的格律，故以调定律是词体文学的根本
特征。我们凡谈词体格律是以词调为单位的，每一词调自成格律，
因而其格律比诗体繁杂得多。从以调定律的逻辑推演，必然导致
"律词"的观念。

　　律词观念是一种非常重要的理论，它是发生于近年的。亡友洛
地先生在中国词学史上第一次提出了"律词"观念。洛地于 1994 年

《文学评论》第 2 期发表《"词"之为"词"在其律——关于律词起源的讨论》，他认为："形成为（继律诗之后）我国一大类韵文文学体裁的'词'——'非民间'的'词'，其众多'词调'各各在下列四个方面分别有格律定则：1. 片，各词调分用单、双、三、四叠。2. 句读，各词调有特定各异的句数、句式。3. 韵，众词调分用平、入、上去及转韵等。4. 句内平仄，合律，有个别处有特定的拗句，又有云须严格至四声阴阳者。"此后洛地又在词学专著里发挥了关于"律词"的理论。我完全赞同律词观念，而且认为这是 20 世纪词学理论的重大建树。然而洛地在阐发此观念时涉及的系列观点，例如词以文为主，乐为从，以字声化为旋律；词作付唱无须旋律确定唱调；宋词调与宫调无关；词不是音乐文学。这些观点是我所反对的。凡是学术新观念的产生都是一种新学术思想的体现，必将有助于学科的发展，甚至带来理论的突破。清代初年王士禛和赵执信等学者对唐人近体诗格律总结之后，人们习惯称近体诗为格律诗，律词则应特指词体。律词是唐宋时期配合燕乐的以调定律的歌词，它在句数、字数、分段、句式、字声、用韵等方面皆依调而自成格律的文学样式。律词观念使我们对词体有以下几点新的认识：

（一）词体起源必须具备的基本条件是燕乐的盛行和格律诗体的成熟。

（二）词体的以调定律可以将古代杂言诗、乐府诗和声诗排除，因为这些诗体不是依调定律的。

（三）词体是严格讲究格律的，依调定律使其格律复杂而精巧，因而它不可能产生自民间。

通过上述的探讨，我们可以认为"以词从乐"和"以调定律"是词体文学的基本性质。因而"以词从乐"是词体文学在唐宋时期词人们倚声制词时的创作原则。精通音乐的词人，他们选择某一流行的燕乐曲，按照乐曲的旋律、节奏、乐句谱以歌词，讲究字句的长短、字声的平仄、节律的韵拍，以及词所表达的情感与乐曲的表情的和谐。因受乐曲艺术规范与表情的定位的节制，词的句式便富于变化，声韵优美，表情细致，成为中国古典韵文文体中形式最为精美的文学样式。当某一燕乐曲被词人第一次选用为词调而创作出歌词，这是倚声而作的，在词学上称为创调的始词。某些始词成为名篇之后，便有一些不懂音乐的文人模仿始词的字句、声韵而作词。这种词同样可以付诸歌者演唱，所以唐宋的常用词调的大量作品都是这样产生的，而这些不懂音乐的文人也可以成为著名的词人。虽然如此，但知音律的词人如柳永、周邦彦、李清照、姜夔、吴文英、张炎等仍然在创作新调新词，而使词调及词作不断丰富。

词体文学既然是音乐文学，当宋王朝灭亡之后，因词乐的散佚与时代审美观念的变化，故唐宋词在元代渐渐不能歌唱了。词体自此丧失了音乐文学的性质，元代以来的文人仍然喜爱这种文学体裁，依照唐宋常用词调作品的字句声韵而不断创作，但很多作品缺乏体制的规范。明代中期以后词学家们开始致力于词体格律规范的整理，采取比较与校勘的方法制定词谱、编选词韵。清康熙二十六年（1687）词学家万树编订的《词律》刊行，制定严密的新的词谱，总结了词体规范，为词学复兴创造了条件。康熙五十四年（1715）由朝廷组织王奕清等学者编纂的《钦定词谱》问世，标志词体格律整理的完成。此两种词谱成为词体文学创作的格律标准。清道光元年（1821）词学家戈载整理的《词林正韵》则建立了词体用韵的标准。因此在词体文学的"以词从乐"的性质消失之后，"以调定律"的性质仍然存在。我们现在作词仍然必须按谱填词。

　　我自 1999 年拙著《宋词辨》出版之后致力于词体研究，希望重建词体规范。因为《词律》收六百六十调，计一千一百八十体，但混入不少的声诗；《钦定词谱》收八百二十六调，二百三零六体，混入声诗、大曲和元曲；故所收词调不够规范，亦不齐备，而且分体烦琐。《词林正韵》亦与宋词用韵之实际情况不甚相符。我以音乐文学和律词观念为准，核实唐宋词所用之词调为：唐五代实用一百一十五调，独用者三十四调，为宋人沿用者八十一调；宋词实用八百一十七调，自创七百三十六调，常用者为四百九十九调；唐宋词共用八百五十一调。我又据南宋词人朱敦儒所拟词韵十六条，复原宋人词韵。这些研究成果最后整理为《唐宋词谱校正》，由上海古籍出版社于 2012 年出版。此编可供了解词体格律规范之参考。

二　怎样按谱填词

　　我们现在作词必须按谱，若作词时未带有词谱，则可选某一名家之作参考其规范而作，待完成后再核以词谱进行修正。若作词仅依某一词调调名，不按规范而任意写作，貌似词而非律词，我们仅视之为韵文而已。若以为作词不必依谱，则不必作词，可以自由地写成杂言体韵文。词体的规范是经词学家们总结词人的创作经验而建立的，它既为我国古典韵文文体之一，其体制亦具有古典的意义，这需我们细心地体会。我们作词既然按谱则已符合规范，我于此仅谈谈按谱填词时应注意的几个问题。

　　（一）选调。词调最常用的如《草堂诗余》所收将近两百调，每个调的格律、声情、体制皆不同，初学者宜细细琢磨自己喜爱的调，多使用几次，再逐渐熟悉其余的调。如果使用某一自己未用过的调，则应参阅此调的几首名篇，体味其艺术形式的特点。词体按其体制量化，依字数可分为小令、中调和长调。体制的大小不同，相应的内容的容量也不同。如果表现某一时间地点，涉及某种细微而又很含蓄的人事，则应选择小令；如果表现复杂的事物与情感，并有一些场景和情节，而内容又甚为丰富，则应选用长调。在确定选用的调类之后，再确定具体的词调。每个词调的艺术特点与声情各异，务使个人想要表达的内容、思想、情感与词调和谐，才可能达到内容与形式结合的完美。每个调的句式的组合，用奇句或偶句，韵位的疏密，用平韵或仄韵，是否换韵，与表达情感的喜悦、忧愁、悲哀、热烈、愤激、缠绵、疏快、旷达、豪放、柔婉等有着非常紧密的关系。兹试举下列数调为例：

《蝶恋花》为唐代教坊曲，南唐词人冯延巳的十余首词可为典范。此调偶有词人用入声韵或平仄叶韵者，但以用仄声韵为宜。上下阕共十句，其中八句皆用韵，韵位密致，而以七言句为主，形成流畅而又柔婉、激越而又低回的声情。此调用于春愁、悲秋、离别情绪者多凄怆怨慕，表现艳情者多旖旎妩媚，咏物述志者多健捷激越。

《临江仙》为唐代教坊曲，所配的为中国传统清商乐。宋以前多用以咏神仙事，宋以来无意不可入，表现之题材极为广泛。因上下阕结两句为五言句，最忌以诗为词。

《长相思》为乐府古题，自唐代以来多用于抒写相思离别之情。此调用平韵，由三、五、七言句构成，每句用韵，表情流畅而热烈，不宜用于表现重大社会题材。

《念奴娇》，曲名来源于唐代宫廷歌妓念奴。此调为北宋新声，前后段各十句，四仄韵，但多用入声韵。上阕十句，句脚字九个仄声，一个平声；下阕十句，句脚字八仄声，二平声，构成拗怒的情调，表情激越凄壮，即使作者用以写离情别绪也有别一番声情。

《满江红》为北宋新声，此调为换头曲，自后段起五句与前段异，自第六句又与前段句式相合，体制富于变化而归于和谐，句式复杂，用仄韵，而多用入声韵。因其表情丰富，兼有清新绵邈与慷慨悲凉之韵致。

词体文学的题材是较为广泛的，抒情、写景、登临、言志、议论皆可入词，但某一题材必须选择相应声情特色的词调，尤其不宜以粗俗之题材入词，比如《满庭芳·误入官邸》《玉蝴蝶慢·思马航失联同胞》《西江月·月下火锅》《武陵春·地虱婆》《长相思·千秋万代》，这是题材与所用之调的固有声情相戾。因而选调的失误也就决定了作词的失败。词调的个性与声情是极微妙的，我们应认真探究才可掌握其独特的艺术形式。2016 年我去敦煌一带考察，在玉门关见到古关及古长城遗址，四野黄沙戈壁，正值大风，想象着汉唐的将士与文人远征绝域的豪情壮怀，有感而选择一个僻调《氐州第一》作词。氐州，汉代置，在今甘肃山丹县西南；氐为古代北方少数民族。此调乃从唐代大曲中摘出，始词为北宋周邦彦作，抒写婉约的旅怀之情。我试以之抒写在玉门关的怀古之情，其结果出我意外，发现此调最宜于表达豪放之情，而周邦彦之词与调之声情并不和谐。由此可见词调的声情特点很值得我们去探索和把握。

关于选调，我们还应注意两点：一是词调的异名颇多，宜用通常的调名，例如《念奴娇》之异名有《大江东去》《酹江月》《壶中天》《百字令》《湘月》等，我们不宜用调的异名；二是词调的别体甚多，某一调之别体，有数体甚至二三十体者，作词只宜选用宋人通用的正体，例如《满江红》主要有仄韵和平韵两体，宜用通用的仄韵正体。

（二）字声。唐代格律诗的律句是从五言的"平平平仄仄，仄仄仄平平"和"仄仄平平仄，平平仄仄平"四个基本句式构成的。词体的字声比诗体复杂得多，因其是以调定律的，每调的句式与字声的规定各不相同。我们填词必须严格按照词谱规定的每句的字声标准，不得任意改动。例如《南乡子》的首句必须是"○仄仄平平"（○表示可平可仄），《西江月》的结句必须是"○仄平平○仄"，《浪淘沙》的上下阕首句必须是"○仄仄平平"，《浣溪沙》的上下阕的第二、三句必须是"○平○仄仄平平，○平○仄仄平平"，《满江红》的首句必须是"○仄平平"，两结句必须是"○仄仄平平，平平仄"，这些都是定格，不能改易。词体格律有宽有严，一般来说小令较严，有的长调较宽，也有的长调很严，初学者宜选择字声规定较宽的调。我们凡谈到词体的字声平仄和用韵时，其声韵是以中国中古音的《广韵》音系的"平水韵"为标准的，意即某字为平声、仄声或入声，一律依照"平水韵"所列韵字。这要求不能参用现代语音，也不能依方音，更不能使用新韵。字声的定格是词体的重要规定，是其成为精巧的艺术形式的基础，如果不遵守谱的规定，便破坏了词体的声情。

（三）句式。词体是长短句形式的，它的句式有一、二、三、四、五、六、七、八、九字句，奇偶兼存，变化极大。这些句式是按照以调定律的原则而在具体的词调中形成独特的组合方式。因此我们不应寻求每个句式的规律，每句的字数和字声皆服从于调的特殊规定。词体最特殊的是句法的变化，尤其是七字句出现上三下四的定格，这是大异于诗体的。例如宋代无名氏的《金明池》中的"云日淡、天低昼永"，"好花枝、半出墙头"，"佳人唱、金衣莫惜"，"才

子倒、玉山休诉"；柳永的《玉蝴蝶》中的"水风轻、蘋花渐老"，
"月露冷、梧叶飘黄"，"念双燕、难凭远信"，"指暮天、空识归航"；
周邦彦的《浪淘沙慢》中的"掩红泪、玉手亲折"，"连环解、旧香
顿歇"，"恨春去、不与人期"；吴文英的《古香慢》中的"渐浩渺、
凌山高处"，"更断肠、珠尘薜露"，"又催近、满城风雨"。以上的句
式是不能改作上四下三的。词体句法的特殊还表现在多有长句，句
子的句意连绵突破了韵位的限制，例如：

> 黯凝伫。因念个人痴小，乍窥门户。侵晨浅约宫黄，障风
> 映袖，盈盈笑语。(周邦彦《瑞龙吟》)

> 落日楼头，断鸿声里，江南游子。把吴钩看了，栏干拍遍，
> 无人会、登临意。(辛弃疾《水龙吟》)

> 杜郎俊赏，算而今、重到须惊。纵豆蔻词工，青楼梦好，
> 难赋深情。(姜夔《扬州慢》)

这些长句词意特别绵密，形象丰满，表情细腻，赋予长调特殊
的艺术色彩。

此外词体中的一字句、二字句、八字句、九字句之句法亦是极
有特色的，应根据词谱细心体会。

（四）用韵。对熟悉诗韵——《广韵》音系的"平水韵"的作者
来说，词的用韵是较宽的，用不着参照专门的词韵书；但词韵与诗
韵相比较却有其自己的特点，因而我们应了解其用韵规律。明代学
者开始整理词韵，清初以沈谦的《词韵略》盛行。戈载的《词林正
韵》沿袭《词韵略》将词韵分为十九部，这基本上可以反映宋人的
词韵使用情况，但在分部方面仍存在问题，尤其是引入元代"入派
三声"的观念。南宋词人朱敦儒所拟的词韵十六条，是最能恰当地
概括宋代词韵实际的，我曾依据朱氏《樵歌》的用韵，作了词韵十

六条的复原工作，兹简要条列于下：

一　（平声）东冬　（仄声）董肿送宋

二　（平声）江阳　（仄声）讲养绛漾

三　（平声）支微齐　（仄声）纸尾荠置未霁

四　（平声）鱼虞　（仄声）语麌御遇

五　（平声）佳灰　（仄声）蟹贿泰卦队

六　（平声）真文元侵　（仄声）轸吻阮寝震问愿沁

七　（平声）寒删先覃咸　（仄声）旱潸铣感俭赚翰谏霰勘艳陷

八　（平声）萧肴豪　（仄声）筱巧皓啸效号

九　（平声）歌　（仄声）哿个

十　（平声）麻　（仄声）马祃

十一　（平声）庚青蒸　（仄声）梗迥敬径

十二　（平声）尤　（仄声）有宥

十三　（入声）屋沃

十四　（入声）觉药

十五　（入声）质陌锡职缉

十六　（入声）物月曷黠屑叶合洽

词韵的特点是将诗韵的韵部进行合并，韵类为平声、仄声和入声三类，入声韵为单独的一类，每调之用韵自成规律。词调用韵有用平声的，有用仄声的，有只用入声的；某些调既可用平声，也可用仄声或入声；某些调是换韵的，甚至存在复杂的换韵情况。凡此均应参照词谱的规定。我们应注意的是词韵的语音标准是以《广韵》音系的"平水韵"为依据的，绝不能用现代韵和新诗韵。用韵问题关系到词体文学现代书写样式。20世纪60年代胡云翼先生的《宋词选》畅销，对读者影响很大，后由上海古籍出版社出版了典藏版。

这个选本不是词谱，所以在用韵之处是按照语气进行标点的，标为逗号，或标为句号，例如范仲淹的《渔家傲》，《宋词选》标点为：

> 塞下秋来风景异，衡阳雁去无留意。四面边声连角起。千嶂里，长烟落日孤城闭。　　浊酒一杯家万里，盖然未勒归无计。羌管悠悠霜满地。人不寐，将军白发征夫泪。

此调按谱是每句用韵的，所以唐圭璋先生编《全宋词》于此词是每句（包括"异""里""寐"）都用句号以表示韵位所在。我们作词时标点应依照《全宋词》，注意以句号标明韵位，此亦是词体书写之规范。

三　词体创作应注意的问题

在我相识的诗友中，他们大多对诗律是极为熟悉的，对于词律也是懂得依据词谱，但有的诗友对于词体文学的性质缺乏真正的认识，往往以诗为词。其作品虽然完全合于词律，貌似词体，实为"句读不葺之诗"。兹试从词体的文学创作的角度，略谈在创作中应注意的几个问题。

宋人对诗体与词体的性能是有明确认识的，将二者区别得非常清楚。他们将社会性的题材，例如言志、言理、评论时事、祝贺、庆典、酬赠、述怀等等入于诗；将私人生活场景中的伤春、悲秋、别离、恋情、相思、苦闷、悲愤、忧伤、愉悦、欢爱等等写入词。许多诗人也是词人，他们都将词体视为"小道"，以其托体甚卑而不收入诗文集里。词，作为歌词，其创作的环境多在花间樽前，词人即兴而作以付歌妓们演唱，达到遣兴娱宾、析醒解愠的作用，所以从题材而言，其本质实属艳科，主要表现私人生活场景。当然自苏轼扩大词体题材范围之后，特别是南宋初年词坛掀起爱国主义热潮之后，词体也关注社会现实的重大题材。但从宋词的总体情况而论，其艳科的性质并未改变。我们可以简单地说，词体是适宜于抒写个人内心的真正感受的，而且是以艺术化的方式表现的文学样式。词的创作最忌应酬之作，作者应对某事物有真实的感受，引起强烈的情感，产生了艺术的想象，尤其是突然唤起了灵感，而有创作的冲动与热情，在此情况下方可作词。

我喜爱作词，但灵感不来便无创作冲动，因而作的词很少，而且不愿发表，仅作为抒写性灵而已。在我的感受中灵感的产生是很难预测的，而且是很微妙的，不可强求。1997年我独自在苏州，去西园寻访南宋词人吴文英遗迹。西园旁边的戒幢寺香火旺盛，人声喧闹，而西园却别是一个冷清的环境。园内池水早已成为放生池，池边古木映入水中，小青砖铺设的小径长满青苔，我忽然有感吴文英遗事而作《浣溪沙》两首。此年春天又到西湖，当我独自从白堤进入断桥时，西湖异样之美尽收眼底，使我无比喜悦与兴奋。此时却偶然遇到一位友人，我们同游西湖，灵感破坏了，我作不成词了。2015年夏，我到山西考察，有幸见到晋祠的宋人彩塑侍女数十尊，而其旁的古柳古槐及泉水鸣廊，仿佛如欧阳修当年所见之情景。在见到精美的侍女塑像时，我忽然想象她们在此的凄苦与寂寞，欲表述她们内心之情而作《古香慢》词。我今存最早一首词《满江红》是1975年秋在成都郊区被监督劳动时，夜里秋雨连绵，面对妻儿的贫困苦难生活，瞻念前途甚感渺茫，于是写下情感极为苦涩绝望之词。我之所以谈到这些感受，意在表明，词不同于诗，别是一家，没有灵感和真情时最好不作。

宋词中也有关注社会现实，表达爱国思想情感，表现宏大社会题材，以及批判现实的作品，它们的存在使宋词具有高度的社会意义和思想，从而使词体文学摆脱艳科的狭窄范围，达到崇高的艺术境界。这是词体文学的传统，清代词人对此善于继承和发扬，因而在某种境界方面超越了宋词。然而在处理这些社会性题材时，我们要认真学习宋人和清人的成功经验。诗体最擅长表现社会宏大题材，可以议论、直露、嘲讽、颂扬、赞美、揶揄、夸张、言理、谏诤；词体处理这些题材时，则必须有个人的真实感受，而且化为个人的情绪，以形象的、含蓄的、艺术化的方式表现。南宋许多豪放词人的作品都是如此，而婉约词人处理这些题材时则更为深蕴幽微，更富于个人的感受。这些作品都值得我们细细玩索和学习。我的诗友中有人喜好作词，而且喜好以词体表现社会宏大题材，但普遍存在选用的词调不恰当，缺乏个人的感受和个人的情绪，多抽象的议论，粗率而流于概念化，忽视了"词别是一家"的特性等问题。北宋时柳永和晏殊便从不同的角度表现了太平盛世和富贵气象，他们的作品都是个性化的和成功的，所以现在仍为我们喜爱。我们在选择了很好的社会性题材之后，而又确实将它化为个人情绪，这之后还存在艺术的处理和表现的问题。

　　词体文学的创作无论是表现私人生活场景还是社会性题材，我们都要切记以词的方法作词。词的意象以尖新轻巧为主，形象优美，最忌质实、生硬、粗糙。词的结构以表达瞬间情绪的点型、有头有尾表述的线型和时空交错而情感复杂的网型为主，最忌散点型和平面型的结构。词的风格可分婉约与豪放两大类型，但忌油滑、粗率和狂怪。词的审美趣味妙在雅俗之间，雅而近俗，忌古雅和恶俗。词的表现力求艺术化，凡个人的情感，生活片段、社会现实、人生感悟等都必须使之具体化和情绪化，经内心熔铸后表现出来，切忌表现得直露。凡表现的对象应是生动的形象，可以有某些精妙的细节，或有某些简短的情节，切忌抽象的述说或议论。凡字面须于雕饰中见自然，可采取比兴、赋、拟人、借代、象征、隐喻等多种修辞手段。词意力求含蓄优美，白描情景有绘画之生动，直抒性灵则具有词意之含蕴，最忌朴拙平庸。

以上所述是我多年研究宋词艺术的体会和感悟，也应是从词体自身的特征而概括出的艺术要求。我们虽然一时难以做到，但只要方向正确便可逐渐向真正的艺术境界逼近。当我们从词体文学的创作角度回顾词体格律规范时，则它并非僵硬的桎梏，而是精美的古典艺术形式，有待我们去学习、欣赏和运用。